大鱼文化传媒　大鱼文学

大神执行官

神行

夏日紫 作品

DASHEN
ZHIXINGGUAN

贵州出版集团
贵州人民出版社

图书在版编目（CIP）数据

　　大神执行官 / 夏日紫著. —— 贵阳：贵州人民出
版社，2016.4（2020.3重印）
　　ISBN 978-7-221-11886-8

　　Ⅰ.①大… Ⅱ.①夏… Ⅲ.①长篇小说－中国－当代
Ⅳ.①I247.5

　　中国版本图书馆CIP数据核字(2016)第065771号

大神执行官

夏日紫 著

出 版 人	苏　桦
出版统筹	陈继光
选题策划	胡晨艳
责任编辑	陈继光　黄蕙心
流程编辑	黄蕙心
特约编辑	菜秧子
装帧设计	昆　词
出版发行	贵州人民出版社（贵阳市观山湖区会展东路SOHO办公区A座， 邮编：550081）
印　　刷	三河市华东印刷有限公司
开　　本	889×1194毫米 1/32
字　　数	214千字
印　　张	7
版　　次	2016年6月第1版
印　　次	2016年6月第1次印刷 2020年3月第2次印刷
书　　号	ISBN 978-7-221-11886-8
定　　价	42.00元

大神执行官

DASHEN
ZHIXINGGUAN

DASHEN
ZHIXINGGUAN

第一章

奔跑吧，衰女

DASHEN
ZHIXINGGUAN

　　黑漆漆的乡间小路穿越一望无际的开满彼岸花的原野，就像一块鲜红的地毯上烧出一条长而丑陋的伤疤。赤日将大地炙烤得火热，远方的天地交接处散发出道道灼灼闪耀的白光，空气像蜜糖一样厚重，层层包裹着早已疲惫不堪的我，沉重的双脚仿若行走在泥潭之中。

　　这场循环往复的梦境，我已经梦过无数次。

　　我不知道为什么总会做同一个梦，也不知道梦里的我在寻找什么，只觉得梦中的自己好像一具没有灵魂的皮囊，心里和身体里都空荡荡的。

　　狂风乍起，黑暗如巨大的海浪般从天边迅速蔓延，深知无法逃脱的我只能安静地闭上眼睛，再次等待被它吞没的结局。

　　我醒了，从那个做了无数次的梦中再次醒来。

　　大概有一两分钟，我无法分辨自己的眼睛究竟是睁开还是闭着的。

　　无法形容的黑暗让我怀疑自己是否仍被困在梦里。

　　我坐了起来，揉揉自己酸痛的太阳穴，开始努力回忆。

　　我想起自己的名字叫越青鸾，小名青青，是明日高中的高一学生。今天是暑假开始的第一天，我和小伙伴们组织了一个"心跳一夏"的探险活动，活动的地点在城郊镇西山上那个盛传闹鬼的废弃山庄，活动内容是夜探山庄加撕名牌。

谁能在恐怖山庄中待到天亮，并撕掉最多的名牌，谁就是这次活动的胜利者，将赢取整个暑期免费吃麦旋风的奖励。

老实说，如果早知道这闹鬼山庄是这副鬼模样，就算给我一暑假免费的哈根达斯吃，我也不会来。

从口袋里掏出一颗薄荷糖含在嘴里，我深吸几口气，让自己的心情尽量平复后才缓缓站起来。

"好，冷静一点儿，你一定能找到离开的出口。"我安慰自己，开始在伸手不见五指的黑暗中摸索。

我是为了躲避小伙伴的追击，才藏进山庄中的一间房子里。

记得当初从这间房子外面经过的时候，里面好像亮着灯，推开门后才发现那是一面镶嵌在石壁上的镜子在闪闪发光。我好奇地把镜子从石壁上抠下来，结果一道耀眼的光从镜子中射了出来，刺痛我的眼睛，让我昏了过去。

醒来后，我就站在眼前的这片黑暗里了。

此时，我想过最悲剧的一种可能，就是我的眼睛可能被那道光刺伤，暂时失明，所以什么也看不见。

"啊！"

我被什么东西绊住，一下子栽倒下去，却并没有撞上硬邦邦的地面，而是跌在一个凉凉的软软的东西上。

是什么？

我困惑地撑起身体要去摸索，黑暗中却突然传来一道微弱的呻吟声："嗯……"

我惊恐地立马收回手，又重新趴下去，绷紧全身的神经，一动不敢动。

空气像凝滞了般。

"咚咚——咚咚——咚咚——"

强而有力的心跳声在一片静谧中显得异常清晰，我捂住胸口，发现那心跳声并不是自己的。于是，我循着声音将身体慢慢往上移，靠近声音发出的方向……

天啊，这里竟然有个人！

我惊恐地从对方身上弹起，缓了缓心神后才敢重新鼓起勇气，用力推道："喂，醒醒！"

直到再次触碰到这个人的身体，我才察觉出他的体温比常人要低很多。

天啊，他不会死了吧？

不会是被我压死的吧？

突然冒出的想法顿时吓出我一身冷汗，身体条件反射地往后移，直到抵上潮湿阴冷的墙面才停下来。

"喂，你到底是活的还是死的啊？"我蜷曲起身体，嗓音颤抖地冲那个人喊。

黑暗中，没有人回答我。

我想到来之前听到的有关这个山庄闹鬼的传说——据说山庄很久以前是属于一个大户人家的，庄主老来得子却生了个傻儿子。老庄主为治好傻儿子，遍访天下名医，却都没有达成所愿。最后一个道士给了老庄主一道炼丹的方子，说可以让他的傻儿子变聪明。之后，老庄主就按照道士给的方子开始炼丹。

可用来炼丹的东西都是山中已经修炼千百年的灵物，这些灵物死后就变成怨灵聚集在庄子里。虽然傻儿子最后被治好了，但老庄主却意外死掉，而庄子也开始频繁出事，庄子里的人也一个接一个地死去……

"传说都是谣传，这世上哪有什么灵物，哪有什么怨灵？我是 21 世纪的好青年，我要相信科学！不要自己吓自己！"

我不停地告诫自己，试图把那些可怕的传闻从脑子里驱逐出去，似乎只有这样才能让自己不那么害怕。

我再次站起来，背过身去，紧贴着墙一点点侧移。

"只要找到门就能离开这里了。不怕，我一点儿都不怕……"我不停地对自己催眠。

蓦然间，一双冰冷的手抓住了我的脚踝。

巨大的恐惧从脚底瞬间蹿进我的大脑，直达天灵盖，最后化成一声惊恐的尖叫，冲破我的喉咙："啊——"

"怨灵大人，冤有头，债有主。我不过是路过这里，真的不是有心打扰大人休息，求您大人大量放过我吧！"我"啪"的一声跪下去，一边磕头一边求饶，身体在黑暗中止不住地颤抖。

"你踩到我了……"冰冷的声音将炎炎夏日一下子变到数九寒天。

我急忙跳到一旁，继续磕头求饶："对不起，怨灵大人！我是个瞎子，没看到大人的手，求大人放过我！"

打扰怨灵大人休息已是死罪一条，竟还不怕死地踩了怨灵大人的手？这次真是吃了砒霜再上吊——死定了！

过了很久，在我以为怨灵大人是不是又睡着的时候，他终于再次开口："帮我把身上的毒牙拔掉，我或许不会杀你。"

杀我？他真有要杀我的念头？

妈，我想回家——

"哦。"强压下内心的恐惧，我怯怯地伸长了手臂在黑暗中摸索他的身体。

"嗯！"他闷哼了声，一把抓住我的手腕，愠怒地说，"你碰疼我了。"

"对不起，对不起，我是瞎子新手，看不见，感觉也不灵。"

我想他一定伤得很重，当我不小心碰到他的伤口时，他才会用快要把我手腕掰断的力度抓住我。

"我会轻轻的，一定不再毛手毛脚了！求求您，放开我，好吗？"我开始哀求。

他没有再说话，握住我的手腕往上移，移过他的胸口，从他的鼻尖掠过后，来到了他的头顶。

不知道他要做什么的我，害怕得快要哭出来。

"把它拔出来。"他命令。

我的指尖碰到一个像冰块般透心凉的东西，一咬牙，我将那东西从他的发丝间拔了出来。

眼前忽然明亮了。

我怔怔地看着手中发亮的簪子，半天都没能缓过神来。

我没瞎？我能看到了？

"现在，你看得到吗？"

他的声音将我的视线吸引了过去……就像明月从乌云后面露出来，就像彩虹挂在暴雨之后的天边，就像黝黑的山林升起万盏明亮的孔明灯……眼前这张绝美的脸，让我的思想和呼吸全都停滞了。

"再不动手，我让你变成真瞎子。"

他不悦地催促。我这才想起自己不被他杀掉的条件，甩掉脑中那种花痴的念头，提醒自己他不过是有着一副漂亮皮囊的恐怖怨灵，不要被外表欺骗了。

他的身上有一颗巨大的像野兽利齿般的毒牙。

毒牙通体发黑，如匕首般刺进他的肩膀，将他死死钉在地上。在发簪的诡异白光下，我甚至能看到毒牙四周弥漫着黑色的雾气。

握上这样的东西，不会让我也中毒吧？手纠结地停留在毒牙旁，我迟疑着不敢握上去。

拔出来也许会中毒死，不拔也许现在就被他杀死，横竖都是死，但求留个全尸……欲哭无泪的我闭上眼睛，咬牙握紧毒牙，屏住呼吸，用力一拔！

"噗！"

一股冰冷血腥的液体喷洒在我的脸上、头发上，吓得我立马丢掉手中的毒牙，手脚并用地后退。

耳边响起一声长长的痛呼声，就像快要窒息的人终于恢复呼吸，从死神手中逃脱了般，之后就是长长的静寂。

他怎么没声了？

我忐忑不安地抻长了脖子去看，倒在一片血泊中的他安静得像是睡着了，披散在地上的一头红发正以诡异的速度从发尾开始变白。他的双眸依旧紧闭着，我无法判断他现在是否还有呼吸。

五分钟后，我的双腿开始发麻，于是悄悄站起来。

难道他已经毒发身亡，一命呜呼了？我揣测着，小心地盯着地上的他。

又过了五分钟，始终一动不动的他让我脑中逃走的想法疯长。

也许他真的去见上帝了！看，他的头发都已经全白了！

逃！趁现在赶紧逃！

我提心吊胆地踮起脚一点点后退，后退。

屏住呼吸，我用眼角余光瞥向身后不到五米远的大门，内心祈祷着，千万别醒，千万别醒……

"你要去哪儿？"

身体被人猛地推到墙上，后背和后脑勺儿撞击墙面的力度让我一时有些眩晕，缓过神来的时候……时间仿佛静止了……

这是怎样一双摄人心魄的金色眸子，深邃的瞳孔仿若星钻般熠熠发光。

被他盯着的刹那，我仿佛置身于连绵成海的樱花林，微风乍起，如雪的白色花瓣漫天飞舞。

可转瞬之间，他看我的眼神又发生了变化，那些在天空飞舞的花瓣好像变成冰冷的雪片，世界被人按下暂停键，成千上万的花瓣被冻结在半空，在我下一次呼吸前又狠狠地砸落地面。

"别杀我——"我本能地大叫，惊恐地抱头蹲在地上，"别杀我，我没想逃走，真的没想逃……"

我身体一轻，人已经被拎起，双脚离地。

我不敢看他的眼睛，更不敢想象自己接下来会有什么遭遇，除了哭泣和颤抖外，什么也做不了。

"别杀我，求求你，别杀我……"

凝重的恐惧像张密不透风的毯子，将我从头到脚包裹了起来。

他冰冷的指尖从我的脸上划过，仿若检查一件易碎的瓷器，动作缓慢而又小心翼翼。

"求求你，别杀我……"

他的指尖移到了我的唇上，迫使我停下抽泣。

他说："睁开。"

我想他是要我睁开眼睛，可我不敢啊！我怕他有挖人眼球的癖好。

见我迟迟不睁，他忽然靠过来，紧贴着我的耳根，用低沉而又充满诱惑的嗓音又一次命令道："青青，睁开你的眼睛，好好看着我……"

这句话如羽毛般从我的心底拂过，引起巨大的涟漪，身体中了魔咒般，再也不受我的控制，双眼听话地睁开来，凝视着他的双眸。

脑中有无数个疑问，他怎么知道我的小名？为什么会这样看着我？他认识我吗？为什么他的眼底升起了氤氲？为什么我有想去安慰他的冲动？

等等，安慰怨灵，替怨灵擦眼泪这种荒唐事，应该只是脑子一时抽风想想，不该付诸实践的！为什么我还真不怕死地那样去做了？

指尖触碰到他眼角的那一刻，我能感觉他的呼吸也像我一样停止了。

尽管他的眸底深处只有我的倒影，但我却觉得他看的并不是我。

这样的认知让我清醒过来。

我想，刚才的我之所以不怕死地接近他安慰他，目的是为了讨好他，求他放我一条生路。

就是不知道这样做，能不能奏效。

"……"

我正要开口求饶，他却一把抓住我的手腕，用像是要将我镶嵌进他身体的力度将一头雾水的我拉进他的怀抱中。

长这么大，还是第一次跟异性如此亲密接触的我下意识要去推开他，他却更紧地收拢手臂，将拥抱变得更深。

"我说过，无论天涯海角，总有一天，我会找到你。"

喑哑而略带憔悴的声音从他薄削的双唇中，低低地溢出来。

这一瞬间，我感觉有把锋利的匕首从肋骨下方划过，我无法理解和形容它，只觉得呼吸陡然变得困难，胸口隐隐抽痛，眼前也开始乍黑乍明起来。

某种潜意识的恐惧让我用力推他，下一秒，一种难以承受的痛苦从身体深处迸发出来，瞬间将我击溃在地。

"青青！"他蹲下来，紧张地将我抱起。

看着近在咫尺的这张脸，我的心涌出无法形容的悲伤，眼泪不明缘由地溢出眼眶，发簪无力地从手中滑落，视线和意识再次滑入无尽的深渊。

又做梦了，还是那个开满彼岸花原野的梦。

与以往不同的是，这次梦中有什么人牵着我的手。

我想看看他的脸，却只能看到逆光中他高大而坚毅的背影。

被他牵着的感觉，是那么温暖而安心，让我想到了失踪多年的父亲。

儿时总爱迷路的我，在大雨停歇的傍晚，在夏日炎热的午后，在寒风刺

骨的深夜……都是父亲找到因迷路而无助哭泣的我，牵着我的手，带我回家。

"父亲，是你吗？"我喃喃地问，他却没有回答。

"父亲，你去哪儿了？为什么不回家？你不要青青了吗？"我不放弃地继续问，却还没等到想要的答案，就从梦中醒来。

银白色的长发，金色的双眸，绝美的容颜……他还在我眼前，这证明之前的经历都不是我的梦境。

我依然困在这间古怪的房子里，被一个美艳的怨灵抱在怀里。

除了他的怀抱如冰山一般冷外，画面其实挺美好的。

"你叫什么？"他问。

"越青鸾。"我答。

与昏迷前的恐惧和莫名其妙汹涌而来的伤感不同，现在的我内心如水般平静。

他俯身再次靠过来，又仔细凝视了我很久后，叹息道："你不是她。"

我终于明白他之前对我那样反常的原因，原来是认错了人啊。只是我不明白，被他认错的那个人跟他是敌，还是友？

这可是关乎着我生死存亡的重要问题啊。

"那个……"刚一开口，他就手一松，毫不留情地丢下我。

对，就是用丢的！与之前温柔的公主抱截然不同的两种态度和力度！

这就是被人认错前后的巨大差距吗？

还好我心理承受力强，抗摔力也不差，拍拍屁股就重新站起来。

此时的他站在一个巨大的透明圆球面前，没有回头地对我说道："过来。"

"哦。"我噘起嘴，极不情愿地走过去。

"你看，这里面是什么？"他抬手指向圆球的正中央。

没有什么兴趣的我，带着敷衍的态度将脸凑过去看。

透明球应该是某种能量体，如果再看仔细一些，你能看到球体内部流动闪烁的能量线。

它不会是什么新型的能量炸弹吧？

我猜想着，发现球体里竟然横躺着一个东西……那是一个人，悬浮在球体中央。

　　我眯起眼睛要去看清那人的脸，结果却看到……我自己？

　　我不敢置信地揉揉眼睛又贴近去看，看球中的那个"我"的穿着，看"我"身体上的任何一个细节，包括我来山庄前，右手背上的那个擦伤……天啊！真的是我？

　　"这是怎么回事？"我纳闷地回头问道，心想难道自己被复制了一个出来？

　　"如你所见，那里面的人就是你。"他用一种宣布死刑的语气僵硬地说。

　　"什么？"我一时无法理解。

　　"你是不是动了一面镜子？"他问，语气笃定。

　　我诚实地点头。

　　"那不是面普通的镜子，是连接两个世界的大门。你把镜子从墙上抠出来的刹那，就连通了两个世界，而你的肉身就被禁锢在这里。"

　　"我听不懂什么世界，什么大门，只想知道那个'我'是怎么回事。"我有些着急了。

　　"里面的是你的肉身，而外面的你只是一缕随时都会消散的精神虚幻。"

　　"精神虚幻？"我思考着，"就是鬼魂？"

　　他没有点头，也没有摇头："那是你们人类的说法。"

　　"怨灵大人——"

　　"扑通"一声，我虔诚地跪下去，抱住他的腿苦苦哀求："上刀山也好，下油锅也好，给大人端茶倒水，砍柴煮饭，洗衣暖床也好，只要大人开口，我一定按大人说的去做！只求大人帮我恢复原状啊！"

　　他的表情有些愕然，大概是有点儿无法接受外表淑女的我做出如此没脸没皮的事。

　　脸皮是什么，活着才最重要啊！我不要像现在这样，快把我的肉身还给我！

　　他漠然地从我手中抽回自己的腿，站到一个安全的距离看着我说："要想一切恢复原状，只有一个办法，就是让两个世界的秩序都恢复原状，把从

我那个世界逃进你这个世界的垃圾清扫干净，门才能重新关上，你的肉身才能得到释放。"

我听得还是有点儿云里雾里的："也就是说，只有让一切都回归原状，我才能拿回自己的肉身？可你说的，逃进我们这个世界的垃圾是什么？我又怎么将它们清扫干净？用吸尘器？"

他无语地扶额，另一只手向斜下方猛然张开，"嗖"的一声，那颗滴着血的毒牙就从地上飞到了他的手掌之中。

难道这就是传说中的隔空取物？他果然不是普通人。

"这就是垃圾。"他的金眸中跳跃着怒火。

尽管知道他现在心情不好，但我还是硬着头皮，不怕死地问："我还是不太明白，在你的世界中，垃圾的定义就是你手中的毒牙吗？而逃到我的世界中的垃圾，就是这一颗毒牙？还是说其他地方还有这样的毒牙？又或者是其他像这种毒牙，或是跟这种毒牙同类的垃圾？"

"闭嘴！"

冷冷的两个字打断我无休止的提问，下一刻，他手腕一转，将紧握的毒牙尖对准我的眉心，傲慢地说："没有人敢如此挑衅我的耐性。听着，蠢货，你打开的是神兽大陆和现实世界的连接大门，而你所在的世界是我的祖先创造的。换而言之，我就是你们世界的神。"

我好像有点儿听懂了，他要么是真的上帝，要么就是脑子进了水。

"哦哦，然后呢？"我配合地点头眨眼睛，鼓励他继续讲。

"而垃圾，就是在我的世界里犯了神规，被判有罪，必须要受罚的人。若不是因为你，他这会儿已被我钉死在惩戒柱上。是你，放走了他们！"他恶狠狠地瞪着我，一股凉气从我的尾椎骨直蹿了上去。

我咽了口唾沫，讨好地拍着马屁："怨灵大人如此英明神武，再次抓住那个垃圾简直是轻而易举！他逃不掉的。呵呵。"

"收起你的傻笑。"他不悦地甩开我，一脸嫌弃。

"遵命怨灵大人！"我急忙捂住自己的嘴巴，收起脸上的假笑。

"我叫睿，"他像是思考很久、纠结很久才说出自己的名字，"白睿。不是怨灵大人。"

"是瑞雪的瑞，还是锐利的锐，还是睿智的睿，还是蝇蚋的蚋，还是……"

"停！"他再次受不了地叫停，蹙起眉头抱怨，"你话可真多。"

我吐吐舌头，不敢再说一个字。

其实我觉得自己的话并不多，只是问题多了那么一点点而已。

"第三种。"

他简短地告诉了我答案，却又用一种探究的眼神打量我，像是在等待我听到这个名字后的反应。

他的目光太凌厉，我无法假装自己没感应到，只能违背心意地说出恭维的话："白睿，好名字，说明大人你是个睿智、睿敏、睿哲，还有睿达的人。"

他的表情有些失望"逢迎拍马，叽叽喳喳，贪生怕死，你一点儿也不像她。"

他又提到了那个"她"，她究竟是谁呢？

真的好想问问啊。

"那个……"我正要发问，脚下的地面就轰隆隆地震动起来。

他暗道声不好后，一把揽过我的纤纤细腰，带我飞了起来。

没错，他真的是在飞，身体就像根轻盈的羽毛悬停在能量球的正上方，而我们刚刚所站的地面已在顷刻间分裂下陷进深不见底的黑渊。

我害怕地闭紧眼睛死死搂住他，生怕他一松手，我就掉下去。

"结界要破了。"从睿的语气中听出，眼前的情况非常不妙。

"既然你会飞，就快带我离开这儿吧！"我更紧地抱住他，厚脸皮地撒起娇来，"求求你，拜托拜托啊！"

睿看了看快要破裂的结界，又看了看抱住他一脸惊恐的我，决定道："也只能这样了。"

话音刚落，我就被他推了出去，整个人跌进一道长长的闪着光的隧道里，就像身处一台吸尘器的管道之中，被一股强大的力量吸附着往隧道的另一头快速移动。

我惊吓得连连大叫，伸长手臂想要抓住同样也进入隧道中的睿，希望他能抓住我，让我停下……

"睿，救我——"

第二章
中国好师兄

DASHEN
ZHIXINGGUAN

一层白霜覆盖在已经破损的窗玻璃上，潮湿的墙壁上布满黑褐色的斑驳，屋顶的木头房梁也变形发白……我在一间散发着腐朽气味的破房子里醒来，阳光从破窗户射进来，微微刺痛了我的眼睛。

胀痛的脑袋让我不得不重新闭上眼睛，过了很久才又再次睁开。

看着自己映在地面上的影子，我安心地长吁一口气。

原来只是一场梦啊……

可这场梦境实在太真实了，我甚至到现在还能感觉到手腕上被睿握住的地方，仍残留着他特有的冰冷体温。

揉揉太阳穴，定定心神后，我看向四周。

这是哪儿？我怎么会在这里？

我想从地上站起来，却因小腿上的伤口而差点儿跌倒。

奇怪，我什么时候腿受伤了？而且，我什么时候换了衣服？

我讶异地低头将自己从下到上地检查了个遍。

不对啊，这不是我的衣服啊，还有，这腰上的包包又是谁的？

难道是睿帮我换了衣服？想到这种可能，我的脸立马红了。

清醒点儿，越青鸾！睿不过是你梦里幻想出来的，他不是真实的，更不可能帮你换衣服！

算了，不想了，先离开这里再说。

我一瘸一拐地走到门口，外面的一切让我心中的困惑加倍。

我已经离开了山庄？我的小伙伴们呢？

"阿七——小铃——毛毛——你们在哪儿？"我拢起手朝着面前的密林大喊。

他们不会丢下我，先回去了吧？想到这种可能，我就气得牙痒痒！

一群没人性的家伙，看我回去后怎么收拾你们！

我从草丛中捡起一根粗的树枝，当拐杖拄着。

"青城师弟——"

我还没走出几步远，一个不知道从哪里冒出来的陌生男生挡住了我的去路。

男生留着一头黑色短发，给人一种干净清爽的舒服感，外加一双让人莫名安心的黑眸。

"总算找到你了！"

他握着我的肩膀，语气欣喜却看上去一脸疲惫。

"对不起，你是哪位？"

我心想自己不会真长了张如此大众的脸吧，不但在梦里被睿认错，在现实中又被这个男生认错？

男生的表情一下子凝重起来，紧张地盯着我问："难道你被傲因吃了脑子？"

"傲因？"

见我仍一头雾水，他更加笃定了自己的想法，一下子将我从地上扛起来，大步流星地往山下走。

"都怪师兄昨晚没照顾好你。别担心，我现在就带你去见师父，他一定能治好你。"

我被他扛在肩上颠得七晕八素，大叫大嚷道"放我下来！你快放我下来！我不认识你，你认错人了！"

"你是我的青城师弟，我是你的南宫聿师兄，昨晚师父夜观天象，说山庄会有异动，让你我一起上山抓妖，结果遇见了傲因，追捕中我们走散了。"他一边扛着我马不停蹄地赶路，一边解释。

"什么青城，什么南宫聿，什么傲因，我统统不认识！我叫越青鸾！不是你的师弟！快放我下来，不然我就喊人啦！"

在发出最后的警告无效后，我开始扯开了嗓子大喊："来人啊！有强盗抢人啊——快来人啊！救命啊——"

南宫聿突然停下，捂住我的嘴巴噤声道："别出声。"

"呜！呜！"我不服地抗议。

他将我从肩膀上放下来，一脸严肃地说："听，有婴儿的啼哭声。"

我听了听，确实有隐隐约约的婴儿啼哭声。

"可是这里不该出现婴儿，"南宫聿闭上眼睛，深吸了一口气，用一种判定的语气告诉我，"这附近有条河。"

我学着他的样子也深吸一口气，却不知道他凭什么就判定附近有河。

"也许是九婴。"

南宫聿打开腰间的怪包，从里面拿出三节短小却又精致的圆棍，咔咔两声就组装成一把巨大的弓箭，紧接着，又变魔术般从口袋拿出了一支箭搭在弦上。

"别出声，它一定就在附近。"

我不懂他说的九婴是什么，也不懂他拿着把大弓要瞄准什么。不过，既然他放开我了，那我也不会继续留下来看他神经质地耍帅。

趁他去四周查探的工夫，我悄悄地钻进林子，打算摆脱这个莫名其妙的疯子。

婴儿的哭泣声越来越响，好像就在我的耳边一样。

不会真有人丧尽天良地把孩子丢在这种荒山野岭吧？

我本想只顾自己逃命的，却最终改变想法，朝着声音发出的方向找去。

眼前的林子越来越密，脚下的土壤也变得越来越潮湿。尽管在这附近生活了十五年，却是第一次探入西山深处，我从不知道西山的植被竟然如此茂密。

我穿过一片齐腰深的长茎野草后，就看到了一条小河。

阳光从枝叶间洒下来，落在清澈如镜的河面上，熠熠发亮。

"好清的河水，喝起来一定很甘甜吧。"有些口渴的我走到小河边，捧起水。

"啊——"

惊恐万分的我跌坐在地，半天才鼓起勇气重新站起来，再次盯着水面看。

怎么会这样？我的脸怎么会变成一个小正太的脸？我的脖子上怎么会长了喉结？

我的手下意识地摸向自己的胸口……天啊，旺仔小馒头也不见了？

下面不会多了不该有的东西吧？

我惶恐不安地解开腰间的皮带，低头去看。

"啊——"

耗尽全力的尖叫惊飞了大片的山鸟。

"不！不！不！我不相信这是真的！我一定是做梦了！一定又在做梦！"

我焦灼地重新躺下去，想逼迫自己睡着，这样也许再醒过来时，一切都回归原位。

五分钟后，我不得不接受眼前的现实，崩溃地看着这个陌生的身体，任绝望如洪水般从心里呼啸而过。

中奖了！超级无敌宇宙恶搞大奖，竟然被我中了？这是哪辈子修来的"福气"啊？

四周响起窸窸窣窣的声音，顷刻间，一个人影从天而降扑下来，重重地压在我身上，导致我的后脑勺儿狠狠地吻了地面一口。

这一瞬间，我的脑中闪过几个模糊的画面和一些断断续续的声音，还没等我想起来，压在我身上的南宫聿就用手死死捂住我的嘴巴，压低声音说："别出声，它来了。"

管你是大姨妈还是大姨父来了！快从老娘身上滚开！

我挣扎着，想拿开他的手时，身旁的野草丛中突然露出了一个我前所未见的怪物。

九只卷曲的鲜红色的蛇头在空中上下翻腾，嘶嘶作响的声音让人的寒毛都直立了起来，长长的毒牙上滴着毒液，充满黏液的分叉舌头在空气中探索

着气味，一双铜爪般锋利的利爪轻易就剥开了阻挡它的粗壮树木，庞大而有力的身躯像座大山一般挡住了太阳的光线。

脑门儿被身上的南宫聿拍了下，鼻息间就蹿入一股浓烈的薄荷香味。

九头蛇怪突然变得暴躁起来，拔起一棵像米其林轮胎那么粗的大树，拦腰截断。

它的变化让我想到《动物世界》中失去猎物的野兽，我想也许是这薄荷的味道迷惑了它的嗅觉，我和南宫聿才能没被发现逃过一劫。

一滴汗落在了我的脸颊上，我将视线缓缓向上抬，转移到南宫聿身上。

他的侧脸坚毅且坚定，一双黑眸中充满着让人热血澎湃的勇气和力量，连身为胆小鬼的我都不由得被感染，一直狂跳的心渐渐归于平静。

因为所有的注意力都放在不远处的九头蛇怪身上，所以当我感到裤裆一片湿润时，一切已经无法挽救了。

趴在我身上的南宫聿闻到了空气中的异味，低头用诧异同情以及不知所措的复杂眼神看着我，好像在说——师弟，你吓尿了？

呜呜呜！不活了！没脸活了啊！

又羞又恼的泪水从我眼眶中止也止不住地流出来。

天雷滚滚啊！做了十五年女生的我，竟然变成男人？变就变吧，上帝还不肯放过我让我吓尿了？这是要玩死我的节奏吗！

"呼——"

还没来得及整理自己受伤的心灵，一阵带着泥沙味道的冷风从我的面前疾驰而过。

"小心！"

南宫聿抱起我，翻到一旁的草地上，松开我后，一个鲤鱼打挺跳站起来，抽出背后的一支长箭就射向朝我挥来的那只利爪。

被射中的九头蛇怪愤怒地扭动着身体，九只蛇头在空中激烈地碰撞着，坚硬的红色鳞片发出巨大的响动，就像有很多人在敲打着战鼓，一场腥风血雨即将掀起。

我再也顾不上那件尴尬的糗事，从地上爬起来就要逃。

"快用你的流星锁来帮我！"南宫聿叫住我。

流星锁是个什么东东？我的脸上写满了困惑。

"该死，我忘记你失忆了！把你的腰包打开，里面那条金色的长链子就是流星锁！"南宫聿一边张弓拉箭地应付被惹怒的九头蛇怪，一边对我大喊，"只有先用流星锁把九婴锁起来，我们才有逃走的可能！快，我要坚持不住了！"

我急忙拉开腰间的小包，从里面翻出一条只有小手指粗细的金色链子，不可思议地举起来问："是这个？"

南宫聿急匆匆瞥了一眼："对！"

"不会吧？这太不科学了……"

它能拴住九头蛇怪？别开玩笑了，它顶多就是条造型新颖的手链。

"你可忘得真干净！"南宫聿抱怨了一句，就急忙指导我，"把它顺时针在空中转起来，它就会慢慢变大变长，到它最大的时候，向九婴扔过去就行了！"

我抱着严重怀疑的态度，依照他所说的，站在原地顺时针转起来。

奇怪的是，这条手链真的在旋转中变大变长起来，但重量却一如当初。

"现在行了吗？"已经很难再继续转动流星锁的我大声问。

"我把它引过来，你看准了再扔！记住，机会只有一次！"

南宫聿跳上一棵大树，张弓射中九头蛇怪的一只眼睛，之后像灵巧的猴子般从树上跳下来，在密林中跑了一圈后，将九头蛇怪引到了我的正前方。

"就是现在，扔——"朝我跑来的南宫聿大喊。

看着他身后紧追不舍的九头蛇怪，我的双腿开始止不住地发抖，虽然双手在大脑下意识地控制下将手链用力朝前扔去，但是身体却失去平衡地栽倒在地。随之引发的可怕后果，就是流星锁在即将套住巨大的九头蛇怪前，从半空坠落，只碰到了它的脚指头。

险些遭到偷袭的九头蛇怪愤怒地喷出火焰。

"快闪开——"

南宫聿拉起地上的我就要逃，可惜还是晚了一步，他的后背被一簇火焰烧伤，空气中弥漫着焦煳的味道。

他的额头上都是汗，握着我的手臂因痛楚而微微有些发颤。

"师弟，你没受伤吧？"他问，眼中的关心让我的鼻子有点儿发酸。

"对不起，我搞砸了，我没有套住它。"

他一定伤得很重，可他非但没有在意自己的伤口，也没有责怪我的失误，而是问我有没有事……

"没事，我们一定能逃走的！"南宫聿安慰着我，但忽然覆盖住我们的大片阴影却让这句话一瞬间几乎成了奢望。

九头蛇怪就在他的身后，以一种胜利者的姿态倨傲地看着我们，大有下一刻就把我们两人一起生生吞下去的架势。

南宫聿转过身去，挡在我的面前将我护在身后，他的手一直抓着我，让我本该绝望的心仍保留着一份小小的希望。

这点希望如同暗夜中的点点火苗，也亦如他此刻掌心的温度。

"丁零——丁零——丁零——"

清脆的铃铛声闯了进来，让剑拔弩张的气氛一下子被破坏殆尽。

九头蛇怪的九只蛇头忽然转向铃铛声传来的方向，然后就那样头也不回地迅速藏进密林中，毫不犹豫地丢下就要成为盘中餐的我和南宫聿。

"奇怪，它怎么放弃了？"南宫聿不解地自问道，握着我的手松了点儿力度。

我怔怔地看向九头蛇怪离开的方向，耳朵里仿佛仍响着那阵熟悉的铃铛声，还有一些模糊的断断续续的话音。

他说："你的肉身已被结界球禁锢，我只能先帮你占用这个人的身体。"

他说："记住我说的话，只有把逃走的垃圾清理掉，你的肉身才能得到释放。"

他说："我们，还会再见的。"

他，就是那个有着一头银白长发、一双金色眸子，叫睿的男人，他的手腕上系着一个金色的铃铛……

他不是我的梦吗？

"这里就是你的家？"

同情心泛滥的我不忍丢下重伤的南宫聿，历尽千辛万苦终于在天黑前将他送到了他所说的地点。

眼前这栋更像是庙宇的小院位于城市中央最繁华的地段上，四周全是高楼林立的建筑，这栋又破又旧的小院显得格格不入。

小院的外墙是灰色的，大门上有块木雕的招牌，上面写着红色的"独一处"三个繁体字，门口有两个石狮子，奇怪的是，石狮子的眼睛都是闭着的。

"终于回来了。"南宫聿无力地说完这句话，就不省人事地晕了过去。

"喂！醒醒，醒醒啊！"

我着急得正不知该如何是好时，小院的大门忽然打开了，从里面呼啦啦跑出来十几个看上去只有六七岁的孩子，冲到南宫聿身边，一下子将他举起来，又呼啦啦地将人抬进大门内。

这些孩子都是吃什么长大的？这么有力气？

"青城师兄，要我们抬你进去吗？"一个声音奶声奶气地问。

我低下头，身后竟然还站着四个小鬼头。

"我不是你们的师兄，你们认错了。"我笑着摆手。

"青城师兄的腿受伤了！"一个胖乎乎的小鬼头指着我受伤的右腿说。

经他这一提醒，我顿时觉得右腿痛得没办法站立。

之前为了从怪物口中逃走，我完全忘了自己的腿伤，之后又救人心切，也没注意到身体的痛楚。

可怜我拖着受伤的娇弱身体，硬是把人高马大的南宫聿带出了深山！这是一种怎样的牺牲奉献精神啊！我都要被自己感动哭了！

"青城师兄，你和南宫师兄是不是被九婴弄伤了？"一个瘦了吧唧的小鬼头走上来问。

"呃……"

我不知道如何回答他的问题，因为这一整天在我身上发生的事太诡异、太离谱了！我急需回家洗个热水澡，好好睡一觉，于是无视他的问题，将重心移到左腿，告别道："人我也安全送到了。再见吧！"

"青城师兄一定是被九婴吃掉了脑子，我们快点儿送他去见师父！"

一个光头小鬼头大叫一声，四个小鬼头齐刷刷冲上来，一把将我举起，一路小跑地往小院里抬。

"放我下来！快放我下来！"

我惊慌地大叫着，却在进入院内后被里面的一切分散了注意力。

与外面看到的破败情景完全不同，院内的布置让我仿佛置身于古代的院落。

雕梁画柱上镶着璀璨宝石，亭台楼阁里燃着袅袅焚香，水榭飞檐上挂着玲珑风铃，九曲回廊上挂着莲花灯笼……视线所及之处都是古色古香的东西，而且极尽精致奢华。

这里不会是什么高级私人会所之类的地方吧？

目不暇接中，一个让我意想不到的人出现在面前。

"把她交给我。"

他冷清的声音和梦中的他一模一样。

小鬼头们你看看我，我看看你，犹豫不决。

"我会带她去见你们的师父。"

他走上来，不等小鬼头们同意就将我强行夺走。

我被他抱在怀里，愣愣地看着他，无法整理自己脑中乱成一团麻的思绪。

一样的脸庞，一样的身形，除了瞳孔的颜色是金色和黑色之分，头发是白色长发和黑色短发之分，衣衫是长袍和西装之分外，眼前这个男人和结界中的睿一模一样。

他是睿吗？还是和睿长得一样的陌生人？

他是谁？这会不会还在我的梦里？

他怎么会在这里？他要带我去哪儿？

直到被他抱进房间，我脑中仍源源不断地冒着各种各样的疑惑。

"你的脑子真被九婴吃了？"他不悦地看着我，将我放在床上，极不温柔地抬起我受伤的右腿。

"我们是不是见过？"我小心翼翼地问，怕问了什么奇怪的问题，被当作神经病。

"你说呢？"他反问一句，用力握住我的伤口。

"疼啊！"我当即疼得直飙泪。

"自身都难保，还有闲工夫去管其他人。"他冷冷地警告，"这次只是小施惩戒，下次再逞强，会比这更疼。"

"哇——"

确定眼前人就是结界里的睿后，我便更加确定之前的所有经历都不是梦，他是真实存在的，而我的身体也确实被困在了那个光球中。

满心的委屈和辛酸顷刻间变成汹涌的泪水，毫无理由地爆发出来："自从遇见你，我就开始走霉运！不但丢了肉身，灵魂还被困在这个正太的身体里，还差点儿被一个九头怪物吃掉！你到底是人是鬼？为什么总是阴魂不散？"

"等这里的问题解决，我自会从这个世界消失。"

"那你现在，是来帮我的吗？"我期盼地看着他。

"帮你什么？"

"帮我把肉身拿回来，帮我恢复如初。"

"垃圾不除，如何让一切恢复如初？更何况，这是你闯的祸，为什么要我帮你善后？"他松开我，起身走开。

"等一下！"

我急得一下子跳下床去，拉住他可怜兮兮地央求："可不可以就当是做善事，帮帮我？"

结界球，异世界……这些我前所未闻的东西只有他最清楚。如果他不出手，我如何拿回自己的身体啊！

他停了下来，却没有回头。

我想他没有立马甩开我，也许是有点儿动摇了，于是又加把劲地继续乞求，用尽毕生的演技，楚楚可怜地说出两个字："求你……"

一秒的沉默后，他转过身来，眼神锐利地看着我："用什么来交换？"

在他冰冷的目光下，我竟害怕得想逃。

他抓住我的手腕，紧盯着我。

我和他之间现在只有一步之遥，我的心因这样的距离而剧烈跳动着。

他周身散发的气势像道无形的围墙将我困在其中，目光就像两把利刃，直抵着我的眉心，大有我不回答就刺下来的感觉。

我不敢呼吸，心脏几乎无法承受这样的压力和无法释放的窒息感，好想立马昏厥过去，避开他的问题，可大脑却越来越清醒。

这种复杂又陌生的感觉让我恐惧却无能为力，于是怯弱地回答："我不是富二代。"

言下之意是我没钱，没办法用金钱来跟他交易。

他眉头一蹙，很显然对这个回答不满意。

"我只是个朝女神奋斗中的女屌丝。"

言下之意，自己颜值有限，用以身相许什么的来交易，也不划算。

他的眉头蹙成了川字。

"我真不知道自己能拿什么来跟你交换……"我急得快要哭出来。

"用你最珍贵的东西。"他提示。

最珍贵的东西？

"生命，还是……"我低头看了看自己这具正在发育中的小正太身体，心想难道睿的喜好是这样的？

"收起你的胡思乱想！"

额头一痛，我竟被他用手指狠狠弹了下。

"那你要什么？"我揉着额头，一肚子不满地问。

睿用指尖轻轻点了下我的脑袋，微启双唇："记忆。"

"记忆？"我更加不解，"你想要什么记忆？什么时候的记忆？"

"全部。"睿忽然握住我的双肩，更深地注视着我的双眸，用一种平平的、毫无感情的，却又让人害怕的语调说，"我要你前世和今生的所有记忆，做交换。"

心跳得飞快，某种奇异的直觉在我的胸中突突地跳动，几乎要从我的胸腔里挣脱出来。

"我不记得自己的前世。"

"你不记得，不代表它不存在。"他的语气很笃定，让我有些相信在自己脑中还沉睡着上一世的记忆。

"今生的记忆……"

他打断我："我只要你回到身体前的记忆，一旦所有事回归原位，你必须忘了在此之前的一切。"

我不太明白，如果他要我今生的记忆是为了不让异世界的秘密曝光，那为什么还要我前世的记忆呢？难道说收藏前世的记忆，是他的特殊喜好？

有些迟疑的我商量道："要不给我两天时间，考虑考虑？"

他松开我，决绝地转身道："机会只有一次。"

"我答应你！"

他停下来，捧起我的脸，不给我任何反应和后悔的机会就在我的额头上落下轻轻一吻。

"成交。"

在我缓过神来之前，他已经离开，房间里飘荡着他留下的声音，凉凉的、柔柔的，正如他的吻一般。

"这里是间捉妖馆，一旦被捉妖师发现你身上的端倪，你必死无疑。"

我手抚摸上额头被亲的地方，那里似乎还留着他的体温，像初雪融化在皮肤上的温度。

"青城师兄！青城师兄！"小鬼头们吵嚷着冲进来，将我团团围住，"大事不好了！南宫师兄不行了！"

"南宫师兄快要死了！你快跟我们走啊！"

小鬼头们又推又拉地将我强行带出房间。

第三章
欢乐捉妖人

DASHEN
ZHIXINGGUAN

　　小鬼头们将走廊尽头那扇门打开的瞬间，一个男人鬼哭狼嚎的声音就扑面而来。

　　"聿儿啊！我的好徒儿！你怎么走得这么急、这么快？为什么不等师父救你啊！

　　"聿儿啊！聿儿，为师含辛茹苦十八年才将你拉扯成人，你怎么忍心让为师白发人送黑发人，怎么忍心丢下为师一人今后孤苦伶仃地活在这世上，没人养老，没人送终？

　　"聿儿啊！我的好徒儿啊，你不能死啊！"

　　南宫聿死了？我无法接受地僵立在门口。

　　"师父，师父，青城师兄来了。"小鬼头们泪眼婆娑地走到南宫聿躺着的那张床前，一个身穿唐装的男人正趴在床边哭丧。

　　"城城！我的小城城！"他忽然向我跑来，一下子抱住我，有力的臂膀让我顿时呼吸困难。

　　"上天为什么要这么对我？为什么要带走我的聿儿？"他抱着我继续哭号，完全不顾已经被他勒到快要翻白眼的我。

　　"大叔！快松手！"我着急得直拍他的后背。幸好这不是我的身体，要不一定告他骚扰罪！

“大叔？我的小城城竟然叫我大叔了？苍天啊，岁月催人老啊！”

“吵死了。”

刚才还直挺挺地躺在那里的南宫聿，撑着身体坐了起来。

“师父，师父，大师兄活了！大师兄活了！”小鬼头们破涕为笑地在房间里跑来跑去。

差点儿用拥抱谋杀了我的这个大叔终于止住哭声，不敢置信地回头看了眼，松开我，朝南宫聿张开双臂，兴奋不已地跑去“聿儿聿儿，我的好徒儿……”

“别过来！”南宫聿急忙从枕头下抽出一条小蛇，阻止了大叔热情的拥抱。

“聿儿，你能活过来，为师真是太高兴了。”大叔站在原地，喜极而泣。

“我本来就活得好好的，只是一时昏过去而已。”

南宫聿黑着脸，他真是受够了自己这个奇葩师父，若不是他刚才被哭喊声吵醒，说不定就会被师父直接入土下葬了。

“谁说的？你被九婴的毒火喷中，怎么可能有命活到现在？是为师用招魂术，把你的魂魄召了回来。”大叔生气地辩驳，“为师拼死拼活地救你，你却如此对待为师，为师的心真是伤透了……”

“我累了，你出去吧。”南宫聿有气无力地说着，将小蛇挂在床头当作辟邪符后，就重新躺了下去。

“聿儿，你不能这样对为师！”

被嫌弃的大叔哀怨地跺着脚，床上的南宫聿拿起枕头盖住自己的头，完全无视他。

“那个……”

在一旁当背景、围观了最奇葩师父和最傲娇徒弟的我走上前去，扯了扯大叔的衣袖问：“既然他还活着，我可不可以先回去了？”

“等等！”大叔握住我的手腕。他那犀利的眼神让我的心咯噔一下，我后怕地想到了睿的警告。

他不会是察觉出什么异常了吧？

大叔从袖子里拿出一盒药膏塞到我的手上，郑重其事地交代：“为师还有要事处理，今晚照顾聿儿的重任就交给小城城了。”

“啊？”

不等我拒绝，大叔已经一阵风似的跑出房间，将我和南宫聿关在了房间里。

"喂！"我跑过去，想拉开门却怎么也拉不开，"开门啊！喂！"

"没用的，他一定将门从外反锁了。"南宫聿无奈地拿开头上的枕头。

怎么可以这样啊？我又不是仆人，干吗要我留下来照顾他？更何况，孤男寡女的，一点儿都不安全好不好！

我垂头丧气地走回来，坐在沙发上生闷气。

"我五岁时，师父将你捡了回来。当时你好小，总是哭，没完没了没日没夜地哭。师父搞不定你，就把你放在我的房间里，让我想办法。长大后，你每次生病或受伤哇哇大哭不止，拿你没办法的师父就将你丢到我这里。为怕麻烦，师父还会将门反锁上，直到你不再哭，才肯放你出来。"南宫聿回忆着，似乎说出这件经常发生的事能让不安的我静下来。

"以往都是我照顾你，没想到这次换你照顾我。"南宫聿有点儿自嘲地说完后，伸手向我讨要，"把药膏给我，我自己来。"

"给。"懒得动弹的我，随手将药膏朝他的方向扔去。

"虽然你失忆了，但我们之间的默契还在。"准确接住药膏的南宫聿说，"明天我会跟师父说，让他想办法帮你找回记忆。"

"不用了！"我着急地站起来，这一举动让南宫聿有些讶异。

我连忙开动脑筋解释："你的病还没好，如果让他知道我也出了问题，一定会操碎了心。而且我也不是把所有的东西都忘了，只是忘了那么一小丢丢而已，无伤大雅，不值一提。还有啊，我只是被那九头蛇怪吓到，也许缓几天又都想起来了，别就劳烦师父为我费心耗神了。"

睿说过他们都是捉妖师，我可不能大意地让那个师父为我检查。

"也对。南宫一那个傻瓜今天为我用了驱火术，一定元气大伤。等他复原后，如果你还没有恢复记忆，我们再让他想办法。"南宫聿说完就脱下外衣准备上药。

春光乍现，我尴尬得急忙背过身去，拿起茶几上的遥控器打开电视。

他说的南宫一应该就是那个大叔，也就是他的师父。

空气中弥漫着一种淡淡的雪莲花的香味，很好闻。

一定是药膏的味道。

我想到南宫聿后背被大火灼烧的地方，他应该伤得不轻。

听他一个人折腾了很久似乎都没能搞定，偶尔还发出几声焦灼而痛苦的吸气声。我有点儿过意不去。

"要我帮忙吗？"我问，出于知恩图报的心情。

如果不是他，现在被火灼伤的人就是我。

"如果你不怕做噩梦的话，就来吧。"

我深吸一口气，本着纯洁且正义的念头从沙发上站起来，慢慢地走过去。

他站在床下，背对着我，裸露的后背上是一大片灼伤后狰狞而扭曲的皮肤，从他的肩膀一直延伸到后腰。

"这药膏可是师父的心头肉，没想到他会舍得拿出来。"南宫聿把药膏递给我，叮嘱，"不用抹太厚，薄薄的一层就行了。"

我用食指抹了点儿红木盒里的透明药膏，轻轻点在他的伤口上。

房间被一片寂静笼罩，我小心翼翼生怕弄疼他。他也强忍着痛楚，只是偶尔绷紧肌肉。

抹到一半的时候，我已经累得满头大汗。

"这么严重的烧伤，不去医院行吗？这药膏真的能控制伤势吗？会不会感染恶化了？"我又开始念念叨叨。

"师弟，你变了。"

我停下来，有些紧张地问："哪儿变了？"

"以前的你特别胆小。"

我暗暗吁口气："我现在一样胆子小啊。"

"不单胆小，而且爱哭。"

"我现在也一样爱哭。"

"可你现在没哭。"南宫聿转过脸来，像对待宠物般轻揉着我的脑袋，"若是以前，你看到我受这么重的伤，一定会大哭不止，别说给我上药了，我恐怕还要头痛如何安抚你的情绪。但现在，你变了，好像一夜之间长大了。"他握住我的肩膀，将我的身体微微向上提道，"变得像个男子汉了！"

什么？变得像个男子汉了？

灵魂被困在一个正太的身体里已经够郁闷了，现在连行为都要被人说像男子汉？气死了！姑奶奶我可是走女神路线的！

我沉下脸，在他放我下地后，生气地用力戳下他受伤的后背。

"嘶！"他疼得弓起背来。

我虚伪地道歉："对不起啊，弄疼你了。"

"没关系，这点儿疼，师兄我还受得住。"

受得住？我又用力将药膏戳下去。

"嘶！"他又一次弓起背。

"对不起啊，又弄疼你了。"我还戳！

"没关系，师兄我……啊！"

"对不起啊，我又失手了。"我戳戳戳！我还戳！

"那个，还是我自己来吧。"他终于受不了地一把将药膏抢回去。

我自然也没有再客气，带着一肚子郁闷又返回沙发那里。

大概过了半个小时的样子，他才终于把所有的伤口都处理完毕。

"去洗洗吧！"南宫聿走过来，将一条毛巾丢在我的脑袋上，"尿裤的事情，我会替你保密的。"

"这是我的衣服，先借你穿。"一条平脚裤又飞过来，正砸在我脸上。

从头上和脸上将东西拿下后，我的脸几乎气成了猪肝色。

哪壶不开提哪壶！这个南宫聿摆明了要让我难堪！

南宫聿趴到沙发上，拿起遥控器将电视节目调到《奔跑吧兄弟》。

"你怎么还愣在这儿？"他不解地看着我，"不会又想让我给你洗澡吧？"

"开什么玩笑！"我又羞又恼地转过身，气呼呼地走进卫生间。

将门反锁以后，我又用力拉了拉门锁，确定它真的足够坚固。

脱掉脏兮兮又臭烘烘的外衣后，我深吸一口气，闭上眼睛，默念着"非礼勿视"四个字，迅速脱下内裤，尽量让视线保持水平线以上的范围，开始洗澡。

当往小腿上抹沐浴液的时候，才恍然发现右腿上的伤口不见了。

奇怪，这里明明有道很深的伤口啊。

我仔细翻看着自己的右腿，却怎么也找不到它。

那道伤口在我进入这个小院前还有的，现在怎么又突然没有了呢？它是怎么消失的？又是什么时候消失的？

努力回忆着……直到这道伤口被握痛，直到我为了追睿而慌张地跳下床……

想起来了！在我跳下床的时候，右腿就已经不痛了，这说明伤口是在我和睿对话的时候消失的，那时候只有他握着我的右腿。

一定是睿修复了我的伤口。

小小的喜悦从心底蔓延开来，我想我大概对这个神秘男人的性格有了些许了解。

虽然他总是冷冰冰的，但还是很细心的一个人；虽然他有时候很凶很可怕，但还是有温柔的一面。

想起额头的那个吻，我脸颊一热。

换上南宫聿丢给我的平脚裤后，我又把浴巾围在胸前挡住关键的地方。

看着镜子中打扮怪异的自己，摇摇头又把浴巾扯下来，换成双臂抱胸的姿势，走出浴室。

南宫聿正津津有味地看着电视，我迅速躺到床上，用毯子盖住自己后才如释重负地放松下来。

只要坚持到明天天亮，衣服就能干，这样就不会春光外泄了。

说来也奇怪，明明我现在占用的是一个正太的身体，却每每感觉别人看我的眼光就像在看我原本那具身体。

"这么快就睡？不看你的女神 Baby 了？"南宫聿问。

"不看。我先睡了，别打扰我。"用毯子蒙住自己后，我侧过身去，希望他能明白"不打扰我"这四个字的真正意思。

看他的后背烧伤度，今晚肯定是没办法躺着睡，即便是趴着，也会因疼痛很难入眠。所以我想对他而言最佳的选择就是今晚趴着沙发上，看一整晚的电视，分散疼痛的注意力。

所以，千万别到床上来，打扰我。

也许是自己太累太乏太困，我头一靠上枕头就被浓浓的倦意带入梦乡。

一夜无梦到天亮。

"聿儿，小城城，早上好！"

从睡梦中被吵醒，我揉着惺忪的睡眼就看到南宫一这个二货师父站在床前，十指交握于胸前一脸欣慰地说："看到聿儿和小城城如此相亲相爱，为师真是太欣慰了！"

我恍然留意到自己腰上多了一个什么东西？

"色狼——"我慌乱地抬脚一踢，熟睡中的南宫聿就滚到地上。

我迅速地拉起毯子掩住上半身后惊恐地坐起来。

"越青城，你想死吗？"南宫聿揉着被踢痛的胸口，暴怒地冲我大叫。

"你是什么时候爬上来的？对我做了什么？"我用烂到家的狗血剧台词愤怒地喝问他。

南宫聿愣了一秒，随后哈哈大笑起来。

我被他的反应弄得莫名其妙，还没回过神来，就被他一把揽住脖子。

他用一只胳膊夹住我的头，另一只手握成拳头，用力顶我的脑袋教训道："你小子忘了这是谁的房间，谁的床了吗？敢在我的地盘上撒野，还敢污蔑我的人品？找死吗？想死吗？"

"放开我！你快放开我！"被他勒住脖子的我又气又恼。

"跟我道歉！"

"不！"

"快道歉！"他的胳膊又用了些力度，我感觉脖子都要被拧断了。

"聿儿，你快把小城城勒死了。"师父南宫一在旁边善良地提醒。

"最后问你一次，道不道歉！"南宫聿还是没有放开我。

"道……"

刚说出一个字，他就立马松开我。

重新获得呼吸的我趴在床上，捂着肿痛的脖子大口大口地喘气。

"早点儿道歉，不就好了？明明没骨气，还死撑。"南宫聿嘲笑地说，我恨得牙痒痒。

好女不跟恶男斗，这次我不跟你计较。

"打是亲骂是爱，为师的两个徒儿太有爱了。"

"啰唆，"南宫聿不耐烦地从我身上跨过去，"早饭吃什么？"

"马上就来！"南宫一拍拍手，十个端着盘子的小鬼头就鱼贯而入。

咖啡、豆浆、牛奶、鲜榨果汁、面包、油条、意面、小酥饼、太阳蛋、蔬菜莎拉、果盘、烤翅……我刚还被南宫聿气得火冒三丈，转眼又被琳琅满目、各式各样的早餐迷花了眼。

这是早饭？几个人吃的啊？

"光看就能饱了？"南宫聿回头瞥了我一眼，示意我快去吃饭。

按我的性子，这时候应该头一扭，脸一抬，给他个不屑的后脑勺儿，不吃嗟来之食。但生气不能填饱肚子，就当我大人有大量，原谅他的无礼了。

我揉着空空如也的肚子从床上站起来，惊觉自己的上身不着半缕，又缩下去，将大大的床单围在脖子上，挡住上身后托着厚厚的下摆走到餐桌前。

南宫聿怪异地打量了我一眼。

"看什么看，这是吃西餐用的餐巾。"我挺直后背，无视他鄙视的眼神，优雅地拿起刀叉。

南宫聿不再搭理我，拿起豆浆油条吃得起劲。

"哪，既然今早的气氛如此和谐，为师就趁机宣布一条好消息吧。"南宫一走上来，轻咳两声清嗓后宣布，"为师已将这间捉妖馆转让了。"

"什么？！"南宫聿激动地站起来，随后又不敢置信地坐下，"别开玩笑了，谁会收购这间破馆子。"

南宫一一拳打在南宫聿的头顶，恨铁不成钢地教训："闭上你的乌鸦嘴。就因为你每天破馆子破馆子地乱叫，才害得为师卖了十年都没能卖出去。这次好不容易有个冤大头愿意花大价钱买下它，为师真是太高兴了。"

"为了银子，师父你真是坑人不倦。"南宫聿小声地嘟囔。

"好消息宣布完了。为师去收拾一下，聿儿和小城城就继续愉快地用餐吧。"

南宫一走后，南宫聿就闷头吃饭，一脸的不开心。

捉妖馆被卖对我来说或许是个摆脱他们的好机会，只要能远离这些捉妖师，就不用再担心被他们识破，就能专心地缠着睿帮我找回身体。

想到这里，我心情大好，胃口也变得大开，左手鸡翅，右手面包油条吃得很嗨。

"不行！我去看看！"

南宫聿放下手中咬了一半的油条，起身跑了出去。

我懒得理会他的发神经，独自享受满汉全席档次的早餐。

大概半个小时后，三四个小鬼头急匆匆闯进来，不由分说地拉起我就往外跑："不好了，打起来了，打起来了！"

第四章
十二道妖味
DASHEN
ZHIXINGGUAN

当我气喘吁吁地被小鬼头们拖到前院时，那里早已经打得昏天暗地。

"你把我师父藏哪儿了？"南宫聿用弓箭瞄准不远处的睿。

睿不屑地冷哼一声，没有回答。

"把我师父交出来——"南宫聿数箭齐发。

睿轻盈一跃，闪开一支箭后，用脚尖又踢开另外两支，然后稳稳落在院中焚烧着的炉台上，不悦地说了两个字："疯狗。"

如此辱骂激起南宫聿心中更大的怒火，失控的他忽然发起狠来，片刻间原本握在手中的弓箭变成一根长矛。

"受死吧！"南宫聿握着长矛快速地刺向睿，我的呼吸瞬间屏住。

南宫聿的速度特别快，每当长矛快要靠近睿时，睿都能轻易地闪躲开。没能刺中的南宫聿继续发起攻击，而睿又继续闪躲。

他们时而在树上，时而又在长廊，时而在屋顶，时而又落在井边……我的眼睛几乎跟不上他们如此快速变化位置的节奏，不一会儿就有些头昏眼花起来。

"大师兄小心！"

跟在身后的小鬼头们惊呼一声，只见南宫聿手中的长矛已刺向睿，却又停在睿面前不到一公分的距离，矛尖直指睿的眉心。

我不太明白，这种情况下，应该是睿要小心才对，为什么这些小鬼头反

而会担心南宫聿呢？很快我就发现，虽然长矛离睿很近，却根本无法靠近他。

睿的四周就像有道透明的坚固屏障将他整个人护在里面，尽管矛尖异常锋利，仍无法刺穿。

"把我师父交出来——"

随着南宫聿不死心地再一次用力刺去，睿四周的空气也发生了骤变，一股巨大的气流喷射出来。

南宫聿被狠狠地撞到地上，强大的气流将他手中的长矛高高地抛到空中，然后又落在了南宫聿面前的地面上，差一点儿就刺进他的身体。

"不要伤害我们的大师兄！"小鬼头们呼啦一声从我的身后蹿出，跑向南宫聿，将他围在中央，保护了起来。

睿不屑地冷哼一声，收起周身散发出的强大气流，停止战斗。

庭院里下起了纷纷扬扬的桃花雨，一切又安静如初。

睿从桃树上跳下来，走到我面前，摘下落在我头上的一朵桃花瓣后，放在我的掌心道："从今天开始，这里就属于你了。"

"我不懂。"

我疑惑地叫住从身边走过的睿，不明白这场争斗因何发生，更不明白他刚才那句话的意思。

"看看你的掌心。"

我困惑地低头去看，原本握在手里的那朵桃花竟幻化成无数透明的晶莹颗粒，落在我的掌心变成一个粉色的桃花印记。

我诧异地用力去擦，却怎样也擦不掉。

"喂，这是什么啊？"

抬头去问时，睿已经不见了踪影。

"搞什么啊！"

我用手指沾了点儿口水去擦，皮都擦红了，那印记还在。

"青城师兄，大师兄快不行了，你快救救他吧！"小鬼头们跑过来，拉着我来到南宫聿的身边。

他奄奄一息地躺在地上，虽然全身上下没有一处伤口，却气息微弱，感觉他命不久矣。

"喂，醒醒。"我推了推他的胳膊，想看看他是否还有意识。

小鬼头们立马阻止我道："别动！大师兄被震伤了五脏六腑，现在不能动他。"

我内疚地举起双手，不敢再触碰这个受了内伤的瓷娃娃。

"青城师兄，你快想想办法救救大师兄吧！"

"我不会啊。我又不是医生，要不我打120，叫救护车来吧。"

"医生也救不了大师兄，只有青城师兄你能够救他！"

我一脸 why me 的表情。

一个圆脸小鬼头走上来，将我的手掌摊开，指着掌心的那朵桃花印记说："这里现在是属于青城师兄的，只要青城师兄愿意，就一定能救大师兄。"

"虽然师父将捉妖馆卖给了刚才的那位大人，但那位大人却将捉妖馆的所有权交到了青城师兄手里，所以你才是这里真正的主人，只有你才能救大师兄。"一个国字脸的小鬼头补充解释。

"你说师父将这里卖给了睿？"

小鬼头们点头，并进一步解释："半个时辰前大师兄去找师父，发现师父的房间有被人闯入的痕迹。大师兄遍寻不到师父，却找到了那位大人。那位大人说，这里已经被他买下，要大师兄正午前务必离开。大师兄不相信师父会把捉妖馆卖给那位大人，两人在争执的时候起了冲突，动了手。大师兄发现那位大人的身上有妖气，就认定师父一定在那位大人手里。"

我理理凌乱的思绪，终于明白这件事的始末。

原来是睿要赶南宫聿走，而南宫聿不相信南宫一那个奇葩师父会把这间捉妖馆卖给身上有妖气的睿，认为师父的离奇失踪和睿有关，这才跟睿打了一架。可惜南宫聿技不如人，被睿打得命都快丢了。

现在小鬼头们央求我救南宫聿，是因为睿把这间捉妖馆的所有权又转交到我的手上。

"好吧，就算我现在是这里的主人，可我真的能力有限，救不了他啊。"

"藏宝阁里有颗定魂丸，只要青城师兄将它从藏宝阁取出来就能救大师兄了。"

"定魂丸？"

小鬼头们直点头："就是锁在藏宝阁盒子里的那颗定魂丸。师父以前说过，将死之人只要服下它就能恢复如常。"

"青城师兄，你就别犹豫了，快去藏宝阁吧！"

就这样，我被小鬼头们拉扯着来到后院一间看上去极其普通的房屋前。

我站在大门外却迟疑不前。

想起几天前，我在恐怖山庄的遭遇，现在的我对进入未知的房间都有种下意识地抗拒。谁知道在这扇门的后面又会出现什么光怪陆离的世界，又会发生怎样离奇恐怖的事情？

"既然你们对这里这么熟悉，要不就你们进去拿吧，师兄我最近身体虚弱……"

我正为自己找着借口，只听"啪"的一声，身后的那扇门竟自动打开了。

一股冷风从里面窜出来，吓得我立马出了一身冷汗。

这么诡异，肯定不是什么好地方！我下意识地想逃，却发现双脚像被钉在地面上，一动也不能动。

这是个什么情况？

"喂，你们快来……"等我抬头去看时，小鬼头们竟跑得一个人影都没有了。

小鬼头们的消失让我更加笃定这间房子有古怪，更迫切地想要离开。

我用力向上拔拉着像被万能胶粘住的双腿，一个熟悉的声音从房间里传出来。

那声音不知道是什么乐器发出的，如此空灵清脆，婉转动人……蛊惑着我的心，让我不由自主地转回去。我双脚迈进房间的那一刻，身后的大门"砰"的一声关上，与此同时，美妙的声音也在耳畔消失。

糟糕，一定是被催眠了！

回过神来的我本能地往外跑，却在即将拉开门时想到小鬼头们嘱托的事情，想到了奄奄一息的南宫聿。

"南宫聿和我不过是萍水相逢的陌生人，他救了我，我送他回来，我们两清了，现在没必要再为了救他而冒险。"身体里的一个声音说。

"可如果不是你误打开两个世界的连接处，就不会害九婴跑出来，他就不会受伤，也不会遇到睿并被睿打伤，所以始作俑者还是你，你必须拿到定魂丸救他。"身体里的另一个声音这样劝说。

"为救他，或许连自己的命都会搭上，这样值得吗？"

"你不救他，以后会内疚一辈子！"

救还是不救？

"都怪我昨晚没照顾好你。别担心，师弟，我现在就带你去见师父，他一定能治好你。"

"师弟，你没受伤吧？"

"没事，我们一定能逃走的！"

"但现在，你变了，好像一夜之间长大了。你变得像个男子汉了！"

"尿裤子的事情，我会替你保密的。"

"这是我的衣服，先借你穿。"

……

在我摇摆纠结之际，脑子里闪过无数和南宫聿之间的记忆，虽然我们只接触了几天时间，但这个粗鲁又有些大男子主义，还有些臭屁的南宫聿，对我这个占据了他师弟身体的陌生人还是挺关心的。

我心一软，握紧拳头决定，姐今天要爷们儿一把！

我重新转过身去，仔细打量这个房间。

屋顶是玻璃的，整个房间没有一扇窗户，阳光透过玻璃屋顶照进来让整个房间显得更加明亮宽敞。

虽然没有任何窗户可以通风，但屋里却并不闷热。

房间内部的空间远比从外面看上去的要大很多，两百多平方米的空间里密密麻麻地摆放着成排的书架。

书架上摆满了各种书籍和各类杂物，上面都布满厚厚的尘土，一看就鲜有人进入。

我在书架上找了会儿，并没有什么发现。

"到哪里去找定魂丸啊？"我愁容满面地看着一眼忘不到边的书架，不知该从哪里下手找。

"定魂丸，定魂丸，定魂丸……"我嘴里念念叨叨着，好像这样念着念着，它就会从哪个犄角旮旯里飞出来一样。

掌心有些微微发热，我翻过来一看，桃花印记正忽明忽暗地闪着。

"奇怪，这是怎么回事？"

我盯着印记仔细研究后发现，印记的闪烁频率竟然随着手掌指向的方向不同而有所改变。

难道它是想指引我？

我将掌心的印记当作探测器，从左前方移动到右前方，印记在右前方的方位闪烁得最快。

难道定魂丸就在这个方向？

带着这样的困惑，我跟随着印记的闪烁指引，穿过重重书架来到了一块空地前。

空地的地面是一整块花岗岩石，上面刻着一个巨大的罗盘，罗盘上全是我看不懂的图文，图文的中央有个钥匙孔，当我的掌心靠近时，印记忽然停止了闪烁，变成持续发光。

那光是纯白色的，非常刺眼，我不得不用另一只手去挡住自己的眼睛。

倏然，感觉到掌心一阵灼烧，我急忙将手从钥匙孔处拿开，但掌心的印记却变成一道纯白的光射进了钥匙孔中。

"咔咔"几声，岩石上的罗盘就转动起来，一道白光从钥匙孔里又飘了出来回到我的掌心，再次变成原有的印记模样。

我惊得目瞪口呆。

转动了三圈的罗盘终于停下来，一个方形台从罗盘中央升起，一个精致的红木雕花盒子出现在我眼前。

"这里面应该就是我要找的定魂丸了吧？"

深吸一口气，我将它打开，盒子里果然有颗像巧克力豆的黑色药丸。

"真是踏破铁鞋无觅处，得来全不费功夫啊！"

一直悬着的心终于放下去，我将药丸放进口袋后就转身要离开。

可掌心的印记又闪烁起来，这一次却毫无规律可言。

不会坏了吧？我甩了甩手，希望印记能像刚才那样发出有规律的闪烁来为我指路。

四周忽然变得安静起来，死一般寂静，我的心条件反射地狂跳起来，回头去看，却见一条体形巨大又丑陋的虫子正从方形台下面往外爬。

霎时，我觉得心脏都要跳出来了！

那虫子是灰褐色的，褶皱的皮肤上满是黄色的水泡，头比牛还要大，面上只有一张布满细齿的大嘴，它看向我，发出一声令人毛骨悚然的嘶叫。

"妈呀——"

惊恐万分的我拔腿就逃，可逃来逃去都找不到出去的大门。

满屋的书架俨然形成一座巨大的迷宫，将我困在里面。

我就知道这里面不会如此简单！可现在谁能来救我？

我紧紧地捂着嘴躲在一个书架后面，尽量克制自己的颤抖，尽量不去呼吸。

我感觉自己全身的血液都凝固了，一动都不能动，手心都是汗，喉咙紧得发痛。

上帝保佑，佛祖保佑，它看不到我，它找不到我！内心一遍遍祈祷，在绝望和恐惧的夹缝中乞求一丝一毫的希望。

"轰"的一声，我身后的书架被劈成两半，躲在书架后的我被气浪冲出几米远，怪虫口中的长舌卷住我的脚踝，将我整个人倒吊起来。

它的长舌上布满细刺，那东西刺进我的皮肤后，分泌出一种让我昏昏沉沉的黏液。我想尖叫，却连发声的力气都没有，全身软趴趴的。

怪虫将倒吊的我举到近前，仔细嗅了两下。

"奇怪，她到底是个什么东西？"怪虫的头上长出一个男人的头来。

"老娘我活了几百年，还是头一次见到这样的怪胎。"男人的头旁边又长出一个女人的头来。

我能清楚地听到他们的对话，但四肢却陷入麻痹状态。我恨不得自己能立马晕死过去，这样就算今天真的死在这里，也不会经历濒死前的那种恐惧

和痛苦。

"南宫一那个老不死的，怎么会把这里交给这个怪东西？"男首不解地发问。

"管他那么多，反正那老不死的也不在，老娘我几百年没吃过新鲜的人肉，这次可以好好开个荤。"女首说着就用巨虫身体上的触手将我拉近布满细齿的大嘴。

我绝望地闭上眼睛，等待死亡的来临，祈祷着不要经历太漫长的痛苦……

"啊！"

刚要吞下我的女首突然尖叫一声，将我甩丢出去，男首则用另一只触手将半空的我再次抓住。

我怯怯地睁开眼睛，发现女首嘴巴里的牙齿掉了好几颗，血流不止。

"可恶，老娘要杀了你！"女首愤怒地靠过来。

男首拦住她："别冲动！"

男首将倒吊的我再次拉到他和女首中间，指着我的眉心处告诉女首："她是上神的所有物。"

"开什么玩笑！上元之战后，所有的上神都返回神兽大陆，她怎么可能是上神的所有物！"女首并不认同。

"可她的眉心有标记，她的主人是白睿大人……"男首紧盯着我的眉心判定说。

我从他的眼中看到了自己的倒影，眉心处果然有一圈白色的光晕。

那是睿亲过的地方。

"老娘才不管她的主人是谁，今天非要吃了她！"

"可你吃不了啊。刚才的教训还不够吗？"

女首思量了一会儿，就在我有些异想天开地认为她会因为吃不了我，而放了我时，只听她又开口说："既然活的吃不了，老娘就吃死的！把她丢进墓穴！"

"你可要想好了，她的主人可是白睿大人。"男首试图最后一次劝说。

"老娘才不信这小东西对白睿大人有多重要。更何况，三百年一度的总执行官大选就要开始了，白睿大人才没那个多余的精力来管这个小东西。右首，你要是个男人，今儿就别畏畏缩缩，跟着老娘开个荤！"女首刺激着男首。

男首犹豫了一会儿后，同意道："吃就吃！就算这小东西的主人真的找来，你我联手也未必会输给他！"

"没错！这里可是人类世界，只要他还是执行官，就无法在这里施展太多的力量。更何况，这玻璃房的四周设有结界，除了拥有桃花印记的人能进来外，其他人就算力量再强大，也一时半会儿闯不进来。就算他闯进来，也会被结界所伤，到那时，他恐怕自身都难保，哪有心情去管这个小东西。所以，我们别婆婆妈妈，赶紧想个办法把这小东西弄进肚子里吧！"女首嘴馋地舔了下嘴角的口水，迫不及待的样子。

"让我想想啊……"男首思索着，"这小东西身上有上神的标记，我们没办法直接吞了她，可若将她撕碎，不但浪费鲜美的血液，还破坏了肉质的香甜……还有更为重要的一点，你我或许能借助这个小东西，逃离这个结界！"

"什么？离开这个结界？"女首讶异万分，她似乎从没想过会有离开这里的可能。

男首解释道："以往我们也曾动过这个念头，但当时桃花印记是在南宫一那个老狐狸身上，我们不但屡屡失败，而且每次都被他教训得很惨。但这次不一样了，桃花印记在这个小东西身上，我们为什么不趁机把它夺过来，然后破了这结界？"

"没错！只要得到了桃花印记，我们就能离开这个鬼地方！"女首立刻赞同。

"桃花印记虽然能量强大，却极其脆弱。倘若我们强行掠夺，恐怕还没让它脱离寄主的身体，能量就消散殆尽，所以我们唯一的机会就是趁着寄主在濒临死亡和桃花印记之间的羁绊最不稳定的时候，将它夺过来！"男首引导着，"这是既能保证肉质的鲜美，又能拿到桃花印记的办法……"

女首立马说道"我们憋死她！这样在她窒息而亡前，就能夺走桃花印记！然后，等她咽了最后一口气，我们再吃了她！"

"好主意！聪明！"男首夸赞着，两人很快就达成一致。

"今天真是你我的幸运日！哈哈哈！"

女首奸笑着将我用力向空中一抛，根本来不及做出任何思考的我就掉入了罗盘中央的一个正方形的凹槽内，凹槽上方的石板迅速合上。

陷入一片黑暗的我意识到自己被活埋了，恢复了行动力的四肢开始在狭小的空间里又推又撞，可厚厚的石板根本纹丝不动。

我明白这样的推撞根本无济于事，可我却无法停下来。

恐惧令我大喊大叫，像一只实验室里的小白鼠发了疯地对着四壁又抓又挠。

"瞧瞧这小东西，多有活力，多么年轻，多么新鲜啊……"女首在外面痴迷地说着。

"既然被上神选为宠物，她身上肯定有异于常人的东西，吃了她，我们的力量一定会大大增强！"男首也开始激动不已。

在他们的期盼中，很快，我就开始感到呼吸困难，挣扎也渐渐无力，但我不能停下来。我害怕自己一停止挣扎，就会真的窒息而死。

人或许就是这么奇怪的生物，上一秒自知在劫难逃的我还破罐子破摔地想着早死早超生，可当自己真的濒临死亡的时候，出于本能地想要求生，想要活下去！

十指已经抓得鲜血淋漓，可死亡的恐惧却令我丝毫感觉不到疼痛。

"救我！谁来救救我！"

我声嘶力竭地一遍遍大喊，可声音却像我一样被禁锢在这个狭小的地方，外面一点儿也听不到。

身体的力量终究还是有限的，渐渐地，我就再也没有力气动弹一下，像条被搁浅的鱼一样平躺在凹槽内，连呼吸都开始若有似无了……

我的眼皮好重，脑袋里也混沌一片，我想我应该离死亡不远了。

我感觉自己走在一片黑暗中，四周全是潮湿的雾气，包裹着我的四肢，让我举步维艰。

偶尔天空出现一道光亮，不等我抬头去看，又迅速被黑暗侵吞。

就这样在半清醒半模糊中，我听到女首和男首的对话声。

"没想到这小东西的意志力这么强，都过去这么长时间了，还束缚着体内的桃花印记？"

"也许是因为她身上的那个上神标记，护住了这具身体的七魄，七魄不散，桃花印记就不会脱离寄主的身体。"

"那怎么办？太阳都已经快要下山了。"女首不耐烦起来。

"别急，你我被困在这里这么多年了，也不差这点儿时间。"

"这小东西让老娘等这么久，等会儿老娘一定将她吃得尸骨无存！"女首垂涎三尺地说。

从最初的拼命反抗到垂死挣扎，再到后来的咬牙坚持……对于活下去这件事，我已经努力得够久够多了……是不是该放弃了呢？也不知道过了多久了。

我不想死，就算真的难逃一死，我也不想这样缓慢而痛苦地死掉。

救我！谁来救救我！

不会有人来救我的，我这次真的会死掉……

"轰"的一声，面前的石板骤然裂开，一道白光将绝望的我从凹槽内卷出来，落在一个熟悉的怀抱中。

睿看着我，安静的目光像水一样无声地将我的恐惧覆没，身体很快停止了颤抖。

他来了，他来救我了，我安全了。

"你们伤了她？"

睿说这句话的语气不急不缓，却像一把剑直逼对手，让对方无从躲闪，不由得心生怯意。

"白睿大人不至于为了这种低等人类和我们为敌吧？"巨虫蠕动过来，女首严峻地皱着眉说。

男首开腔道："既然白睿大人对这个小东西感兴趣，今儿我们兄妹二人就将她送给大人。"

女首不悦地瞪了男首一眼，两人用眼神无声地争吵着。

"晚了。"睿简短地说。

男首和女首都面露惧色，几乎是同一秒，他们向睿喷出了两条长长的布

满细刺的舌头。

睿抱起我跳开。

"我们兄妹敬你是上神才让你将人带走，既然你不肯退让，那就别怪我们兄妹不客气！"女首恶狠狠地说着，巨虫的庞大身躯上又长出无数条细长的触手，如万箭齐发般朝睿射去。

我紧张地抓住睿的西服，担心他一人之力无法对付这条可怕的巨虫。

"别怕。"睿低声说了一句，将我放在他的身后。

女首的触手都被挡在了睿周身的透明屏障外，男首见女首无法冲破屏障也开始发力协助。

片刻的工夫，我和睿的四周就已经被密密麻麻的触手覆盖。

"哈哈哈，没想到，老娘这辈子还能有吃上神肉的一天。"女首奸笑着，她和男首的触手已经开始刺穿睿的透明屏障。

这条巨虫的力量远比南宫聿强大，被保护在屏障中的我看到透明屏障的顶部已经出现了细小的裂纹。

"我说上神大人，为了闯进这结界你一定耗费了很多灵力吧？现在是不是感觉心慌气短、四肢无力呢？"女首继续嘲笑着。

我担忧地看着睿，想看看他身上是不是有伤。睿搂紧我，用这个动作暗示我他没事。

"进入人类世界的上神就像一只被拔掉利齿的老虎，闯个结界都能元气大伤，真是中看不中用啊。"男首兴奋地附和着，眼中闪着即将获得胜利的喜悦。

包裹着屏障的触手快速紧缩着，想把屏障生生挤碎。

"快成功了！我们就快成功了！上神的肉，上神的肉！"女首走火入魔般喃喃地说着。

"再加把劲！马上就裂开了！"

他们的亢奋再次引起我的担心，我担忧地看向睿，虽然内心对睿有着百分百的信任，却仍有些不明白。

虽然这条巨虫是很厉害，但白睿的实力应该远不止于此啊。虽然他们说了，上神在人类世界，不能释放全部的能量，但就算只释放一部分也足够解决掉这条臭虫了啊。

我曾亲眼看过他和南宫聿交手，当时飞沙走石、天昏地暗的激烈，绝不亚于此刻的战斗。

如果两人真的交起手，白睿的胜算应该还大一些。

可为什么睿就是不动手呢？

屏障眼看就要撑不住了啊！

在担忧、不安和恐惧中，又过了半个小时，屏障远比我想象的还要坚固。

男女首见迟迟无法得逞，已经急得快要抓狂了，红着眼睛，吐出长长的舌头，一次又一次地重重地冲击着屏障。

"裂开！快给老娘裂开！"

屏障上的裂纹越来越多，也越来越深，就在我以为屏障马上就要撑不住裂开时，自始至终表情平静的睿微微翘起嘴角，笑了一声。

只见几缕卷曲状的白色气场能量从他的右手源源不断地飘出来，眨眼的工夫整个右手就变得明亮起来，那光甚至有些刺眼。

下一秒，睿已经腾空而起，冲破被触手层层包裹的屏障，向那条丑陋的巨虫飞去。

黑暗中闪过五道纯白的光，刚刚还龇牙咧嘴的巨虫顿时安静了，如小山一般轰塌。

屋内的书架被它庞大的身躯纷纷击碎，无数细小的石块和木屑四处飞散，房间的门也因承受不住气流的冲击，"砰"的一声炸开，一股清新的气息瞬间涌进来。

我怔怔地看着半空中的睿，他的身体被一片雪白且晶莹剔透的白光包裹，原本的黑色短发此刻也变成一头银白色的长发。

月色中，他的长发飘了起来，宛如一件神秘的斗篷，他的右手则是我从没见过的样子。

那是野兽的爪子，指甲锋利如匕首般，鲜红的血顺着指尖一滴一滴地落在地上，带着死亡的气息。

"不可能……为、为什么……"身体被撕裂成两半的女首不甘心地问。

睿抬头看了眼玻璃屋顶外的夜空，一轮明月从云层后面露出脸来。

　　"原来如此……你早就知道这道结界只对神魔有作用，为了最大程度地减少结界的阻力，闯入时你把自己大部分的灵力都封印了起来。你一直在拖延时间，因为只有等到月亮升起，才能将它们最大程度地释放……是我们，错过了……时机……"男首悔恨地说完这句话后就咽了气。

　　"我不服……"女首也紧跟着死去。

　　睿从半空落下后，缓缓地向我走来。他每一次迈步，那些白光就会消弱一些，长发会变短一些，利爪也会缩短一些，直到最后他站到我面前，又恢复成了普通人类的样子。

　　"这下你满意了？"他看上去愤怒不已。

　　我下意识地后退，却被他一下子抓住手腕，猛地拉近。

　　他双眸的颜色一下子变成金色，好亮的金色，里面燃烧着一种遭人背叛后的愤怒火焰，他的嘴唇紧紧地抿成一条直线，僵硬得没有一丝弧度。

　　心跳骤然加快，我不敢去看他的脸。

　　"对……"不知因何原因惹恼他的我刚要开口道歉，却立马顿住了。

　　指尖处传来微微凉意，柔软的触感引起我身体发出阵阵战栗，我不知所措地看着正低头吮吸我十指的睿。

　　他，在干什么？

　　被埋地下时，挣扎让我的十指早已血肉模糊。此刻，所有的痛觉都化为一股柔柔的暖意，暖到让我停住呼吸，暖到让我忘记思考和心跳，只享受他唇的温度，以及他所触碰的每一处。

　　许久，他才抬起头来，拽住我的胳膊将我从那个弥漫着腐臭气味的房间拖走。

　　"我已经把这间捉妖馆送给你了，也替你赶走了捉妖师，你为什么还要去送死？你想反悔和我的契约吗？"睿怒不可遏地问。

　　"没有。"

　　这时我才明白，为什么睿的眼中有遭人背叛的愤怒。他遵守了和我的约定，为了帮我将一切恢复如初，他首先要做的就是保护我的安全，所以他买下这间捉妖馆，并赶走随时都有可能发现我秘密的南宫聿。可我却让自己深陷险境，差点儿一命呜呼。我要是死了，我们之间的契约自然也就不复存在。

"那你在做什么？"

"我只是想取定魂丸。"

"你要定魂丸做什么？救那个捉妖师？"

"他不是坏人，还救过我，我不能见死不救。"

"哈哈！"睿讥笑，"你不想他死？可你知道，一旦他醒来，日后总会有发现你秘密的那天，到时候，你认为他会对你手下留情吗？"

"我不确定，但我现在却不能不救他。况且，你不是很厉害吗？我们之间有了契约，你一定不会让他伤害我的对吧？"

睿忽然安静了，紧咬着下唇说："别让我后悔当初和你立下契约，把定魂丸给我。"

我承认，这一刻我有点儿后悔违背他，怕他取消跟我的契约，不再帮我，于是我摸向口袋，准备交出定魂丸，缓解我们之间的关系。

可是，定魂丸并不在口袋里？

"我明明放在口袋里了。"我一边焦急地为自己解释，一边继续搜查其他的口袋。

睿忽然想到什么，一溜烟跑了出去。

他的速度太快，我根本追不上。

"啊！"一声惨叫传来，等我气喘吁吁地赶到声音发出的方向，也就是南宫聿的房间外时，屋里发生的一幕让我的大脑"轰"的一下空白了。

"你在干什么？快放开他！放开他！"我冲了上去，拉住睿的手，将圆脸小鬼头从他的手中拉出来。

"师、师兄……"小鬼头脸色苍白地躺在我的臂弯中，声音发颤地叫了我一声后就永远地闭上了眼睛。

房间里横七竖八地躺着十几个小鬼头，他们全都没有了呼吸。

我的心被什么东西揪了下，难过在胸口膨胀，让我控制不住地走上去质问睿："为什么要杀了他们？为什么你要这么残忍？你的心难道是石头做的吗？他们做错了什么，你要下这么重的毒手？他们还是孩子！还是孩子啊！"

"够了。"睿握住我的双腕迫使我住嘴。

"我知道你不是普通人，也知道你对人类冷血无情，可为什么要对孩子们下手？"

"我冷血无情？"睿不悦地提高嗓音，握着我手腕的力度陡然加重。

"他们不过是孩子，就算真的犯错惹怒你，也该给他们一次机会。不该，滥杀无辜！"我坚持道。

"我滥杀无辜？"

他的脸上是一种被人冒犯后的愤怒表情，我赶紧闭起嘴巴，生怕再多说一个字就惹恼他，把我的手腕生生捏碎。

"今天，我就要你看看，什么是冷血无情，什么是滥杀无辜！"睿咬牙切齿地瞪着我说完这句话后，一个转身掐住了不知什么时候站在他身后准备偷袭他的南宫聿。

"我要杀了你！"南宫聿呼吸困难地说着，他应该刚刚醒来不久。

怒火中烧的睿单臂掐住他的脖子，将他整个人举了起来。

我再也顾不上其他地冲了上去，想掰开睿的手，却发现他的指甲已经刺进南宫聿的肉里，不管我怎么用力都无法掰开。于是，我开始摇晃他的手臂，疯了般地打他、踢他，甚至还张嘴咬他，但他纹丝不动。

我心急如焚，却什么办法也用不了，眼看着南宫聿就要被他活活掐死，手足无措的我却眼睛一黑，呼吸停滞地倒下去。

在我的头即将撞到地板的那一秒，睿松开南宫聿及时拉住了我。

我们的视线在空中相碰了一秒，没等交缠，他就再次无情地松开手，任由我跌倒在地。

我的眼泪一下子涌了出来，没有任何原因。

"妖孽，我要杀了你！"南宫聿撑着长矛从地上虚弱地站起来。

睿走过去一脚将他踢倒，单脚踩在他的胸口上漠然地说："我此刻不杀你，不是我仁慈，而是因为你体内的这颗定魂丸。"

"把我师父，交出来！"南宫聿抱住睿的腿，想反抗他，却没有力气。

"你师父的失踪跟我无关，如果你真想查出他的下落，就给我安分点儿，别再惹恼我。"睿说完后，举起右手将掌心处的桃花印记展示给南宫聿看，"现在我是这里的主人，也是你的主人，你不能再违背我。"

南宫聿看着桃花印记，脸上的神情由震惊、狐疑再到无能为力，最终放弃了抵抗。

"你有没有怎样？"睿走后，我跑过去，将躺在地上的南宫聿扶起来。

"师弟，你也不相信他的话对吧？"南宫聿抓住我的手臂，"他一定是在骗我！师父怎么可能把捉妖馆交给一个妖怪？！"

"我……"我不知该如何回答他。

"可我不明白，如果他是一只妖怪，桃花印记又怎么可能附在他的手上？"

我悄悄地摊开自己的右手去看，那个桃花印记竟然不见了？难道是白睿把印记又收回去了？

"不对！"南宫聿突然跳起来，拉起我跑向师父的房间，"这里面肯定有什么问题！"

南宫一房间里是一幅被贼光顾后的凌乱景象。

"快，找找看，师父肯定会留下什么线索。"

我们在房间里找了许久，终于在一堆衣衫下发现一块闪着光的鳞片。

"怎么可能是它？"南宫聿一脸困惑地看着鳞片。

"是谁？"

"九婴。"南宫聿整理着头绪，"难道说那怪物跟着我们来到捉妖馆，然后把师父抓走了？可它为什么要抓我们的师父？它会把师父藏到哪儿？"

说实话，眼下我最关心的不是南宫一的下落，而是另一个更为迫切的问题"南宫聿，你房间里的小鬼头们怎么办？要不要通知他们的父母？要不要报警？"

房间里死了那么多的孩子，总要先解决啊。白睿不是人，总不能等警察来盘问的时候把他招出来吧？到时候人没抓到，先把我当成神经病关起来。

南宫聿回过头，像看陌生人一般打量了我一眼，拉起我的手又返回他的房间。

"小鬼头们的尸体呢？"我吃惊不已。

南宫聿弯下身，从地上捡起一张白色的纸片交到我手里说："在这儿呢。"

我求知地看向他，等待他为我解释又一个无法用科学来解释的疑惑。

南宫聿头痛地扶着额头，抱怨说："为什么你偏偏在这个时候失忆。"

他将我拉到椅子上坐下，将那些纸片都放在桌子上，仔细地为我解惑。

原来我之前看到的小鬼头们都是南宫一用法术变的，他们的原身就是这些纸片。

定魂丸除了有起死回生之效外，更为重要的是它和这间捉妖馆的地脉相连，只要定魂丸在一天，这间捉妖馆就会存在。

南宫聿说，一定是因为纸片人偷了定魂丸并让他吃掉的原因，现在睿就无法将他赶走，所以恼羞成怒地把纸片人身上的法术破了。也正因为定魂丸和捉妖馆之间的联系，睿才不得不留了他一命。

我好想插话说，那定魂丸是我拼了性命拿到的，只不过后来被怪虫倒吊起来后，定魂丸从口袋里掉出来，被纸片人拿走喂给了他。

还没开口，南宫聿就将一把匕首交到我的手里，要求道："师弟，我现在服用了定魂丸，这间捉妖馆只要还对那妖孽有一天用处，他就不会杀我。可我也因体内的定魂丸，受控于他，无法杀他。所以，这次杀妖夺馆的重任就交给你了！"

"什么？"他要我去杀白睿？

"师兄知道，你原本捉妖能力就不高，现在又加上失忆，捉妖能力几乎降为零。"南宫聿语气沉重地拍着我的肩膀，"可师兄相信，只要你我师兄二人同心协力，就一定能完成斩妖夺馆的大计！"

"为什么一定要杀白睿呢？"

"那妖孽叫白睿？"南宫聿疑惑地看着我，"你怎么知道？"

我的心咯噔一下，知道自己说漏了嘴，不过好在我脑袋转得快，这点纰漏还难不倒我："你醒来之前，我和他交过手。可我哪里是他的对手，没一招就被他打趴下。后来他不屑地看着我说：'我白睿从不跟不入流的捉妖师动手，你滚吧！'就这样，我就知道他叫白睿。"

"原来如此。"南宫聿点头。

"可是，你是怎么看出来他是妖怪？"会问这样的问题是为了我自己的安全着想，知道哪里会有破绽，就可以避免。

"不是看出来的，是闻出来的。"南宫聿指了指鼻子解释说，"人和妖的气味不同，但一般情况下妖都会隐藏自己的味道，我们很难发现。我是在跟他交手的时候，偶然闻到的，他身上应该有伤，而且伤得不轻。"

"哦……"拖长音地应了一声，我将头微微侧过去，悄悄嗅着自己身上的味道。

除了汗臭味，没闻出什么异常。

南宫聿说睿身上的伤，应该是在结界中毒牙留在白睿身上的伤。我以为伤口愈合了，已经好了，没想到那只是表面上的，白睿的伤并没有完全好。

"我一定会找出师父的下落，也一定会除了白睿那妖孽！"南宫聿夺走我手里的匕首，猛地插进桌面上。

这一瞬间，我想到自己骂睿冷血时，他眼中一闪而过的受伤。

"我出去一下，你先好好休息！"丢下南宫聿，我跑出去，满院子寻找睿。

睿从南宫一那里买下这间捉妖馆，是为了帮我更好地隐藏秘密；他明明身上有伤，却不顾危险从巨虫手中将我救出；他杀了那些小鬼头，是因为他知道那些不过是法术变出的纸片人；他想阻止南宫聿吞下定魂丸，不想南宫聿和这间捉妖馆再有联系，可他还是晚了一步，再也无法赶走南宫聿这个对我而言最危险的捉妖师……他所做的一切都是为了帮我，可我却骂他冷血，骂他无情……

他一定后悔从藏宝阁里救出我吧？

会不会因此反悔和我的那个约定？

我在院中的桃花树下发现了睿。

如今是盛夏的 8 月，按理说桃花早该开败了，可这棵桃花树上的桃花却依旧开得热热闹闹。微风从树枝间掠过，带走片片粉红的花瓣，在院中如痴如醉地飞舞。

睿的目光始终落在这棵桃花树上，晚霞将他的侧脸勾勒得有些不真实。

我忽然觉得自己以前在哪里看过这样的画面，此刻却怎样也想不起来。

也许这样的一幕太完美，像极了某个电影里的场景吧。

"睿。"

我轻手轻脚地走过去，既担心他还在生气，又担心自己的出现会打乱他此刻的思绪。

他的样子不像在欣赏风景，而是在回忆。

他没有转身。

"我是来道歉的。"

他依然没有理我。

"对不起，我不该那样骂你。

"我承认我这个人是有点儿缺心眼，没想到你所做的一切都是为了帮我。你答应帮我，我却不相信你。你救了我，我却不识好歹地骂你冷血。你现在一定很生气吧？我要是你，也会很生气！"

他还是没有回应我。

我不确定他是否听到了我的这些话，担心他还沉浸在某个回忆中，于是我伸手拉了拉他的袖子说："你要是心里不痛快，就狠狠骂我一顿或者罚我，我一定不会有半句不满的。"

他终于动了，却是冷冷地拂开我的手，面无表情地说了一句话："今天是满月。"

我不懂这句话的含义，想拉住他再仔细问时，他一跃跳上桃花树，消失不见。

夜色深沉，本来还纠结睿是不是还生气的我忽然困倦不已，哈欠一个接着一个打，不到五分钟工夫，竟然已经困得站都站不住了。我急急忙忙往回走，来不及脱下鞋子就一头栽倒在床上昏睡过去。

这场觉似乎睡得特别短，感觉好像刚刚闭上眼睛，就又清醒过来。

只是，这醒来的感觉好奇怪啊？

我没有想坐起来，为什么身体却坐了起来呢？

"我"要去哪儿？！

当"我"走到镜子前，对着镜子里的我开口说话时，我才惊觉问题的严重性。

"听着妖孽，我知道你现在还在我的身体里，但我绝不会再让你出来的！你等着，我现在就去找师兄！"

说完，"我"就带着这具身体跑出屋去。

天啊，天啊，天啊！为什么没人告诉我，这具身体的真正主人还留在这具身体里？为什么没人告诉我，他还能跑出来？天啊，谁来阻止他！快来阻止他啊！

第五章
非妖勿扰
DASHEN
ZHIXINGGUAN

"师兄！开门，快开门啊！"越青城用力拍打着南宫聿的房门。

"吵什么吵？"只穿了条短裤的南宫聿打开门。

越青城不由分说地推门而入，握住南宫聿的肩膀急切地告诉他："师兄，你听我说，我被妖怪缠住了。"

"什么妖怪？"南宫聿推开他，将头探出门外看。

"不在外面，在我的……"在即将说出"身体"两个字的时候，一阵狂风吹来，越青城身体一软，就趴在南宫聿身上。

"该死！你搞什么鬼！快站好！"南宫聿怒道，越青城却再也没有反应。

我想他是不是又睡着了，自己大概该重新掌控这具身体了？可无论我怎么用力，都没有任何效果，只能眼睁睁看着南宫聿将我扛到屋里，放在床上。

"喂！臭小子，醒醒！"南宫聿毫不留情地拍着我的屁股，想将我唤醒。

"奇怪，没喝酒啊。"他俯下身来，在我的唇边嗅了嗅，我紧张得绷紧了全身的神经。

"去你自己屋里睡去！"南宫聿这次改打脸唤醒模式了。

虽然此刻的我无法掌控身体，却能感受到这具身体的所有感受。困在这具身体里，被动地感受一切的我真是欲哭无泪啊。

"最后一次警告，再耍赖不走，我扒了你的裤子！"

妈啊，虽然这不是我原本的身体，但在男人面前脱裤子什么的也太丢人了吧？南宫聿究竟都有些什么恶趣味的喜好啊？快带我离开这里！我不要和他待在一起！

"臭小子，你等着！"

就在南宫聿那个变态大浑蛋真的动手解我裤子的时候，一道天使般的声音出现了。

"你在做什么？"

是睿！是睿！他来了，他又来救我了！

如果我现在能动，一定以光速飞奔到他怀里，让他带我永远地离开这个可怕的怪师兄。

"你来这里干什么？"南宫聿不欢迎地反问。

"我来，当然是有事吩咐。"

睿刚一坐到沙发上，南宫聿就跑过去将茶几上的笔记本电脑迅速抱开。

"有什么事明天再说。"

"好啊，那就看看你师父的命有没有那么大，可以等到明天。"睿无所谓地说着，慢慢从沙发上起身。

"你知道我师父在哪儿？"南宫聿拦住睿。

"你不是找到了一块九婴身上的蛇鳞片吗？"

"你怎么知道？"

"整间捉妖馆都是我的，还有什么我会不知道？"

南宫聿不相信地问："为什么帮我？你究竟有什么目的？"

"这个可以当作是目的吗？"睿变魔术般将一大摞账本丢在茶几上，"三年前，这间捉妖馆就开始入不敷出，已经没有人再请你们去捉妖，全靠你和你师父南宫一在街头表演魔术赚点儿微薄的收入。既然我接手了这里，就绝不会让这种现象延续下去。"

"你要去捉妖？"南宫聿心里纳闷，你自己都是妖怪，还要去捉妖？这不是贼喊捉贼吗？

"我是这里的主人，当然不会亲自去捉妖。而你，要想继续留在这里，就必须按我说的去捉妖。"

"这么说，你真的知道我师父在哪儿？"南宫聿还是半信半疑。

"不知道，"睿答得干脆，"但我知道去哪里找到九婴。"

"快告诉我！"南宫聿急切地说。

睿不紧不慢地又重新坐下去，像大爷一样发话说："我渴了。"

"你……"南宫聿本想发脾气的，但想到师父的下落只能忍下来，走去给睿倒了杯水递到他面前。

没想到，睿连接都没接过去，瞥了一眼道："凉了。"

南宫聿又忍着，去换了一杯，结果却换来另外两个字："热了。"

好不容易，南宫聿倒来一杯不冷不热的水，睿却说："我不喝白水。"

"你究竟要喝什么？"南宫聿咬牙切齿地问。

虽然我此刻躺在床上看不见南宫聿的表情，但却能猜想他被白睿折腾得额头青筋突起却不能爆发的憋屈样子。这场景不正是古言小说里，正妻折腾新入门的小妾常用的招数吗？没想到睿会这样做，更没想到南宫聿能忍得了。

"绿茶，上好的雨前龙井，将井水烧沸后，用冷却至 80℃ 到 85℃ 的沸水去泡，记住用玻璃的茶具。"睿一口气说完。

"后院的井早枯了，只有白开水！而且，没有你说的雨前龙井，去年的陈茶还有一罐。"

"雨前龙井在你师父的书房整理架上，后院的井已经有水了，玻璃茶具在棋牌室里。"白睿并不理会南宫聿，如数家珍般熟稔地说出所有东西的所在之处，之后就跷起二郎腿，悠闲地靠在沙发上，"泡不泡茶，就像要不要去救你师父一样，全在你。"

"哼！"南宫聿气势汹汹地走了。

待南宫聿消失在门口，白睿快速闪到我面前，手掌在我的额头一挥，这具身体的原主人又苏醒了过来。

越青城害怕地拔出捆绑在腿上的匕首，对着白睿，迅速地躲闪到床脚"别过来！我警告你，别过来！"

白睿根本不怕他的警告，用手指夹住他的匕首，轻轻一转，那匕首的刀尖就弯了下去，变成一把废铁。

"听着，"白睿揪起越青城的衣领，目光清冷地看着他说，"如果你敢在南宫聿面前乱说一个字，我就掐断你的脖子。"

我能感觉到越青城的恐惧，他明明已经吓得眼泪都出来了，却还是不怕死地握住白睿的手说："你不敢！我、我死了，她也活不了！"

"你！"白睿恼怒地抬起左手，就在他失控得要挥下利爪时，却突然松开越青城，让他再次昏睡到床上，而白睿自己也光速地闪回到沙发上，像是什么事也没发生过一样。

"你要的茶。"南宫聿回来了，腿脚倒是够快。

白睿接过他手中的玻璃茶碗，低头轻嗅了一下，慢慢品尝起来。

就在南宫聿的耐性几乎要被磨光的时候，白睿终于说了一句有用的话"你查到哪儿了？"

南宫聿像被人识破什么秘密般，警惕地问："你一直在监视我？"

"我没那个兴趣，也没那个时间。"白睿放下茶碗，看着南宫聿放在桌子上的手提电脑说，"我进来的时候，你正在查百度。我眼神好，脑子也好，所以猜到了一些。"

"那你告诉我，九婴会藏在哪儿？"

"这也是我今晚会来这里找你的原因。你去'线人网'看看，最近是不是有很多孩子失踪？"

在白睿的指导下，南宫聿很快就找到了不少线索。

"最近一个星期，竟然有 6 起孩子失踪案件，而且都发生在 A 市。失踪的孩子都在 16 岁到 20 岁之间，男女都有……我知道这些案子一定都是九婴做的，只要我顺着这些线索，一定能找到它！"

"别急，"白睿阻止了打算关上笔记本的南宫聿，"找到你师父并不是我的主要目的，赚钱才是我今晚来找你的原因。"

白睿指着笔记本的显示屏继续说："你看这些注册发帖的人都是为了同一个目的，那就是找回自己的孩子。无论你是提供线索，还是直接将孩子找回来，他们都会支付报酬，而且价格不低。前几个失踪的孩子，估计已经遇害，没有接单的必要，但今晚，肯定会有新的受害者家属来这里发帖，我要你抢下这笔生意。"

"不抢！"南宫聿气得一下子合上笔记本，"师父都快没命了，钱算个屁！"

"好啊，你不抢，那就留在这里每天给我扫落叶吧。"白睿倒也不生气，优雅地用左手拇指摩挲着右手掌心的桃花印记。

这是种暗示，也是种威胁，如果南宫聿不抢下这笔生意，白睿就会用印记控制他，强迫他留在捉妖馆里，那他就没办法去找师父了。

过了好一阵，当我以为南宫聿或许被气死的时候，他终于开口："好，我抢！但如果师父有任何意外，我绝不会放过你！"

南宫聿重新坐下去，打开笔记本电脑进入了"线人网"。

时间一分一秒地流逝着，房间里安静又紧张的气氛怪异得让人心里发堵。

我静静地躺着，虽然很想起来或是动一动躺得酸痛的四肢，可身体始终无法听我差遣。我的灵魂被禁锢在这具身体里，和这身体的原主人一起。

与我的感觉不同，他的灵魂是可以自由动弹的，我能感觉到他的反抗与挣扎，可一股强大的力量束缚着身体，让他无论怎么折腾也无法夺回控制权。

黎明时分，对着笔记本电脑守了一夜的南宫聿终于跳起来说："抢到了！我们出发吧！"

始终闭目养神的白睿缓缓睁开眼睛："急什么，吃完早饭再走。"

"都已经耽误了一夜，哪还有心情吃饭！"南宫聿早就急得坐立不安，能等到现在已是个奇迹。

"你没心情，我有；你不吃，我吃。"

"你……"南宫聿正想发飙，白睿动了动有着桃花印记的手，当作警示。

南宫聿紧握拳头，又窝火地咽下一肚子愤怒和心焦。

当白睿路过床前时，停下来回头瞥了一眼，佯装随意地问了句："他怎么睡在你房里？"

南宫聿这才想起房间里还有一个人睡得像尸体，急忙走过来，打算叫醒我。

"醒醒！"南宫聿拍了拍我的脸，没能叫醒后就换了一种方法，"再不醒，我就放大招了！"

我以为南宫聿的叫醒大招有多厉害，没想到竟是挠痒痒。

只见他在越青城的腰上挠了好一阵，我是没什么感觉，倒是身体里的越青城被痒得够呛，无奈他也无法掌控这具身体，只能困在身体里忍受着那种奇痒难耐的痛苦，不停地求饶，可没人听见。

"还不醒啊？我看你忍到什么时候。"南宫聿挠上了瘾，竟把手伸进衣服里。

这时候，白睿突然问了一句话："你们俩不会是那种关系吧？"

南宫聿停下来，眼神在白睿和床上这个已经被他蹂躏得衣衫不整的"尸体"之间转了两个来回后，终于明白白睿话里"那种关系"是哪种关系，手像被烫伤般急忙收回，他义正词严地强调："我喜欢的是女人！他昨晚梦游，到处乱走！臭小子，快给我起来！"

南宫聿朝我的脸狠狠地扇了一巴掌。

"啪！"

这结结实实的、为了表明自己喜好正常的一巴掌，打得我头晕目眩。

我再回过神来的时候，手已然抚在自己微微发烫的脸颊上。

我能动了！我欣喜若狂得一下子坐起来，把南宫聿吓了一跳。

太好了！我终于又能动了！我终于又能掌控这具身体了！

"哎哎哎！你干吗啊？"

我正呆呆地傻笑时，南宫聿拎起我的衣领，将我一脚踢到了屋外。

"以后再赖在我床上，小心我阉了你！"南宫聿在屋内气急败坏地咆哮。他应该是第一次被人质疑性取向的问题，一定非常在意，所以才反应如此强烈。

"阉你个毛线啊！我是身不由己的好吧！"我揉着被踢痛的屁股，抱怨了两句后就准备离开。

转身时看到白睿从庭廊穿过，一肚子困惑的我急忙追上去。

"等一下！"我拦住睿，带着怨气地问，"昨晚到底怎么了，为什么我不能掌控这具身体了？为什么越青城还在这具身体里？这是你的报复吗？报复我骂了你，所以把他放出来，让我难堪？"

好吧，我承认我就是小肚鸡肠，对于昨晚的失控我能想到的合理的理由就是白睿的报复，因为我说他冷血无情，所以他就用这样的办法惩罚我。

他难道没想过这种惩罚的后果吗？

如果昨晚越青城跟南宫聿说出了我的秘密，一切不就完了？

虽然睿最后及时出现把越青城弄晕了，可我被困在身体里整整一晚的滋味有多难受，他怎么没想过？

一点儿都不会怜香惜玉，睚眦必报的小气鬼！

自认占理的我不怕死地直视着他，想讨要一个说法，外加一个道歉。

他忽然靠过来，像一把锋利的刀刃直抵我的心脏。

气压一下子变得好低，喉咙有些发紧。

明明是他做得过火了，为什么他的反应却比我还要生气？

"我骂了你，你捉弄了我，我们扯平了。以后……"好女不吃眼前亏，我准备找台阶下地缓和气氛时，睿一拳挥向我，紧挨着我的脸击中我身后的墙。

这一拳带着足可以摧毁一切的愤怒，空气都像要被他的拳风引燃了，擦过我的脸颊时微微发烫。

"我真想把你撕碎了！"

他看我的眼神像是要把我生吞活剥了一样，我的身体顿时变成石头一样僵硬。

当他离开，消失在走廊尽头时，这句话还在我的身体里激烈地震动着，让我必须用双臂紧紧抱着自己，才能对抗身体深处不断涌出的恐惧寒意。

我想这一次，是真的惹怒他了。

可为什么？为什么他会如此生气？

我双脚向他离开的方向迈动，从一开始因害怕而虚浮的脚步，到最后坚定而迫切地快走。

我必须弄清他发怒的原因，必须弄清这一点！

终于，我在后院假山附近的柳树林里再次找到他。

一个留着红色短发，一身武士装扮的男人站在睿的对面，打抱不平地说："那蠢女人的脑子到底是怎么长的？她怎么就看不出来，大哥你所做的一切，都是在保护她？"

"人类都是愚蠢的。"

"可人类也有聪明的，比如那个南宫聿。要不是大哥急中生智地想出办法牵制他，计划也不能进展得这么顺利。"

"那边的情况如何？"睿转换话题道。

"长老会已经知晓结界被打开的事，现在四大家族正在商讨处理办法。"

"你没有把我的话传给渊长老？"

"传了。渊长老说，竞选将近，怕你一人应付不来。"

"回去告诉渊长老，我白睿若不能在竞选前圆满解决此事，自会请辞总执行官一职。"白睿自信地说。

"好。"

"还有，惩罚台的事调查如何？可有什么端倪？"

"果然不出大哥所料，惩罚台的锁链确实被人动了手脚，而九婴受刑前，给它送东西吃的狱卒也猝死，刺中大哥的毒牙中有一种针对大哥而配制的毒药，所以，肯定是有人事先安排了这场事故，故意放走九婴，陷害大哥。"

"继续去查。"

"是。"

"你走吧。九婴的事随时留意动态，一有消息立马通知我。"

"大哥你旧伤未愈，上次在藏宝阁为救那蠢女人又伤了元气，去捉九婴的事还是让我去吧。"

"你应该知道我为什么会一直留着那蠢女人的命。这趟捉妖行，一定能查出点儿我想知道的事情。"白睿的语气不容置疑。

"可是，这么多年了……"

"退下吧。"白睿打断了他的话。

这场意外偷听到的对话，让我对自己目前的处境更加困惑。

刚刚那个短红头发的男人是谁？他们口中的蠢女人一定是我，白睿一直留着我命的原因是因为和我之间的那个契约吗？他究竟要从我身上查出什么？

留在原地困惑不解的我，忽然后脖颈一痛，就被人从后偷袭敲晕。

醒来后，我就已经回到自己的房间里，床前站着那个短红头发的男人，他手握一根白色的飞来骨抵在我的喉咙上。

"别叫。"他压低声音警告，我急忙眨眨眼表示明白。

"蠢女人，我是来提醒你，不许再误会我大哥，也不许再惹怒他，更不许让他因你而陷入危险，否则我有一百种办法可以让你生不如死。"

"我会安分守己的。"虽然我心里认为自己没做错什么，但嘴上还是聪明地附和他的要求。

"很好。"短红头发的男人收起他的飞来骨，重新背在背上后就要离开。

就在他即将走出房间时，又忽然闪回来，他握住我的右手，纠结了片刻后再也忍不住地说："不行，我还是不放心！蠢女人，你看好！"

我随着他的目光看向我的右手手掌，那里原本消失的桃花印记又出现了！

"这东西还在你的身体里！你才是这间捉妖馆真正的主人。大哥为了保护你，本想赶走南宫聿，可你却愚蠢地去拿定魂丸给南宫聿。现在吃了定魂丸的南宫聿和这间捉妖馆联系在一起，大哥再不能赶走他。为了更好地钳制南宫聿，大哥只能用障眼法藏起你掌心的印记，然后骗南宫聿说他才是这里的主人，让南宫聿无法违背他的命令。

"你的身体是强占来的，每逢月圆之夜，这具身体的原主人就会冲破束缚，重新获得身体的控制权。昨晚，大哥为阻止越青城泄露你的秘密，用了一种法术，可困住越青城的那个法术并不能常用，否则你的灵魂就会跟越青城的身体融合，到时候就算你拿回自己的身体，也无法再从越青城的身体脱离。为了不让南宫聿对昏过去的越青城起疑，大哥又刻意留在南宫聿那里，让他去网上接单，帮你拖延时间。大哥他处处为你着想，处处保护你，你却不信任他，还指责辱骂他？你这女人的脑子里是不是都是翔啊！"

你脑子里才是翔，你脑袋上顶着一头红色的翔！我不快地在心里反驳。

"这次，大哥陪你一起去捉妖，你不许再误会他、惹怒他，更不许拖他的后退，否则，我绝不饶你，听明白了吗？"

"听明白了。"我点头回答。

尽管他说话的语速和《中国好声音》的主持人华少不相上下，但我还是把他说的事情听得清清楚楚、明明白白。

我又一次误会了白睿，昨晚的一切并不是他的报复，相反是一场保护。

他的好，总是默默的，让我意外又令我温暖。

"听明白就好。"

短红头发的男人终于松开我，回头看了窗外一眼，神色匆忙地又叮嘱我一句后就化成一股火红色凤凰轮廓的轻烟消失不见。

"不许让大哥知道我来过！"

"臭小子，你怎么比女的还磨叽。快起来！"南宫聿吵吵嚷嚷地一脚踢开大门闯进来，拉起还愣在床上的我跑出卧室。

睿等在门外，在我出来时，他微微眯起眼睛看向我身后的房间。

"人都到齐了，可以出发了吧！"南宫聿对白睿说。

睿收回狐疑的视线，点点头。

第六章
师兄，去哪儿啊

DASHEN
ZHIXINGGUAN

就这样，我和白睿、南宫聿坐上了开往 A 市的火车。

一路上，南宫聿开始对我这个失去记忆的捉妖师弟进行捉妖的初级入门培训。

他交给我的那个又沉又重的背包里，放着各式各样我没见过也没听过的东西。

南宫聿说那些东西都是捉妖必备神器。

"这是追魂铃、锁魂符、定魂针、吸魂袋……"

他把各种捉妖神器跟我粗略地介绍了个遍后，又从他自己的背包里拿出一台笔记本电脑。

"这也是捉妖神器？"我问。

"算是吧。"南宫聿盯着电脑屏幕，手指噼里啪啦地敲着键盘，一脸专注。

"那你现在在做什么？"

"找线索。"

"什么线索？"

南宫聿将他整理出的一沓厚厚的资料从他的包里拿出来丢给我："自己看。"

"这些孩子都怎么了？"

南宫聿的资料夹里全是孩子丢失的新闻报道，他从网上查到后打印了出来。

"一般妖怪作案都有一定的共性，九婴也不例外。在近一个星期的报道中，最有共性的案件就是少年少女的失踪案。这6个人的失踪范围太接近，失踪时间也非常接近，基本上是一天一个，所以肯定和九婴脱不了关系，只要我们顺着这条线索就能找到九婴，救回我们的师父。"南宫聿头也不回地说着，以为我没有听见昨晚他和白睿的对话。

"找到了！他们之间果然有联系。"南宫聿将他找到的关于这6个人的信息调出来给我看。

电脑页面上显示，这6个人三年前都住在同一个小区，后来小区拆迁，他们才各自分开。有的住进了还迁房，有的则搬去别的地方。

"你是怎么查出来的？"

"黑了A市的公安系统内部网，想查什么都能查出来。"

我愕然，他竟然还是个黑客高手？

"不是有追魂铃吗？为什么不用它去找妖怪？"我摇着手里的铃铛问。

"傻啊！"南宫聿习惯性地拍下我的脑袋，"时代在进步，妖也在进化的好吧！那些玩意儿是我们祖师爷那一辈用来捉妖的东西，到我们这一代，基本都没啥用了。"

"那你还带这么一袋子东西出来？"

"有备无患嘛，反正又不是我背。"南宫聿说得轻松，我却气得牙痒痒。他是有备无患了，我却因为一路背那个死沉的包累得像狗。

"现在的妖怪都能藏起妖气，除非它现出原形的时候，否则无论它变幻成什么东西，我们都无法察觉它和人类的区别。"南宫聿说这话的时候，眼神瞥向一直安静坐在窗边的睿。

我的眼神也跟着看过去，已经变幻成和人类没有任何区别的白睿，若不是身上有伤，也不会被南宫聿轻易识破吧？

南宫聿忽然靠过来，紧贴着我的耳朵，压低声音说："当初我听小鬼们说师父把捉妖馆卖给了他，就跑去问他师父的下落，结果他却要赶我走。我一怒之下和他发生争吵，无意间发现他会武功，一开始我还以为他是同行，没想到过了几招后，我就发现他的身上有妖气。虽然我还不清楚他是个什么妖怪，但肯定不好对付。这次去捉九婴，你机灵点儿，一有机会，你就……"

他做了个抹脖子的动作，我吞了吞口水，明白他的意思。

他以为白睿才是捉妖馆的主人，而服用了定魂丸的他无法对白睿下手，所以才把杀白睿的任务交给我。而白睿之所以藏起我掌心的印记，是为了用他才是捉妖馆主人的身份去挟制南宫聿。

这个谎言能维持多久？一旦南宫聿察觉出，白睿对他并没有任何牵制力，他是不是就会亲自动手杀了白睿？

那个短红头发的男人提起过，白睿旧伤未愈，在藏宝阁救我时又引发旧伤。如果南宫聿真的用那一大背包的捉妖神器去对付白睿，白睿一定很难应付吧？

"把它带好，别再丢了。"南宫聿交给我一个像 ZIPPO 打火机的东西。

我好奇地将它上面的盖子打开，"啪"的一声，从盒身里弹出一把锋利的刃尖。

这不就是之前南宫聿交给我，让我去杀白睿的那把匕首吗？后来越青城占据身体时，还用它对付过白睿，但我记得，白睿把刃尖弄弯了啊？

"找死啊你！"南宫聿急忙夺走匕首，匆忙将刃尖又藏起来。

"这是在火车上，要是被乘警发现，你我都要被抓起来。"南宫聿提醒着，将盒子放进我贴身的口袋中。

"我……"我抬头打算去问的一瞬间，南宫聿却碰巧忽然俯下身来。

于是，千分之一的巧合几率下，他的唇碰上了我的脸。

时间静止了，我们两个都愕然地盯着对方，身体像被人点了穴位般，僵住不动。

"恶心。"白睿站起来，轻蔑地说了两个字后就走出软卧车厢。

他的话让我和南宫聿顿时被解穴，两人用力地互推对方一把后，不约而同地跳站起来。

我捂着被他亲过的地方，整张脸又红又烫，心突突跳着，逃也似的跑出车厢。

"呸！呸！呸！老子的初吻便宜你这臭小子了！"南宫聿擦着嘴巴，冲我的背影抱怨。

我的脸红心跳并不是因为心动，而是这个意外来得太突然，有点儿受到惊吓，更因为当时的旁观者是睿，他看到了整个过程。

穿过两节车厢后，我的心跳就恢复了正常，只是脸颊还有些微红，或许是因为我走得太快。我想找到睿，想跟他为之前的种种误会道歉，也想跟他解释刚才的那个意外。

他已经对我印象很糟糕了，不能又被他贴上"恶心"的标签。

我穿过两节车厢的连接处时，身体被人猛地一拉带到了没人的地方。

睿的脸阴沉沉的，冰冷的手掌握住我的肩膀，那里的皮肤像被冻伤了般隐隐发痛。

"为什么跟着我？想杀我？"他问，目光牢牢锁定我的双眼，让我不敢有一丝一毫欺骗的念头。

"不是。"我实话实说。

"那你想干什么？你不是已经选择了相信他，认定我是个冷血无情又睚眦必报的妖怪吗？"

"我想跟你道歉，我错怪你了。"我赶紧把心里话说出来。

"朱昊见过你？"他轻扬着语调问，听上去很不悦。

我的第一反应就是把这个名字和那个短红头发的男人连在一起，想到男人离开时的警告，我不得不摇头解释说："我不知道谁是朱昊。我只是后来冷静地想了想，昨晚的事，你是在帮我，并不是报复我。"

他的眉头一抬，很显然不相信我的话。

"如果你想报复我，就不会及时出现阻止越青城说出我的秘密。是我小肚鸡肠，是我以小人之心度君子之腹，是我被猪油蒙住了心，不该一而再再而三地怀疑你，更不该惹怒你。我错了，真的知道错了，你不要再生气了好不好？"

从早上开始，他就没再理我。我说的理我，是指不但不跟我说话，更没有看过我。一路上，我能感觉到他的刻意疏远和淡漠，这种感觉让我很不安。

"你相信他，还是我？"

他给了我一个选择，也给了我一个可以被他原谅的机会，我想也没想地答

"当然是相信你。"

"为什么？"

"我们之间有契约，你答应了会帮我，我当然会相信你。"我指着额头上被他亲过的地方回答。

他的肩膀松下来，放开了我，眼神忽然变得无比温柔，那种透过我看到其他人的感觉又来了。

我想拂开他的手，可刚一抬起手臂，就被他的另一只手抓住。

"别动。"他命令着，纤长的手指将我额头的刘海儿拂到一边，拇指摩挲起我的额头。

他的动作很轻，也靠得太近，狭小的空间里，我能感受到他喷洒在我脸上的热气，甚至能听到他胸膛里怦怦的心跳声。

又或者，那其实是我的心跳声。

"你的气味真像她……"他闭着眼睛在我的脸颊处深吸了一口气，伤感地回忆着让他记忆深刻的某个人，某个跟我很像很像，像到他愿意因此立下契约来帮我的那个人。

火车驶进山体隧道，我的眼前一下子陷入黑暗。

可黑暗并不能让我忽略此刻发生的一切，就算看不见，我也能从黑暗中勾勒出他的轮廓，感觉到他的靠近，想象得到他的动作和表情。

我的心跳得厉害，就像有把锤子正在敲打胸口。

周遭静得刺耳，空气凝滞得让我无法呼吸。

他的唇在我的额前停了几秒，然后移到我的唇前，在我小鹿乱撞地以为他会亲下去时，黑暗中响起他冷冷的声音："贪吃、怕死、庸俗，没想到除了这些，你还好色？"

眼前忽然亮起来，火车驶出隧道。

"我好色？"气氛转换太快，我一时脑子转不过来。

他捏起我刚被南宫聿不小心亲到的脸颊，用警告的语气对我说："如果不是，以后不许和其他男人接近！这是契约的附加条件，清楚了吗？"

"我……"我正要反驳他那不过是个意外的接触时，灵光一闪地想到一个问题，脱口而出问，"你不会吃醋了吧？"

虽然是问句，但有百分之五十的把握自己猜对了。

他一定是因为看到我被南宫聿亲了一下，吃了醋才附加这样一个条件。可他为什么会吃我的醋？他应该是讨厌我，甚至是恨我才对，怎么会吃我的醋？

他的表情一滞，在我想继续从他的反应探究他的真正想法时，视线又一次陷入黑暗。

我讨厌隧道！

"笑话！"他放开我的脸，"我只是不想自己最后交换来的记忆，是让人恶心作呕的！别忘了，你现在的身体可是个男的。"

"哦。"揉着被他捏痛的脸，我低沉地嘟囔，"又不是我自己选的身体，还不是怪你？"

"你说什么？"

"什么也没说。"我没种地消声。

眼前再一次亮起来，他后退一步，让出一条道说"走吧，别被他看出破绽。"

"那你呢？"

"放心，在我们的契约达成前，我不会丢下你的。"

这句话算是给我吃了定心丸，在捉妖馆发生的所有误会应该都成了过去式。

"师弟，你在这儿啊！"南宫聿蹿了出来，将白睿和还没有来得及离开的我堵住。

"你和他……"南宫聿站在原地，一脸不解。

我急得直冒汗，眼前这一幕像是两个私会的人被抓个正着。

要怎么解释才能将这件事敷衍过去？

"小心——"南宫聿突然冲上来，将我拉到他身后。

"就凭你的能力想杀我，简直做梦。"白睿嘲讽地说着，从我和南宫聿的面前走过。

我感觉他眼角的余光瞥了眼我和南宫聿紧握的手，于是急忙将手从南宫

聿手里抽回来。

南宫聿快速走到我刚才站着的地方，从墙上拔出匕首，将刃尖收回去。

我不知道白睿是什么时候将我口袋中的匕首偷走的，只知道他用那把匕首帮了我，上演了一出我要杀他，却差点儿反被他杀掉的戏码，蒙骗了南宫聿。

南宫聿走到我面前，毫不留情地给了我后脑勺儿一巴掌："猪啊你！我让你杀他，又不是让你现在就杀他！"

"那什么时候杀？"我揉着肿痛的后脑勺儿，一脸怒气地反问。

"夜深人静的时候，趁他不备的时候！"

"你不早告诉我？"

"我以为你会知道啊！"

"可我不知道啊！"

"所以你是猪！"

"你才是猪！你全家都是猪！"

争吵中，南宫聿忽然搂住我的脖子，用拳头抵着我的脑门儿教训说："臭小子，敢骂我猪？胆儿肥了啊！"

"放开我，快放开我！"

我不习惯他这样对待男人的粗鲁动作，更不习惯和他有太过亲密的接触。

"不放！你这脑袋瓜子本就不灵光，失忆后智商更是令人堪忧！今儿，师兄我非要给你补点儿脑子，让你做事走点儿心！"南宫聿恨铁不成钢地说。

"你才智商堪忧！男女授受不亲，你知道吗？快放开我！"

"男女授受不亲？"南宫聿重复了一遍，紧接着更可恶地欺负我说，"谁是男，谁是女？你师兄我可是纯爷们儿！你这小子，快吃点儿啥补脑吧！"

"咳！咳！咳咳！"被他胳膊勒住的我难受得不住咳嗽。

他终于良心发现地放过我"等我们找到师父，一定让他先治你的失忆症。"

再把你赶出师门！我捂着发痛的喉咙直起身来，在心里痛骂。

亏我一开始把他定位成疼爱师弟的好师兄，没想到他竟是如此暴力？早知如此，那天就不该冒死去拿定魂丸给他。

"下次行动前，先跟我商量。白睿这妖孽太狡猾，必须小心行事。"南宫聿又走上来想拉我一起走，我条件反射地后退一步。

"好吧。"南宫聿举起双手，自嘲地说，"师兄我知道你介意什么，刚才那件事不过是个意外，是白睿那妖孽思想不纯洁才会把我们的关系想歪了。不过现在这世道，腐女猛于妖，你我两个超级大帅哥出来行走江湖，若是太亲密了，确实会引人遐想，惹人非议。男男授受不亲，师兄我以后会留意。你也别傲娇了，快跟我回去，我有了新发现。"

重新回到软卧车厢时，白睿并不在。

南宫聿觉得是个好时机，忙打开他的笔记本电脑将新发现告诉我。

失踪的6个人除了来自同一个老小区外，他们的父母还曾是同一个驴友俱乐部的成员。据南宫聿从网上查出的资料显示，在小区拆迁前，这个驴友俱乐部的成员还因一次去山区徒步旅行，意外遭遇山洪，导致一死一失踪的新闻被媒体报道。

当时爆出的成员合影上一共是8组家庭，而那次旅行的参与人数是17人，除了一家是带着两个孩子外，其他家庭都是一个大人带着一个孩子，自发的一次亲子活动。

在山洪席卷营地的那场意外中，死了一个孩子，失踪一个孩子，剩下的7个孩子就是被上天眷顾的幸运儿。

而这次陆续失踪的6个孩子，就是当年那7个幸运儿中的6人。

"所以我推断，九婴的下一个目标就是7个幸运儿中的最后那个人。"南宫聿自信地说着，指着屏幕上的照片说，"就是他。"

我仔细看着网页中的资料：高原，16岁，就读于A市一中初三（五）班，品学兼优，爱好围棋、击剑……

"我不明白，九婴为什么要抓这几个人？他们身上有什么特殊的地方吗？"

"这也是我困惑的地方，除了我刚才告诉你的那些外，这7个孩子身上并没有什么性格或行为样貌上的共性。"南宫聿皱起眉头，轻咬着自己的手背思索。

"那你打算怎么抓住九婴？"

"如果火车没晚点，明天上午6点我们就能抵达A市，到时候直接赶去高原家，在附近埋伏起来，设下符阵等九婴现身。"

"就这样？"我以为捉妖是件又危险又麻烦的复杂事。

"真是受够了你的失忆。"南宫聿低叹一声，继续为我这个本该知道程序的师弟耐心解释，"符阵只是暂时保护高原的安全，让九婴无法进他家里。可符阵不是永久性的保护罩，我们必须找出九婴的化身，抓捕九婴。所以，明天你的任务就是负责监视和追踪，我负责捉妖。"

"监视我懂，可怎么追踪？难道给九婴的身上装上跟踪仪？"

"你总算想起来了！"南宫聿欣慰地又拍了我的后背一掌，我怒瞪他一眼，他立马双手投降地笑说，"对不起，我又忘了，男男授受不亲。"

我狠狠地剜了他一眼，警告他不许再犯。

"这是跟踪仪，你想办法把它放进所有想进入高原家，却没能进去的可疑人身上，这样我们就能跟踪对方，直到在合适的时机合适的地点，把他捉住。"南宫聿从他的背包里又拿出三个小圆片。

"我怎么想办法把这些东西装上？"

"这个给你，"南宫聿又从背包里拿出一部 iPad，调出里面的视频文件说，"这是你失忆前，和我一起捉妖时的记录，你就跟以前的自己多学习学习，没多难。"

我看了看手里的跟踪仪和 iPad，又看了看自己身后那个又沉又重的背包，一肚子不平衡地问："为什么你包里装的都是高科技的捉妖装备，而我包里的都是过时没用的旧东西？"

"我包里的一些东西原本是你的，只不过你现在失忆了，忘记如何使用它们，师兄我暂时替你保管。"

"不用，我自己来。"我将他的背包拿过来。

"别任性！这些装备可是我们的所有财产，弄坏了，我们师兄弟可真要喝西北风了。"南宫聿又把包抢过去。

我不再跟他抢，反正就像他说的，就算拿过来，我也不会用。

"别泄气，相信师兄，一定能捉到九婴，救回我们的师父，帮你找回记忆！"南宫聿拍着我的左肩，安慰心情不快的我。

门突然被人从外打开，白睿站在门口，目光停在了南宫聿的手上。

"啪！"

我左肩重重地往下一沉，差点儿被南宫聿那变态一巴掌打断半边肩膀。

"好大的蚊子！"南宫聿故弄玄虚地抬起手，"还好被我打死了。"

我揉着酸痛的肩膀，一脸怨气地瞪他。

这么假的戏，傻子也不会信！还有，做戏需要这么用力吗？

"时间不早了，我先去养精蓄锐，你也快点儿学习，明天可有场硬仗要打。"南宫聿擦了擦手就爬上上铺，钻进被窝休息去了。

我的目光跟随白睿，担心他会因为刚才看到的事情吃醋，可他并没有任何反应，也很快就睡下了。

进入夜间行驶的车厢里非常安静，我们所在这间软卧车厢还空着一个铺位。

我戴上耳机，开始学习越青城以往捉妖的实战视频。

摇摇晃晃的火车很快也引来了我的倦意，十一点多的样子，我就迷迷糊糊地进入梦乡。

梦里的我来到了一棵枝叶繁茂的桃花树下，月光如水，纯白的桃花瓣从树上飘下来，树下站着一个人，背对着我。

一头美丽的白发安静地披散在他的身后，就像一片铺落均匀的雪地，随着月光的变化，呈现出深浅不一的银色。

下意识地，我叫出了睿的名字，他侧过脸来，却像并没有看到我。

微扬着头的他抬手去接空中的花瓣，他的轮廓被枝叶间泻落的月光映照得透明起来，不能分辨究竟是真的他，还是一场幻觉。

我不敢走近，只敢站在原地凝望，心口好满好满。

"醒醒！醒醒！"

梦境散去，睡意正浓的我把一肚子起床气发在床头站着的南宫聿身上，冲他咆哮："有病啊你！"

"嘘，有情况。"南宫聿压低声音，指了指我斜上方的床铺，上面空无一人。

发现白睿不在，困意全消的我立马坐了起来："什么情况？他人呢？"

南宫聿指了指我的对面，也就是白睿的下铺，上面不知什么时候多了一个行囊。

"上一站的时候进来一个人，后来他好像去了厕所，没一会儿白睿也跟着出去。已经半个多小时了，两人还没回来，我担心白睿控制不住妖性对这个人下了手。"南宫聿一边说，一边从包里拿出捉妖神器来武装自己，"我出去看看，你守在这里。"

"我跟你一起。"说着，我掀开被子就要下床。

"别了，还是先处理好你的小帐篷吧。都什么时候了，还有心思做春梦。"

我眨眨眼，等他离开后才反应过来小帐篷是什么，忙抓起枕头挡住胯部，尴尬又无措地用力按压小帐篷，希望它尽快恢复原状。

可谁能告诉我，这帐篷怎么才能撤掉？我尝试了几次，可越按越大的帐篷让我快要崩溃了！

越青城啊越青城，你日后若是有啥后遗症，可别怪我啊！

就在我走投无路地打算拿着 iPad 将帐篷一次性压扁的时候，一滴水落在了我的手背上，紧接着第二滴、第三滴。

"不会吧，火车也会漏雨？太搞笑了吧？"我放下手中的 iPad 匆忙将床头灯打开来，骤然亮起的视线，让我惊骇得尖叫。

"啊——"

手背上的雨点是红色，和车厢地面上正漫延开来的血水一样的颜色。

恐惧瞬间灌满了我的四肢百骸，我想也没有多想地就去拉门。

可门被人反锁住，无论我怎么用力都无法拉开它。

"有人吗？快开门！快开门啊！"我扯着嗓子喊叫，用力捶打着门。

"白睿，南宫聿，你们快回来！快回来啊！"我站在一片血水中用尽全力地拉门，门却纹丝不动。

"怎么办，我该怎么办？"叫了很久都没有得到任何回应的我，决定先自救。

我冲到床前打开背包，将里面所有的捉妖神器都拿了出来，不管三七二十一地全都丢进血水中，期盼着能有什么奇迹发生。

然而，期盼的奇迹就是——什么奇迹都没发生。

那些法器就像丢进大海的石头一样很快就消失不见。

怎么会这样？这是什么妖怪？南宫聿去了哪儿？睿去了哪儿？

窗外漆黑一片，妖影绰绰，我开始怀疑这列火车是不是驶在地狱中。

血水在车厢内越积越多，水面上升得飞快，转眼间就淹到了我的胸口。

我迅速地爬到上铺，声嘶力竭地大喊："救命啊！快来人啊！"

会被淹死的念头在我的脑子里迅速发酵，我双手不可控制地颤抖着，身体更是抖得厉害。

一个东西从口袋里掉到床铺上，我匆忙拿起来，弹出里面的刃尖，用力戳向车窗。

"啪"的一声，车窗竟然被匕首戳出一个洞来，我抬腿狠踹裂开的车窗，踹出一个足以可以通过一人的洞，艰难地爬出去。

我们所在的卧铺隔间位于这节车厢的最末端，从窗户爬出去的我单手紧紧抓着破掉的窗户玻璃，伸长另一只手臂去抓不远处的车门外梯。

火车疾驰的速度飞快，强大气流将我的眼睛吹得生疼，身体半悬在车体外，像狂风中一片即将凋零的落叶。

破碎的玻璃窗边缘将我的左手深深地割伤，我紧咬着牙，强忍着痛，继续去抓外梯。

近了，更近了！身体深处涌出一股莫名的力量，终于，我的右手成功抓住外梯，一个用力就站在了外梯上。

我敲了敲车厢门，没人答应，无法进入车厢的我只能紧紧抓着外梯站在外面。

车厢顶部传来了鸟叫的声音，一个巨大的黑影从我的头顶飞过。

"放了他。"

我听到了睿的声音，连忙手脚并用地爬上外梯的顶部。

睿站在火车顶上，对面是一只外形和猫头鹰相似、长着十个脖子却只有九个头的怪鸟。

九头鸟的眼睛是血红色的，张开的庞大双翼几乎将整个夜空都遮挡住。

"做梦！"九头鸟的其中一个头开口说话的同时，另一个头就猛地低下去，啄中它利爪中抓着的一个黑影。

我努力去看，这才看清那个黑影是已经鲜血淋漓的南宫聿。

"看在你姑父的份上，我给你最后一次逃的机会。"

"白总执行官，在异世我不是你的对手，在现世，可未必！"

"那你就是找死。"

睿的右手毫不留情地朝九头鸟挥去。

黑暗像是块被利爪撕破的黑布，留下醒目的五道白光。

九头鸟振翅飞起，险险地躲开光刃后，从半空朝睿俯冲下来。

它口中喷射出缕缕黑雾，像条条黑色的长鞭紧紧捆住睿的四肢。

睿挣扎了下，并没能挣开。

九头鸟得意地嘎嘎大笑，笑声刺耳："怎么了白总执行官？你不是很厉害吗？怎么动不了啦？要不要我来帮帮你？"

说完，九头鸟的翅膀就朝睿扇去。

那翅膀如密集而锋利的刀刃深深地划过睿的脸，我惊恐地大叫一声，不管不顾地爬上火车顶："住手！"

白睿回头瞥了我一眼，大喝："你上来干什么？下去！"

我左看右看想找东西来当武器，可火车顶上除了呼啸的风以外，什么也没有。

"我不下去！"双腿发抖的我大喊，内心却有另一个声音在补充——就算我想下，也下不去了啊！上来容易，下去难，我现在连站都站不稳了，怎么动啊？

"既然你想陪葬，我成全你！"九头鸟的其中一个鸟头朝我喷出黑雾。

眼看那黑雾就要碰到我了，却在离我只有几公分的距离被一道白光弹了回去。

那白光是从我的额头发出的，那里也就是被睿亲吻过的地方。

"你是他的什么人？"九头鸟困惑地看着我。

我茫然地摸了摸略略发烫的额头，想到上次在藏宝阁被巨虫袭击的事。

"你不能动的人！"趁九头鸟分神的工夫，白睿突然发力，挣断九头鸟的黑雾锁链，一跃而起，悬停在和九头鸟平行的半空中。

他的身影挡住了夜空的月亮，月光像一件银色的盔甲穿在他身上，夜风吹起他已然变长变白的长发，仿若一件白色的披肩在身后猎猎作响。

他又变身了。

"你变成这样，是想死得有尊严吗？"九头鸟仍不知死活地嘲笑。

白睿紧握的右手伸开来，五指已然变成野兽的利爪，月色下散发着令人发寒的白光。

"错，是让你死得有尊严。"

白睿说着就快速朝九头鸟冲去。

九头鸟的九只鸟头迅速变换位置，呈网状向四面八方分散开并喷出黑雾，布下一张又宽又密的大网，试图将白睿困住。

"让我瞧瞧你的真本事！"

白睿的利爪轻易就撕碎九头鸟的黑雾网，从腰间取出一串铃铛，手指一弹，白色的铃铛就缠住了九头鸟的鸟身。

那铃铛一定具有非凡的法力，被缠住的九头鸟像被烙铁炙烤般痛苦地嘶鸣，它努力振翅试图摆脱铃铛的束缚，可铃铛的另一端被白睿紧紧地缠在手臂上。

白睿只用一只手臂的力量就能牢牢牵住九头鸟，可九头鸟并不死心，仍拼尽全力往上飞。

我看它飞得用力，担心它就这样跑掉，于是冲上去抱住白睿的后腰，想要帮他拉住九头鸟。

谁料，当我要去拉铃铛绳索帮他时，那绳索却猛地将我弹开来。

"青青！"白睿伸手去抓几乎要跌到火车下的我。

九头鸟瞅准时机，忽然将九只鸟头缠绕在一起，变成一只巨大的鸟怪朝白睿偷袭而去。

"小心！"

在空中做自由落体运动的我惊慌地大喊，在即将跌落下去的刹那被白睿的左手抓住，与此同时他右手快速地转了一圈，那鸟怪的头眨眼就被铃铛绳勒断。

一切发生得如此之快，原本胜负难料的恶仗就这样戛然而止。

白睿单臂抱起我，抬脚将鸟怪的身体踢下火车车顶。

我一动不动地靠在他怀里，痴痴地看着他，看着他的金色双眸在月光下渐渐藏起光芒，看着他迷人的长发迅速变短……我还是喜欢他没有伪装成人的样子，看上去真美。

"你再看下去，他就要死了。"白睿将眼神从我脸上移开。我敢说有那么一秒，他被我看得有些不好意思了吗？

"谁要死了？"我仍一脸花痴地看着他问。

顺着白睿的手指看去，我才猛然想起浑身是血的南宫聿。

"南宫聿！"我想跑过去，却因摇晃的车顶差点儿跌倒。

白睿眼疾手快地拎住我的衣领，极不绅士地恢复了我的平衡。

"没有金刚钻别揽瓷器活，以后再遇见今晚的事，不许你露头。"

"我不是有意要强出头的！我们的车厢里满是血水，我差点儿被淹死，还好敲破窗户才逃了出来。"

白睿眉头一皱，命令道："把手给我。"

"哦。"我乖乖地将双手举到他面前。

刚才抓着碎玻璃的掌心已被割得血肉模糊，直到这一刻我才真正地感受到痛，眼泪流了出来，嘟着嘴委屈地说："你轻点儿，好痛。"

"活该。"白睿生硬地说了句后，就准备用他的双手为我疗伤。

"等一下。南宫聿的情况比我严重，你先去救他吧。"难得我第一次发挥舍己为人的雷锋精神，把优先疗伤的机会让给了南宫聿。

没想过能得到什么锦旗，但至少会被称赞一句吧？

结果呢？

却换来白睿的惩罚，他拉起我的手腕，将我的双手粗鲁地包裹在他的掌心里。

"他还死不了。"

白睿的表现让我又不禁想起"吃醋"两个字，可他真的会吃我的醋吗？

玩心大起的我，决定试试他。

"可他真的伤得好严重，要不，还是先救他吧？"我装作非常担心南宫聿的语气说。

"你很担心他？"他似乎进了我的圈套。

我点点头继续给白睿下套，夸赞着南宫聿："他人不错，长得也还好，脑子也好，对我也很照顾……"

我故意挑会激怒白睿的话说，心里却想着，幸好南宫聿现在昏迷不醒，要是被他听到我这样夸奖他，以后我可怎么活啊？

"再说一个字，我让他现在就死掉。"

白睿的声音低低的，在我正窃喜他是真的在意我时，他又补充了句："再成全你跟他一起死。"

一盆冷水浇下来，瞬间熄灭我自信心爆棚的小心脏，让我清醒了过来，立马收起调戏他的心思，换张嘴脸极力讨好他说："但南宫聿就算再好，跟大人你比起来，还是差十万八千里！"

"我怎么好了？"他抬起头来问。

我们双眸碰撞的那一刹，我的小心脏又不怕死地乱跳起来，忙提醒自己收起那些荒诞的想象，他对我肯定没那方面的想法，是我想多了。

"大人你长得比他好看！他的样貌充其量就是周正，大人你可是倾国倾城的姿色！大人你的脑子也比他好！他就算是个电脑玩得不错的黑客，还是被大人你控制在股掌之间，这就像孙猴子和如来佛祖，那孙猴子再厉害也逃不过如来佛祖的五指山啊！大人你还比他温柔，比他体贴，比他宽容，比他高贵，比他……"

我搜刮记忆辞海，却再也找不出可以用来夸奖他的词语。

"算你有眼光。"

好在他也没再为难我，松开我的手说："去吧，把他弄回去。"

"我一个人怎么弄啊？"等我回头去问时，白睿已经不见了。

亏我刚才还夸他善良体贴，竟然就这样把我丢下？真没人性！

等等，他本来就不是人，就不该用人性什么的去要求他吧。

劝慰过自己后，我小心翼翼地向南宫聿走去。我想试着将他扶起来，却发现这样做的结果只会让我们两个人都掉下去，于是我只能用最不厚道的救人办法，拉着那家伙的两只手臂，像拖死狗一样，费尽九牛二虎之力才将他拉到外梯旁。

靠近外梯的门已经打开，我不用再表演超凡蜘蛛侠之类的超人类，飞进软卧车厢。

站在门口，我一度怀疑自己找错了车厢。

血水呢？被我撞坏的玻璃呢？

不知道因为什么，我所看到的车厢，除了有些凌乱外，并没有任何异常。

车窗还是完好无损的，也丝毫看不到一点儿血水的影子，地上都是我扔的法器。

"不可能！我刚才明明……"

白睿走过来，将我一把拉进车厢，南宫聿也被他无情地丢在下铺上。

"刚才你看到的九头鸟是鬼车，它能让人产生致命的各种幻觉。你看到的血水虽然不是真的存在，但如果刚刚你没能自救地逃出这里，就会在幻境中被活活溺死。"

"可我明明记得自己是破窗而逃，而且我的手也明明受伤了啊。"

"破窗也一样是你的幻觉，你是从门逃走的，你手上的伤并不是因为破窗而逃造成的，而是你在强行打开车厢门爬上外梯时弄伤的。"

我有些无法接受地摇头："我还是不明白，如果之前的一切都是幻觉，现在呢？难道现在的一切也不是真实的？"

"知道鬼车用来攻击的黑雾，力量来自哪儿吗？就来自这一列火车所有被幻觉困住的人。正因为鬼车有这么多的能量来源，所以才能一开始困住我。一旦鬼车消失，它所营造出的所有幻觉也会一起消失，而且会消失得不留痕迹。相信现在一车人都以为自己做了一个可怕的噩梦。"

"为什么其他人的噩梦都不致命，而我做的噩梦却差点儿真的害死自己？"

"那是因为他，"白睿看向床上的南宫聿，"因为他体内的定魂丸，定魂丸跟你有强烈的感应。他那时被鬼车攻击，小命都要丢了，所以你才会看到血水，并有濒死的恐惧感。"

我理了理思路："这么说，我差点儿被他害死？"

"可以这样说。"

"可不可以想个办法把他体内的定魂丸拿出来？"

"没办法。"

"那可不可以让别人来做捉妖馆的主人？"

"不可以。"

"为什么啊？你们有谁问过我，想不想当一间破馆的主人，想不想跟一个没任何关系的人有生死感应啊！"

"现在你明白，当初我为什么对纸片人用定魂丸救他而生气了吧？"

他提起第一次被我误会的事，语气就像一个老师在谆谆善诱地教育学生，什么是对，什么是错。

"究竟有没有办法，让我不用和他同生共死？"

"等你回到自己的身体，那同生共死的人就是这具身体的原主人了。"

身体一下子泄了气，我郁闷道："当我没问。"

"你还救不救他，或者说，还救不救你自己？他可真的只剩一口气了。"

"救！"我二话不说地走过去，将床上那个被鬼车虐得体无完肤的南宫聿扶起，茫然地回头问白睿，"怎么救啊？"

白睿这下又变得惜字如金起来，用他的左手在右手的掌心画了一个圈当提示。

我学着他的动作，在右手掌心画着圈圈，心想这难道不是画圈圈诅咒你的模式？

南宫聿都快要断气了，他到底要不要救人，要不要救我啊！

我求助地看向白睿，他竟用后脑勺儿对着我。

可恶！我决定靠自己，给南宫聿做人工呼吸！用白睿最讨厌的事情刺激他！

我把南宫聿平躺下去，双手按在他的心口上，正要按下时，掌心忽然发出刺眼的金光。紧接着，就像有什么东西吸住了我的手掌一样，让我的手掌死死地贴在南宫聿的胸口，动都不能动。

见证奇迹的时刻到了！

南宫聿身上的伤口神速地自愈起来，苍白的脸也变得有些血色，呼吸也有力了起来。

"定魂丸和印记之间的羁绊太深了，怪不得你在意他。"白睿的声音在耳边响起。我侧过脸去看他，感觉这句话他不但是在说给我听，更像说给他自己听。

他还在介意，我说我在意南宫聿的话吗？

"他要醒了，让开。"

一没留神，我就被睿粗鲁地拉开，甩到另一张下铺上，而他则站在了我刚才站着的位置上，假装在救南宫聿。

"不用谢我，救你是因为你还有些价值而已。"

南宫聿在恢复神志睁开眼睛的那一刻，听到的就是白睿的这句话。他理所当然地以为那个将他从鬼门关前救回来的人就是白睿。

"鬼车呢？"南宫聿坐了起来，没有一点儿要谢他的意思。

"死了，"白睿站起来，毫不谦虚地说，"我杀的。"

"这次是我大意，下次绝不会让它有机可乘。"

"就算让你喝下一火车皮的红牛，也不是它的对手，再遇见它，一样是找死。"

"别小看我！"南宫聿不服气地大吼。

"好，我不小看你，那你捉妖至今，杀死的妖怪最高几级？"

"五级。"

"哈哈哈！"白睿一副要被笑掉大牙的架势，"你知道鬼车是几级吗？三级，跟我们要去抓的九婴是同一个级别。而你，一人之力根本不是它们的对手。你想杀了它们？去梦里实现吧。"

白睿挖苦人的本领绝对是高段位的！

"你等着，我一定活捉九婴，在你面前亲手杀了它！"被人看扁的南宫聿放出豪言壮语。

"我拭目以待。"白睿似乎一点儿都不以为意。

在白睿离开卧铺车厢后，南宫聿立马表演起限制级的动作，在我面前堂而皇之地脱起衣服来。

"喂！你要干吗？"我一手挡脸，一手挡住他问。

"换衣服啊！难道你不怕我这一身血吗？"南宫聿说着，连裤子也脱了下来，在我匆忙转身之时，他又将他那条倒霉的内裤丢到我的脑袋上。

丫的，我都怀疑越青城的脑袋顶上是不是有块吸内裤的石头！

"别走！"南宫聿从后抓住我的肩膀，将企图逃走的我重新拉回来，按坐在电脑前。

"为什么鬼车会突然出现攻击我呢？难道它知道我们要去捉九婴，所以半路想劫杀我们？师父说过，鬼车和九婴虽都是九头妖怪，但它们之间从无往来。而且从妖怪录上的记载来看，鬼车属于妖怪中的贵族，而九婴则身份低微，它们之间不该有任何联系。究竟为什么鬼车会突然出现？"

"你问我，我问谁？"

"笨！"南宫聿又拍了我的后脑勺儿一巴掌，"问度娘啊！"

"起开。"南宫聿一屁股将我从电脑前挤开。

"喂，可不可以先穿好衣服啊？"我扭过脸，不愿看光着膀子的他。

"都是男人，怕什么羞。"南宫聿眼皮都不抬一下，继续专注地在网上查着资料。

"让一下。"我站起来。

"干吗？"他纹丝不动。

"我要去厕所！"

"大号还是小号？"

"你管我大号还是小号？！"我受不了地大喊，上个厕所还要被盘问，男人之间的相处怎么比女人还麻烦？

"大号就拿上这个，小号就算了。"南宫聿从床头拿出一卷卫生纸，递到我面前。

"我撒尿——"

"撒尿就撒尿呗，发什么火？快去快回，我马上就找到线索了。"他把笔记本电脑抱到腿上，让出很小的一条通道让我过。

我忍着火，侧着身子离开。

我看了看左右两侧的车厢，不知道白睿会在哪边，也不知道他在做什么。相比南宫聿关心的那些问题，我更担心跟自己切身利益相关的事。

之前不是说只有九婴吗？那现在怎么又跑出一个鬼车？

究竟有多少神兽从打开的结界逃到了现世？

我是不是要把它们都抓起来，才能拿回自己的肉身。

我终于在餐车找到了睿，餐车只有他一个人，安静地坐在那里喝茶。

"究竟有多少神兽从结界逃了出来？"没经过他同意，我在他对面坐下问。

屁股挨到座椅的时候，温热的座椅提示我，这里刚刚有人坐过，还有余热。他见了谁？

"原本是一个，但现在或许更多。"

我想也许就是数量的不确定性，才让他此刻愁容满面。

"九婴和鬼车一样厉害吗？

"不，它俩虽然战斗力同级别，但九婴更凶残。"

"我们能制伏它吧？"我又拍马屁地给出答案，"睿出手的话，一定没问题的。"

"到达目的地后，你们先不要轻举妄动，等我回来。"

"什么？你要离开？"我很意外。

"有些事我必须查清楚。在我回来前，不要跟九婴发生正面冲突。南宫聿那个草包，连自保的能力都没有，如果遇见危险，你先用这个自救。"白睿说着，将他手腕上缠着的那个铃铛解下来，温柔地替我绑上。

"这串铃铛，除了我和你之外，任何人都无法取下它。"

"这么神奇？要怎样才能取下呢？"我摇晃着手腕上的铃铛，没心没肺地问了句。

"怎么，你不喜欢它？"白睿不悦地问。

"不是，不是，我喜欢，我超级喜欢。我只是听你说，其他人都取不下它，所以好奇。"我急忙为自己解释。

白睿平静地说"只要用你自己的血滴在这串铃铛上，然后说你不要它了，它自然就会从你的手腕上脱落。"

他的声音听上去有些不太一样，虽然语速平稳，但语气却很深沉，话语中隐隐有种警告的口吻，暗示我不能自己取下来。

"放心吧，我不会取下它的。"我握着铃铛，宣誓般地保证，"可是，你要去哪儿？"

他的离开让我有种不好的预感，今晚鬼车的出现肯定意味着有更大的麻烦。

"你不用知道。"白睿起身。

"那你什么时候回来？"我叫住他，他却没有回答，只留给我一个背影。

等我追上去时，已经没有了他的踪迹，我能感觉到，他已经不在这列火车上了。

手腕上的铃铛"叮当"作响，我困惑地抚摸着它，喃喃自语："还没教我如何用它自救呢。"

"我来教你。"

身后响起陌生而又熟悉的声音，我转过身去。

"是你？"那个短红头发的男人。

"没错，是我。"他走过来，想抓我的手腕。

我急忙将手腕藏到身后，警惕地问："你要干什么？"

"你不是不知道如何用五行铃自救吗？我来教你。"

"我凭什么相信你？"

"凭我是这铃铛主人的弟弟。"见我不信，他继续补充了一句，"如果我想杀你，上次早就动手了。"

"你真是白睿的弟弟？"他们两个长得一点儿都不像嘛。

"人类真是啰唆。"短红头发的男人将我的手腕从背后拉到前面，指着我手腕上的铃铛说，"被困绝境的时候，将它向敌人抛掷过去，然后撒腿逃。"

"啊？"我非常失望。这招数不就跟用石头砸敌人，然后趁机逃跑一样吗？一点儿也不神奇啊。

"这五行铃是我们异世排行前三的武器，强者使用它会发挥超强的力量，对于你，只能发挥它的一小部分能量，用于自保。"

"好吧，我记住了。"虽然失望但好歹也是睿给我的东西。

"你当然要好好记住,还要好好记住我大哥交代你的话,不许轻举妄动！"他过分地用手指戳着我的头顶警告。

真搞不懂这些臭男人，为什么总喜欢敲我的脑袋？我的头是木鱼吗？

"记住了！"我不耐烦地拂开他的手，转身离开。

"喂，记住了，我叫朱昊，下次见面时，千万别穿帮了。"

我困惑地回头，他人已不在。

别穿帮是什么意思？

"怎么尿了这么久？"

一拉开软卧车厢的门，南宫聿那令人尴尬的问题就迎面砸来："不会是身体有什么问题吧？"

"人太多，排了会儿队。"我避开他的问题走过去，"你找到线索了？"

"快了。"南宫聿点头，将笔记本的屏幕转过来给我看，道，"我在捉妖发烧友的网站找到了不少有用的消息。"

"捉妖发烧友？还有这么神奇的网站？"

自从身体被困在结界球，我所遇见的、听见的，以及接触到的事情都和我原有的世界截然不同。

"这是全国各地捉妖师们用来交流和学习的网站，只对捉妖师开放，里面会上传大家捉妖的视频，以及每种妖怪的照片、介绍和消灭办法。如果遇见了难对付的妖怪，大家会一起想办法，集思广益。你以前在这里最活跃了，几乎没有你没聊过的捉妖师。"

"哦……"心里赞叹着厉害。

"好了，快输你的密码吧。"

"密码？"

"就是你登录 BBS 版主的密码啊？我刚才是用我自己的账户名登录发帖，现在需要你这个版主的账户名登录才能把帖子置顶上去，这样才能最快被大家看到。"

"可我不知道密码，我失忆了啊！"

"我怎么忘记了。"

"你和我生活一起这么久，我没有告诉过你吗？要不你试试我的生日或手机号？"

"你以前的密码是我的生日，不知你什么时候又改了。"

"我的账户密码为啥是你的生日？"

"因为你以前暗恋我啊！"南宫聿回答得脸不红心不跳，手指噼里啪啦敲着键盘，眉头紧蹙着，嘴里念念叨叨，"该死的，那群家伙不但加固了防火墙，还把服务器IP隐藏了起来。"

我虽然对电脑并不精通，但自从见过他用黑客软件侵入公安系统后，还是瞬间明白了他在做什么。

想必越青城之前的密码就是被他用黑客软件破解后盗走过，所以密码才是他的生日。

说什么暗恋？真是厚颜无耻。

"搞定！"

南宫聿兴奋得打了个响指，用越青城的账户登录进去后把帖子加精置顶，不一会儿，帖子下面的留言就多了起来。

大家对于南宫聿描述的鬼车都表示出极大的兴趣，这种战斗力三级的妖怪很少有人遇见。南宫聿在帖子里询问有关三级妖怪的除妖良方以及作战方案。大家都不遗余力地将各自所知道的东西都发在了帖子下面。但所有这些都不过是纸上谈兵，当南宫聿问有没有人真的捉过三级妖怪时，帖子下面却安静了。

五分钟后，一个名叫朱雀的新注册ID在帖子下面回复说，他和一只三级妖怪战斗过。

南宫聿对于这个朱雀有些怀疑，就问他那是什么妖怪 他们是如何战斗的，结果如何……

对方很快就把他和凿赤的战斗经历描述出来，另外还上传了一张凿赤的牙齿照片。

南宫聿看过他的留言后，决定相信他的话，便跟他私下单独聊起来。

两人聊得很尽兴，南宫聿一边和朱雀聊，一边对我讲解对方所提到的各种捉妖术是什么意思，如何操作。

直到两人约定了见面时间和地点后，南宫聿才关上电脑。

此时已经是凌晨三点多，距离我们到达目的地只剩下三个小时。

"困死了，快去睡吧。"南宫聿打着哈欠就爬上上铺休息。

我满脑袋都是关于捉妖的信息，没有倦意，于是我继续在网上浏览。

距离我进入这具身体已经半个月，大家一定会以为我失踪并报了警吧？老妈现在担心死了，我要用什么理由去说服她，让她相信我没事，又不至于暴露自己此刻的位置和真实情况，不让警察找来呢？

我想到发电邮。

登录自己常用的邮箱后，我给老妈写了封简明扼要的电邮。邮件内容基本是我被夏令营的特训班选中，现在正进行一项高级机密的培训，不能回家，也不能跟外界打电话。我很安全，让老妈不要担心，培训完后就会回去。

不一会儿，老妈就回复了我：哪家的倒霉孩子盗用我女儿的邮箱？！

我愣住了，急忙又发了一条：老妈，是我啊，我是青青，你要相信我。

老妈又回复了，是一张照片，一张"我"熟睡在床上安然无恙的照片，附带一句话：再恶作剧，小心我报警抓你！

怎么会这样？我不是应该失踪了吗？那个住在我家里，躺在我床上，抱着维尼熊的人又是谁？

我极度不安地在网上搜索我的名字，却什么消息也没有，于是我又添加两个关键字：少女，失踪……

就在我一个个点开那些搜索结果的网页时，一只臭脚从后偷袭了我的后脑勺儿。

"我说臭小子，你以前可隐藏得真深啊，师兄我没发现你这么如饥似渴，都要去捉妖了，还有空研究美女？"南宫聿似醒非醒地趴在上铺说。

"我只是在查资料。"

"查美女的三围资料吗？"南宫聿指着电脑屏幕，我回头去看才发现屏幕上有好几个小窗口，里面都是美女妖娆地扭动身姿。

"这是网站自动弹出来的！不关我的事！"我手忙脚乱地关掉一个个小弹窗。

"你要是不去那种网站查资料，想弹也弹不出来啊！好了，快滚去休息！"南宫聿命令后就再次躺下去。

我红着一张脸，窘迫地关上电脑。

我躺在床上，翻来覆去地睡不着，满脑子都是疑惑，各种疑惑。

可所有的疑惑只有等白睿回来后，我才能问清楚，希望在一切还能挽回前，我能知道答案。

天蒙蒙亮时，我才稍许有点儿困意，从头下抽出枕头盖在腰腹上。
明早起来后，千万别再给我什么小帐篷的惊喜。

第七章
神兽来了

DASHEN
ZHIXINGGUAN

火车到站时，南宫聿问我是否知道白睿去哪儿了。

我摇头，不打算把昨晚的事告诉他。

"不会是被昨晚的九头鸟吓到，连夜遁逃了吧？"南宫聿嘲讽地说着，背上背包后就带我下了火车。

一路上，南宫聿给我口头培训了很多捉妖技巧以及注意事项，我感觉脑仁都被他念疼了，忙叫停道："Stop，stop！这么多东西，你一下子都往我脑子里塞，当我是回收站啊！"

"你小子别身在福中不知福啊！要不是因为你是我师弟，花多少钱，我都不会把商业机密告诉你。"

"那你也别以拔苗助长的速度告诉我啊，一点一点地告诉我，给我点儿消化和缓冲的时间啊。"我提了提肩上的背包带，背着重重的背包跟在他后面抱怨。

"你以为我说这么快，嘴巴不累啊？我这么着急，还不是因为白睿那妖孽的关系？"南宫聿走过来，一把拎起我背包上的背包带，帮我分担双肩的负担说，"因为这该死的定魂丹，我现在受控于白睿那妖孽，有些事我没办法亲自去做，下一步或许还无法掌控自己的行为，所以你必须尽量多地记住我刚才交代的那些事。一旦我有什么意外，你一定要继续战斗，从九婴手中救出我们的师父！"

"如果你都救不了师父，那我岂不是更没戏？"

"别没志气！你小子没失忆前在捉妖这块特有天分，师父还总表扬你呢。你只要把我说的话牢牢记住，总有一天会派上用场。师兄我相信你！"

这个信我的师兄松开手，让我继续背着沉重的包，锻炼自己的体能和意志。

八月酷暑，烈日炎炎，南宫聿抠门得连公交车都不让坐，非带着我步行。

我问他去哪儿，他说到了地方我就知道。

我问还有多远，他总说快到了快到了。

我问还要走多久，他又说马上马上。

于是在马上个 N 次方后，快要脱水的我终于到了他所说的目的地——一所名叫"兰想"的培训学校。

学校大门上的标示牌，有严重的盗版痕迹，关于学院的各种介绍也和某某技校的培训内容极其相似。

我不禁纳闷道："我们不会是来这里学开挖掘机吧？"

"差不多。"南宫聿含混不清地说完后，就带我径直来到校长室。

他让我在外面等着，自己进去见了校长。半个小时后，他拿到校长休息室的钥匙。

"接下来的几天，我们就将在这间房子里，开展我们的捉妖大计！"南宫聿推开门介绍道。

"我不要！"我紧紧抓着门框，死活不愿意踏进这间比鬼屋还可怕的房间。

"不要也得住，不然你就睡大街上去。"南宫聿先走了进去。

"好！"我掉头就准备走。南宫聿却一把抓住我的背包带将我又强行拖进房间，改变主意地命令道："除了这儿，你哪儿也别想去！"

"我……"我真想跳起来逃走，可他没给我反应的机会就"砰"的一下关上门，自己先跑了。

"好好待着，我先去见个朋友，很快就回来。"

就这样，南宫聿这个浑蛋师兄就把我留在这间毛骨悚然的陌生房间里。

其实，说它是房间，倒不如说它更像一间恐怖屋。房屋一侧是光滑平整的墙面，一侧则挂满了各种骨头。

这些骨头并不像是人类的骨头，因为人的骨节不可能有那么大，至于是什么动物的骨头，我一时也判断不出。展览架上摆放着各种头骨，我敢肯定那些不属于任何一种我熟知的动物。

房间里点满诡异的蜡烛，烛光照不到的地方阴影重重，明明屋子里没风，却好像有什么东西在动。房顶的深红色与颤动的烛光混在一起，让整个房间的气氛更加恐怖。

我没找到灯的开关却看到了窗帘，走过去想拉开它，结果我在窗帘后面看到的并不是外面的世界，而是另一堵挂着可怕黄符的石头墙！

妈呀，这南宫聿到底找了个什么地方落脚啊！

一刻钟都不想再待下去的我，掉头就往大门跑，可门却死活也拉不开。

不会吧？又打不开？

"放我出去！快放我出去！"之前在藏宝阁被关、在火车软卧车厢被关的恐怖经历顿时出现在脑海，一种无法压抑的恐惧攫住我的心，让我害怕得用力拉着门锁，又摇又拽。

"想出来，就想想师父教你的开门咒！"

"什么开门咒？我失忆了啊！"

"大战将至，性命攸关，失忆可不能成为你的保护伞！好好想，绞尽脑汁，搜肠刮肚地想！"

"想不起来啊！要是能想起来，早想起来了！

"喂！南宫聿！"

"喂！喂！"我又气又急地大喊，却再也没人搭理我。

"南宫聿你个死人，去死！去死——"

我恶毒地咒骂着，却丝毫祛除不了心中的恐惧。

相似的场景和遭遇让我的身体本能地开始发抖。

我抱紧自己，蜷曲在门后的角落里，一遍遍安慰自己，劝说自己。

没事，没事，这次和以前不一样，这屋子里一定不会有可怕的东西。

南宫聿那么疼爱自己的师弟，一定不会让他置身危险之中。

他不会丢下越青城不管，他马上就会回来的……

一个多小时后，南宫聿终于回来了。

他一推开门，我就扑了上去，揪住他的衣领怒不可遏地问："开门咒是什么？"

我可不想再次发生被关起来而无法离开的悲剧。

"你还没想起来？"

我拿白眼瞪他，废话，要是想起来了，还会乖乖留在这鬼屋里等他吗？

"过来，"南宫聿对我勾勾手指，我把耳朵伸过去，他靠过来，故作神秘地压低声音，"我也不知道。"

"什么？！"我举起拳头。

"你我苦学捉妖十余载，各种法术咒语学了一箩筐，但唯独这开门咒，师父从不教授。"

我一脸狐疑，却遭到南宫聿一记弹额头的偷袭。

"还不都是因为你！"南宫聿抱怨地解释，"小时候你总是整宿整宿地哇哇大哭，师父把你丢给我后，又怕我把你丢回去，所以就拒绝传授我们开门咒，让我一个人忍受你哭声穿耳的折磨。"

我揉着被弹疼的额头，怨恨地瞪他道："既然没教，你让我想个毛线啊！"

"师父没教，不代表你不会啊。虽然至今我也不知道你从哪里偷学来的，但你失忆前，我们能偷偷溜出捉妖馆去通宵网游，可全靠你的开门咒！不过，你这小子心眼太坏，怕我不带你一起玩，就拒绝把开门咒告诉我。"南宫聿一副幸灾乐祸的样子看着我继续说，"现在好喽，你失忆了，连开门咒也想不起来了，活该被关！"

忍了很久的我终于再也忍不住地发飙，疯了一样地朝南宫聿抓过去。

"臭小子，你疯了吗？"脸被抓了一道的南宫聿受到惊吓地跳开。

一肚子的怒火和怨气在我的身体里乱窜，我随手拿起什么就朝他扔："知道我失忆，还逼我去想！知道我害怕小黑屋，还把我丢下！有你这样当师兄的吗？你算是个男人吗？"

"疯了！这小子疯了！"

南宫聿被我打得抱头乱窜，我在其后紧追不舍。

等我和南宫聿追打得都气喘吁吁时，一个声音才突然插进来说："你们俩玩够了吗？"

"休战，休战。"南宫聿上气不接下气地扶着桌角比画。

累到半死的我也终于将胸中的怨气全都撒出，捂着剧烈起伏的胸口，抬头看向声音传来的地方。

一个让我怎样也想不到的人，悠闲地坐在桌子上，跷着二郎腿，一副刚看了好戏，心情愉快的模样。

"你好，我叫朱雀。"短红头发的朱昊装作不认识我的样子，从桌子上跳下来，伸出手跟我介绍道。

"你好，我叫越青城。"愣了一下的我，急忙介绍自己，却并没有去握他的手。

他怎么会在这儿？他又怎么会自称朱雀呢？

朱昊有些尴尬地咳嗽两声，将手收了回去。

"都怪你跟我瞎闹，害我忘了跟你介绍。"南宫聿责怪着，整理好凌乱的头发走过来说，"他就是我们在论坛里认识的那个捉妖高手朱雀，我刚刚出去就是跟他碰头。"

朱昊就是朱雀？他为什么要故意接近南宫聿，还出现在这里？是为了监视我吗？我一肚子困惑地打量朱昊。

"不过，你们之前见过？"南宫聿狐疑地看看我，又看看朱昊问。

"不认识。"我和朱昊异口同声，这一默契又让气氛变得更加可疑。

"我只是好奇他这么小，怎么会是捉妖高手？"我说出一个自认为合理的理由。

"这就是你不懂了，捉妖讲究的是天分，跟年龄无关。再说，你跟朱雀差不多大，还好意思说他小？"南宫聿放下心中的疑虑，接话说。

"就是这个理。"朱昊附和道，两人立马将注意力转移到捉妖的大事上。

南宫聿走到挂在墙壁上的一张鬼面面具前，将手指插进面具中的眼洞中后，房间就亮起来。

没想到这间房子的灯开关装得如此隐秘而古怪，而且光源竟然是从那些骨头里发出的。

这种装潢设计一看就是 DIY，充分展示了校长与众不同的品位。

"我们进入正题吧。这是我调查出的高原家的具体位置……"南宫聿将电脑放在屋子中央的木头圆桌上，两人就凑在一起研究起来，完全把我这个大活人遗忘在脑后。

我走了过去，听他们商量并部署作战计划，根据分析，今晚午夜时分，九婴就肯定会出手。

"好，就这样定了，我师弟负责监督和跟踪可疑人，我负责布下符阵，你负责布置陷阱。到时候，我们就依计将九婴引到你的陷阱，然后你我合力一起歼灭它！"

南宫聿伸出右手，朱昊握上去，然后他们一起看向我，等我也伸出右手握上去时，大家极有默契地喊了句战前加油的口号："必胜！"

去高原家的过程比较轻松，因为朱昊开了车。

"这里面是什么？吉他吗？"坐在后座的南宫聿问副驾驶座上的盒子是什么，好奇地伸手要去打开看看。

朱昊一下子按住盒子说："私人物品，谢绝参观。"

被拒绝的南宫聿坐回来，用手机打下一行字拿给我看：要记住我说的话，妖怪若隐藏起妖气，就会和正常人没任何区别。除了我，别相信任何人。

我想他对朱昊还是有些不信任的，毕竟是才认识不到一天的陌生人。

朱昊盒子里的东西应该是我们第一次见面，他就用来威胁我的飞来骨，那种东西他一定使用了很长时间，就算朱昊可以隐藏自身的妖气，飞来骨上的妖气却藏不住，一旦被看到，身份就会被识破。

车子到达高原所住的小区后，朱昊放下我和南宫聿就走了，在这场计划中他还有自己的任务。

南宫聿让我藏在高原家门口的小花园的灌木丛中，他自己则去房子四周布阵去了。

离开前，他又给我添加了一整套捉妖装备。

"抬手。"南宫聿命令。

一支迷你型的袖箭被捆绑在我的袖筒内。

"分腿。"

一套可以提高奔跑速度的助跑器被绑在我的腿上。

"我给你的匕首呢？"他问。

我从口袋里掏出来，他检查后又还给我说："这东西只能近距离杀敌，如果遇见九婴，千万别跟它硬拼，用袖箭和飞毛腿先跑，把它引进我们的陷阱。"

"嗯。"我点头，手不自觉地摸到藏在另一只袖子里的五行铃，想到白睿，内心的顾虑和担忧就全没了。

正值夏季，灌木丛中的蚊子又多又毒，围着我叮来叮去，怎么赶都赶不走，不一会儿，露在外面的皮肤上就满是红包。

"这个给你。"

有人从后面递来一片驱蚊草，我回头去看竟是去而复返的朱昊。

"你怎么来了？"

"我说过会再见的。不过你的演技也太烂，差点儿穿帮。"朱昊将我拉到灌木丛旁的一棵大树后，这样他才能跟我好好说话。

"是白睿让你来的吗？他到底去了哪儿？我有急事要问他。"

"大哥他不知道我来帮你们，所以你也要像上次一样假装没见过我。大哥要办的事很棘手，短时间内怕是赶不回来，所以我留在这里替他管理好他的宠物。"

"我不是他的宠物！"

"那你是大哥的什么？"

"合作者。我们是有契约的！"我指着额头，气恼地辩驳。

"好吧，就当你是个有契约的宠物。我时间不多，趁你那个白痴师兄回来前，你听好我的计划。"朱昊将他的计划告诉我，这是和之前跟南宫聿商量后完全不同的计划。

"为什么？"我不解地问，难道他不是来帮忙，而是来捣乱的？

按照计划，我负责跟踪可疑人，一旦确定目标后，南宫聿就会主动出击，将九婴赶到朱昊事先布置下的陷阱里。

考虑到九婴的力量源是水和火，所以陷阱的位置选在 A 市郊区的一个废弃工厂。那里距离市区较远，不会伤及无辜，而且附近三公里内没有水源和容易起火的火源。朱昊会事先在工厂里设下三重隔离咒，一旦九婴进入工厂，发生激战时，它便无法利用地下水增强战斗力，也无法将喷出的大火蔓延到工厂之外，引发更大的火灾来增强力量。

九婴的力量来源被限制，这在除妖的战斗中，对除妖师而言非常有利。

而我呢？本来的职责是负责照看工厂顶部的一个困兽咒，当九婴被赶到这个困兽咒的下面，我就及时启动它，将它困住，这样南宫聿和朱昊就有机会联手将它制伏。

可现在朱昊不许我进入工厂，不许加入战斗，我真的想不明白他让我这样做的理由。

"都说了，是怕大哥的财产受损失，你这样水平的蹩脚捉妖师进入战场，非但不能帮忙，反而会让我分心照看你。所以，不管你到时候是用尿遁、屎遁，还是什么理由，一旦九婴进入工厂，你必须离开。"

"那困兽咒怎么办？谁来启动它？"

"有我呢。"

"可你不是要和南宫聿一起并肩战斗吗？"

"女人就是啰唆又麻烦的东西，我说了可以应付得了，你听着照做就是了！别再问东问西！"朱昊不耐烦地说完后，松开我一跃上到树干，消失在茂密的枝叶中。

"师弟，你跑来这儿干什么？"

布置完符阵的南宫聿找了过来。

我收回视线，脑袋一热，张口就说了一个理由："尿急。"

越青鸾啊，越青鸾，朱昊刚说尿遁的烂理由，你就用在这里了？真不害臊。

"懒牛懒马屎尿多！解决了吗？"

"解决了。"我一边点头，一边从树后走过去。

"有什么可疑的人吗？"南宫聿带我来到灌木丛后的一个观察点，翻看录像机的画面。

"没什么异常。"我有些心虚地回答，在朱昊出现前，确实没什么异常，可他跟我在树后谈话的时候，有没有异常，我还来不及确定。

南宫聿将录像机取下来，开始往回倒着看，当他刚倒一会儿时，突然停

下说："这是谁？"

"送快递的吧。"我看到画面中，一个快递员打电话让高原出来接收快件。高原签字后，快递员就走了。

"没什么异常啊。"

南宫聿却不认同道"一般快递员送快递的车子上多多少少都会有些快件，高原家是一个成熟小区，如果这个快递员今天出来送件，不可能只送他一个人的快件。更何况，他的举动也有点儿太古怪了。为什么不直接把快件送上门，反而让高原出来接收？接收地点正好在我的符阵边缘？"

他的疑惑让我也紧张起来："那怎么办？我以为他无害，就没能把跟踪仪放在他身上。"

"没关系，还有办法补救。"

南宫聿拿出笔记本电脑，黑入小区的内部网，调出小区所有监控的录像，找出那辆摩托车是从哪个门离开后，又黑入道路监控系统，一路查出了那辆摩托车的行驶路线，最后发现它停在一间洗浴中心的外面。

"找到了！"

南宫聿激动地说，我再次深深地折服在他的黑客技能下。

这么厉害，不去中情局太可惜了。

"你把这里收拾一下，我们去捉妖！"南宫聿吩咐后，拨通了朱昊的电话，问他工厂那边的情况进行得怎样，和他约定在洗浴中心见面，一起把九婴引到陷阱。

十五分钟后，我窘迫地站在洗浴中心的外面，死活都不愿进去。

"臭小子，你不会打退堂鼓，害怕了吧？"

我当然怕啊！顶着一个男人的身体就已经够可怕了，现在还要堂而皇之地进男洗澡间？这是要彻底毁我三观的节奏啊！我怎能不害怕？

"我在外面等朱昊，他来了，我让他进去跟你会合。"

"不需要，跟我进去！"

"不要！我在外面等。"

"不许当逃兵！"南宫聿这个粗暴野蛮的浑球，竟然一把将我扛起来，大步闯进了洗浴中心。

售票处老板的惊诧眼神，让我都有种咬舌自尽的冲动，收起吵闹，像死人一样趴在他的肩膀上，把脸深埋进他的后背。

"别娇羞了，像个娘儿们一样，快脱衣服，我们进去找人。"南宫聿将我放下来，在我暴怒地准备跳起去教训他时，他已动作迅速地脱去上衣。

我的拳头停在他结实又光洁的胸前肌上，脸不知是被气的，还是羞的，再次红了起来。

"要去你去，我不去！"我气结地收起拳头，坐在椅子上。

"行，你想留就留吧，万一遇见什么怪叔叔问你约不约的问题，我可不来救你。听说这种地方，喜欢小鲜肉的变态特别多……"

不等他说完，我已经从更衣箱里拿出一件浴袍穿在自己身上。

南宫聿得逞地扬了下嘴角，蹲下去将我的裤腿细心地卷起来，藏在宽大的浴袍下。

"我们要对付的可不是普通妖怪，任何细节都要注意。我知道你内向羞涩，长这么大还没进过公共浴场，你现在还小，怕被人取笑是正常的。但男人嘛，总有长大的一天，所以不必太在意别人的眼光。"

他说最后一句话的时候，眼神刻意瞥向我下身的那个地方……我忽然明白他所说"大小"的问题是指哪里。

脸"噌"地又红了，我恼怒地一脚将他踢倒在地："色狼！"

这一幕正好被进更衣室的其他人看到，大家的眼神立马变得意味深长。

不想再被人当笑话看的我，裹紧胸前的浴袍就走进浴场，身后传来南宫聿掷地有声的解释声"我们不是你们想的那种关系，他是我师弟，我是他师兄，仅此而已！"

此地无银三百两的道理，他不懂吗？

好吧，如果说之前我还惊叹南宫聿的智商高，现在我收回这句话。

浴场很大，里面有温泉，有泳池，还有蒸桑拿的地方。

水汽缭绕，视野并不算太好。

南宫聿说这就是九婴的聪明之处，这里水资源充足，可以给它提供充足的能量，而且这里人多繁杂，很利于藏匿。

我不懂，如果九婴将妖气藏起，我们又如何在这么多人中将它找出来？就算找到了，我们该怎么做呢？这里这么多人，不能就这样和妖怪打起来吧？那会引起多大的骚乱啊。

南宫聿告诉我，妖就是妖，不管它变幻得多么像人，身上总会有跟人不同的地方，只要我们仔细观察，肯定能看出破绽。至于找到了之后干什么，他却没告诉我。

于是乎，懵懵懂懂的我就跟在他身后开始了"找妖"的活动。

我们找遍了浴场的各个角落，终于发现目标，那是一个身材精瘦的男人，他从泳池另一头的水里走上岸，后背上却一点儿水渍都没有。

"快，跟我过去！"

那个男人走进一间桑拿室，我们也跟了过去，却在门口停下来。

"脱了。"南宫聿说着就立刻扯掉我身上的那件浴袍，三下五除二地解开我外衫的衣扣，以及我腰间的皮带。

我整个人完全呆掉了，这熟练的功夫，一看就不是一天能练成的啊！

现在你要跟我说，这具身体本来的主人越青城和南宫聿之间，没有超亲密的关系。我死也不信啊！

"你疯了！"我一手抓着胸口的衣衫，一手拉着快要掉下去的裤子。

"穿浴袍进桑拿室，才是疯子。"

脱光到只剩一条内裤的南宫聿又走过来。

"别过来！"我伸手挡住他，英勇就义般地妥协，"我自己来。"

"利索点儿。"南宫聿催促后就转过身去。

越青鸢，你要快点儿接受自己的灵魂和肉体非统一的这个现实啊！只有这样，你才能面对越来越多的尴尬和难堪。

别当自己是个女的，就当自己是个纯爷们儿吧！

深吸一口气，又对自己催眠了几次后，我才鼓起勇气脱去外套，光着膀子只穿一条平脚裤。

桑拿间里只有一个人，正坐在椅子上闭目养神。

我和南宫聿坐在他的对面，盯着他。

我不懂南宫聿在等待什么，只是有些不太相信，这个看上去文质彬彬的男人会是那天在山里看到的妖怪九婴。

它那么庞大的身体是如何藏进这身皮囊伪装起来的？

"糟糕！"南宫聿忽然察觉到什么，跳起来，用手掌击向对面男人的眉心。

我正担心他如此莽撞地进攻会受伤时，只见被击中的男人"砰"的一下像气泡一样消失不见，只留下一件空空的浴袍。

"调虎离山计！"南宫聿丢下那件浴袍就要离开，但桑拿间的门已经被人从外反锁上。

我俩合力去拉都无法拉开，桑拿间的温度却越来越高。

"开门咒！快用开门咒！"南宫聿冲我大喊，我却咬着下唇直摇头。

我不是越青城，不知道什么开门咒啊！

"该死！该死！"

南宫聿不知是在咒骂我的失忆，还是在咒骂妖怪九婴。

"等你找回记忆，第一件事就把开门咒告诉我！"南宫聿使出全力，继续拉拽着门把手。

原本我也帮他一起拉，但很快身体就开始不舒服。

我浑身止不住地冒汗，汗水流进眼睛里热辣辣地难受，高温脱水让我的身体虚弱得特别快，不一会儿就胸闷气短，浑身无力。

躺到地上的那一秒，我想到了"出师未捷身先死"这句话，后悔自己没有听白睿的提醒，如此贸然地跟南宫聿来捉妖。

我摸到了手腕上的铃铛，悄悄地摇晃它，希望能有什么奇迹发生。

"别放弃！我们会出去的！"南宫聿来拉我，却差点儿栽倒在地。

"怎么会这样？难道白睿那妖孽受了伤？"南宫聿不解地捂住胸口，以为自己体能迅速消弱是因为定魂丸的主人——白睿受了伤关系。

我已经难受得无法开口说话，恨这倒霉的定魂丸，把我的命运跟并不强大的南宫聿连在一起。

他从我的浴裤口袋里摸出那把匕首，试图用它撬开门。

但门就像和墙连在一起般，怎么都撬不开。

氧气越来越少，他的体能也到了极限，但他仍旧不放弃地拿出自己藏在浴裤中的武器，将它们迅速地组装成一把弓箭，然后一箭射向大门。

虚弱的我靠在墙上，看着他咬牙坚持着将一支又一支箭射向门的同一个地方。

在第九支箭射出后，终于将大门射出一个小洞。

南宫聿拉起我，让我的脸贴在洞上，呼吸。

外面的氧气让我舒服很多，他的脸色却越来越苍白。我又吸了几口后，让出地方来给他。就这样，我俩交换着从那狭小的洞里吸取活命的氧气，等待着有人来放我们出去。

"南宫聿，你在里面吗？"朱昊的声音从洞口传来，我们心中顿时升起希望。

"快让开，我来打开它！"朱昊说道。

南宫聿迅速将我拉到一旁，不由分说地将我抱在怀里。

"砰"的一声，大门从外被震开，碎裂的木板朝内飞射而来，南宫聿用他的身体替我挡住，我的鼻息间闻到了血的味道。

"我们被九婴设计了！"

朱昊走进来，说他赶到浴池后就和我们失去联系。南宫聿的所有通讯装备都放在更衣箱里，他找到更衣箱看到我们的衣服还在，就知道我们一定还没离开。可找遍浴场的所有角落都没有发现我们，连用气味追踪术也没有发现，于是就担心我们是不是被九婴抓走了，匆忙赶回高原家。

"结果还是晚了一步，九婴不知用什么破了你的符阵，将高原抓走了。"

"那你怎么又赶回来了？"南宫聿问。

"我发现九婴离开的方向上也并没有你们的气味，断定你们不在它手里，这才折了回来。是这门上的小洞泄露了你们的位置。这间桑拿房被九婴动了手脚，一旦你们进去就会屏蔽了你们所有的气息和声音，将你们封死在里面。"

"是我太大意了。"南宫聿自责地看着我。

我们真的离得太近，他的下巴快要抵上我的鼻尖，我的脸还贴在他满是细汗的胸口上，呼吸着他的气息……这一瞬间，我感觉有什么地方不对劲，反应过来后，一把推开他站了起来。

南宫聿一脸茫然地看着我，我却能感受到身旁来自朱昊刀子般的目光，身体一哆嗦，拔腿就往外跑道："别磨蹭了！快去抓妖啊！"

"你这小子总是一惊一乍的，真受不了。"南宫聿拍拍屁股跳起来。

朱昊趁我们换衣服的空隙，在我耳边低声地问了句："你说，要是让大哥看到你们刚才赤裸着上身抱在一起的样子，他会先宰了谁？"

"不是你说的那样！当时的情况，你又不是没看到。而且就算我们抱在一起，你大哥他生什么气？我又不是他的什么人。"

后面的两句话，我说得有些没底气。

朱昊心里应该跟我一样清楚，白睿对我和南宫聿之间的亲密特别在意，而且他也曾不止一次地警告过我，要和南宫聿保持距离。今晚这件事，就算是个情势所迫下的意外，白睿也肯定会生气。

"作为宠物，你难道不知道自己的主人有洁癖吗？大哥的所有物绝不许任何人乱碰。"

"你们在聊什么？"换好衣服的南宫聿走过来。

"在说你的这个小师弟，连衣服扣子都不会扣，太呆萌了。"朱昊说着就把我因分心而扣乱的扣子解开来，准备重新帮我扣好。

"他从小就是个马大哈，我来吧。"南宫聿走过来，从朱昊手中抢走我扣乱的衬衫扣。

被帅哥抢着伺候，是我少女时代最梦想的事情，但此时此刻，我可没那个胆量去享受。

南宫聿也好，朱昊也好，我都惹不起，也不想招惹啊。

"还是我自己来吧，又不是什么大事。"

南宫聿在我的坚持下，这才松手。

三人坐着朱昊的跑车赶回高原的家，门外已经停满了警车。

发现孩子不见的高原家人已经报了警。

南宫聿从我头上揪下一根头发，念了什么咒语后将它焚烧在一张人形纸片前，不一会儿那人形纸片就飘了起来，飞出车窗，飞进高原家。过了会儿，人形纸片就飞向一侧的马路，带我们去寻九婴的踪迹。

"快！再快点儿！"南宫聿有些焦躁，不停催促朱昊再开快一点儿。

一开始我不懂，直到太阳跃出地平线，纸片人在阳光下焚烧成灰时，才明白，原来一旦太阳升起，追踪术就会失效。而且时间一长，高原的气味也会消失，这就意味着我们将失去他的下落。

"该死！"南宫聿咒骂了句。

"就没有其他办法追踪到九婴吗？"我看向朱昊问。如果捉妖师的办法不行，他们妖怪之间会不会有其他的办法追踪彼此的下落？

"只能等天黑时，再用追踪术试试。"朱昊给了我一个并不明朗的回答。

第一次出击就以失败告终的三人，情绪低落地返回校长公寓。

仍不死心的南宫聿又一次黑入监控系统，希望找到九婴的下落，可这一次，他什么都没有查到。

"我们还是暂时中止捉九婴的计划吧。"朱昊开口说，"根据我的了解，九婴这种妖怪并不聪明，它行事鲁莽，不计后果。可从昨晚的事情看，很明显是一场布局。它似乎早就知道我们要抓它，所以故意露出线索将我们引到那个浴场，困住你们两人后，再趁机掳走高原。

"另外，我检查过高原家被破坏掉的符阵，那是一种很古老的阵法，以这只九婴的修为，在没有外力的帮助下，它是绝不可能破阵的。

"所以种种迹象表明，一定有人在暗中帮助九婴，在找出来这个人是谁之前，我们先按兵不动。"

"你要是怕了，可以退出，"南宫聿语气不好地说，"我是不会停下的。时间拖得越久，被抓走的孩子就越多一分危险。"

"难道你还以为可以救出那些被抓的孩子吗？恐怕这个时候，他们早成了九婴的点心……"

朱昊话没说完，南宫聿就一把抓住他的衣领，将他顶在了墙上。

"身为一名捉妖师，怎么可以如此轻视生命？"南宫聿质问道。他的举动惹恼了朱昊，朱昊一抬膝，狠狠地击中南宫聿的腹部，趁他弯腰之际，又给了他的后背结结实实的一击。

南宫聿倒下前，动作迅速地抱住朱昊的双腿，将他拉倒在地。

不等朱昊爬起来，南宫聿又扑上去，以全身之力将他压制在地后，赏了他的脸一拳。

朱昊抬腿踢向南宫聿的腹部，南宫聿敏捷地闪躲开。朱昊恼羞成怒地跳起来，像山猫一样冲上去，两人打红了眼地向彼此挥拳出脚。

南宫聿踢中朱昊的侧脸，朱昊打中了南宫聿的胸口，两人又一起倒在地上。这一次，朱昊先一步翻身，擒住了南宫聿的手臂，压在他身后，掐住他的脖子，将他的脸往地上压。

"认输吧！"朱昊说道。

"做梦！"南宫聿猛地抬腿踢向朱昊的后脑勺儿，挣脱手臂，一肘顶向朱昊的脸，趁他跃起闪避时，一记横扫将他铲倒在地，然后抓住朱昊的手臂，如法炮制地压住他的手臂，把他的脸也按在地上，膝盖顶向他的后背。

"现在该你认输了！"

"别逼我！"受如此欺辱的朱昊，忽然发力，挣脱出一只手臂后，一拳击中南宫聿的肋骨间，翻身骑跨在他身上，举拳就要捶下去！

我隐约看到他的掌心里有红色的气团在闪烁。

"都住手！别打了！"

担心情况会失控的我急忙冲上去，一把将朱昊从南宫聿身上拉开后，抓住他的拳头放在身后，藏起他不小心散发在外的妖气。

"呸。"朱昊吐出嘴里的血渍，不屑地说，"先保住自己的小命，才有资格说自己是捉妖师。"

"先保住自己小命的不是捉妖师，而是怕死鬼。"南宫聿站起来，用手背擦了下嘴角的血反驳。

眼看两人又要打起来，我不得不站在中间，用双臂将两人撑开，大喊道："都消停会儿行不？一夜没睡，你们不累不困吗？如果还有力气没处使的话，可不可以出去买份吃的回来？"说完，我的肚子就极配合地咕咕咕叫了三声。

"回头再跟你好好比画。"南宫聿第一个放弃争斗，看着我问，"吃什么？"

从出发到现在，我都没有吃过一顿像样的饱饭，吞了吞口水，掰着指头一样样数道："夏威夷比萨、玉米蔬菜沙拉、烤鸡翅、炸薯条……"

"行了行了，我走了。"

不等我说完，南宫聿就走了，我追了出去，又补充地叫道："还有奶茶，原味的——"

"今后的行动，你不许参加。"朱昊走到我身后说。

"情况真的很危险吗？如果这样的话，我帮你一起劝南宫聿。"

"他那头倔驴是不会改变计划的。"

"那怎么办？难道真让他一个人去送死吗？他要是死了，我也……"

"我知道怎么做。你不用担心，我会拼出性命护那头倔驴周全，当然这么做的原因，只是为了保护我大哥的宠物安全。"

这个朱昊，整天把宠物宠物的字眼挂在嘴上，真不讨人喜欢。

"要不，还是让我参加吧？多一个人就多一份力量，更何况我要做的事情也并不危险，只是在适当的时机把困兽咒放下就行，不会受伤的。"

"十五天后又是月圆之夜，而那晚还将有月食，九婴的力量会增加数倍，如果再有其他妖怪帮它，情况肯定特别复杂。况且月圆之夜，你也会失去这具身体的控制权，到那时，你如果在现场，我既要对付九婴，还要照顾你，只会给九婴可乘之机。"

"你有几成的把握可以成功？"

朱昊将他的飞来骨从包里掏出来，帅气地扛在肩上，吹了下额前的刘海儿说："我朱昊的字典里，还从没有失败两字。"

"你现在去哪儿？"

"吃饭去！留在这里看着那头倔驴，我吃不下。"

我一个人坐在房间里无聊地等饭，期间肚子又咕咕叫了几次，我吞了吞口水，揉了揉肚子。

手腕上的铃铛叮当作响，我卷起袖口仔细地抚摸起它。

不知道它的主人现在如何了？昨晚我被困桑拿房，生死一线的时候，完全感觉不到自己和白睿之间的那种联系。

他会不会真的出了事？他又会不会知道我经历了什么事呢？

另一只手抚摸上额头被他亲过的地方，忧伤地想到一个问题——一旦他帮我找回身体，契约生效时，所有的这些记忆都将被他拿走，那我就什么也不会记得了……

脑海中不禁闪过和白睿相遇后的种种画面，他的愤怒，他的安静，他的冷漠，他的暧昧，他的空灵，他的低沉，他的喜悦，他的受伤……

才发现，他的每一种表情都被我小心地收藏，成了我最不想失去的珍宝。

我无法想象，当有一天，我统统失去它们后，我的心，还会剩下什么？

"喂！臭小子！想什么呢，这么出神！"南宫聿回来了。

"要你管，吃的呢？"

"给。"南宫聿往我怀里丢了个袋子。我打开一看，别提多失望了！

"汉堡？"

"凑合吃吧，就这个还排了十几分钟队呢。"南宫聿不管我不满的脸，拿起自己的汉堡大口咀嚼起来。

我揉了揉瘪瘪的肚皮，尽管不满意，也只能凑合吃。

"刚才我买东西的时候想到，九婴如果单纯以捕食孩子为目的，大可以寻找更容易的目标，没必要针对性地去抓高原。这一点足以证明，之前我们的分析方向是对的，这些孩子之间必定和九婴有某种关系，九婴抓他们肯定是有目的，所以绝不会抓住就立马杀掉。我刚才推算了下，十五天后会有月食，也许九婴就是在等着这个时机。"

坐在电脑前一边啃着汉堡一边继续查阅消息的南宫聿继续说："既然失踪的孩子都可能还活着，那他们肯定要吃东西，九婴是妖怪不会弄人类的食物，势必要从别的地方整吃的，于是可能的情况就有三种：要么是它还掳走了一个会做饭的人类，将他囚禁在某处给这帮孩子弄吃的；要么是它去藏身点附近的超市买吃的；要么就是叫外卖，每天送餐。"

"所以呢？"我好奇地靠过去。

"所以，我只要从这三方面着手，就肯定能查出点儿什么。"

"能查出什么？"虽然他的分析很有道理，可无论是哪种可能，要查起

来都无异于大海捞针啊。

"我刚才已经查出从第一个孩子失踪后一周内，A市失踪的人口中并没有职业是厨师的人，所以第一种可能排除。现在要进行第二种可能的排查，我已经从浴场监控视频调出来那个男人的头像，等下我会盗用天网系统，对这个头像进行比对，相信很快能查出九婴在哪些地方活动。"

"等等，你要盗用国家机密的天网系统？"

"我努力试试看，应该可以破译他们的防火墙。"南宫聿一口气喝光可乐后，就一门心思埋头在他的黑客世界。

我掏出糖盒，倒出一粒薄荷糖含在嘴里，深吸一口气平复自己刚刚又受到惊吓的心。

这哪是跟捉妖师合作，明明是跟007啊！

没一会儿，朱昊也回来了，他的手里拎着一个大袋子，走过来，塞到我怀里。

"什么啊？"我好奇地打开来，袋子里装着的竟全是我让南宫聿买，而南宫聿却没有买来的东西。

"吃吧，当是你刚刚帮了我的回报。"朱昊贴在我的耳边低声地说了句就走开。

"会吗？"南宫聿头也不抬地问站在他身后的朱昊。

"皮毛而已。"

"要不要试试看？"

"活动活动也行。"

"这个给你，先把IP修改了，用跳板逃避跟踪，我负责漏洞，你负责清理记录扰乱对方的线索。"南宫聿吩咐后又担忧地看向朱昊，大概是担心他的水平应付不来如此高难度的程序。

"别担心我，还是担心你能不能破解他们的协议，侵入系统吧。"朱昊接过南宫聿的另一台笔记本，两人联手黑入天网。

看着两人配合默契的背影，我真怀疑刚刚打得你死我活的人不是他们俩。

不过，这也许就是男人之间的相处方式。

上一秒还是敌人，下一秒就能结成同盟。

"臭小子，你别光动嘴，去动动手，帮我把捉妖的那套装备都清洗干净。"南宫聿转身对我烦躁地命令。

　　他一定是被我吃薯片的咔嚓声刺激，他自己忙，就看不得别人闲。

　　"遵命，师兄大人。"

　　天一黑，南宫聿就迫不及待地再次使用追踪术，可纸片人悬在半空，没有向任何方向移动。

　　朱昊说时间拖得太久，气味已经散尽，追踪术对九婴失效，建议南宫聿不要再白费力气用追踪术，还是继续黑天网比较靠谱。

　　"就靠我们俩，真的能破译天网防火墙吗？"南宫聿略有担心地问，他还从没有接触过如此高防护的网络，担心自己的这一选择会是错误的，劳而无获的。

　　"不试试怎么知道？"

　　"可我们白天已经试过了，没有成功。"他的语气很受挫。

　　"没成功又怎样？如果这么轻易就让我们黑入，那也太没意思，太没挑战性了。"朱昊将右手举到南宫聿面前，"奇迹从来都掌握在自信的人手里，不是吗？"

　　南宫聿重拾信心，握住朱昊的手，粲然一笑。

　　接下来的七天，我们三人就窝在这间校长休息室里，废寝忘食地破译着天网防火墙，寻找九婴的下落。

　　朱昊和南宫聿的技术还真不赖，在失败了无数次后，最终成功闯入天网系统。但那边的防护系统也非常强大，他们每天只能借用十五分钟，就会被再次掐断。

　　我每天都在庆幸，没被反黑员发现我们的藏匿地，没被他们抓走关起来，真是走了狗屎运。

　　就是这短短的十五分钟，他们也找出了几个可疑点，并在地图上做了标记。

　　第八天的中午，吃外卖比萨吃到想吐的我，终于忍不住去街上吃碗热乎乎的汤面。

当我吃饱喝足地返回休息室时，屋里已经空无一人。

屏幕上有张便笺，上面写着：已找到九婴下落，回来后，速速去工厂埋伏。

怎么办？去还是不去？

我纠结地看着手里的字条，在良心和胆怯中摇摆不定。

白睿警告过我，要等他回来再动手；朱昊也告诫我，不许再参与到行动中。他们都是为了我的安全着想，不希望我遇到危险，可南宫聿……一想到他为追寻九婴的下落，连续七天七夜没有合眼，想到他为救无辜的孩子而如此拼命，一种叫作正义感的东西就在我的心底发酵。

"有朱昊在，他应该不会出什么危险。"心里一个声音安慰我。

"就算不出危险，也会受伤的啊，如果能在现场的话，肯定可以出一份力。"另一个声音又鼓动我。

"别忘了，朱昊说过这件事有蹊跷，也许又是个陷阱！"

"正因为对方太狡猾才更应该去帮忙，多一个人就能多一点儿胜算，更何况朱昊担心的是月圆之夜我失去身体的控制权，今天并不是月圆夜啊！"

……

内心斗争很久后，我还是不放心地出了门。

只要我小心小心再小心，就一定不会出事的。我抬起左手，亲了下手腕上的五行铃，心里默默祈祷，它能保我平安。

已经十天没有白睿的消息，他可千万别出意外啊。

来到南宫聿所说的工厂后，我没敢乱动，生怕自己一个不注意就破坏了朱昊设在这里的隔离咒。

有了南宫聿背包里的法器，找到困兽咒就变得简单很多。

我选了个自认为非常安全和隐蔽的地方藏起来，等待他们将九婴赶到这个陷阱里。

时间过得很慢，长时间地蹲藏，让我的双腿变得又麻又酸。

当最后一缕阳光消失在工厂内时，一阵震天巨响惊醒了差点儿睡着的我。

一股强大的气流冲破工厂大门，一个人影飞了进来，重重地撞在地上。

"就这么点儿本事吗？"

是南宫聿的声音，他撑着长矛从扬起的灰尘中站起来。

"上次放过你，你却自己找上门送死，这次，我一定成全你。"化成人形的九婴走进工厂，在九婴扬起已经变成蛇头的左手臂准备攻击南宫聿时，一根带着红光的飞来骨飞进来，一下子削掉了蛇头。

九婴惨叫一声，朝从天而降的朱昊喷出一团大火。

我紧张得正要叫朱昊小心，就见朱昊的飞来骨又折了回去，及时将那团火焰击散。

"九头怪，好久不见啊。"

朱昊站在工厂二楼的扶梯上，一人多高带着红色气团的飞来骨被他握在手中。

"你也是妖？"南宫聿吃惊地问，我能从他脸上读出被骗的愤怒。

"错，我是好妖。"朱昊辩解着。

"你好卑鄙，让我打头阵，当诱饵？"南宫聿质问。他好像伤得不轻，身上的衣服上已很多血迹。

"不是我卑鄙，是你们人类太蠢。"

"蠢的是你们两个！你们竟然要联手对付我，那就送你们一起上路！"

在他们两个争吵不休的时候，刚才受了伤的九婴已经恢复过来。

现在的九婴是一种介于妖怪和人之间的中间状态，和我在林子里见过的原形完全不同。它的身体还是人类，但双手却变成两只凶狠的蛇头。

其中一只蛇头喷毒液，一只蛇头喷射烈火。

"不管我是什么，我们的目标是一致的就行了！"朱昊躲开烈火的进攻冲南宫聿大喊。

"我们的账等解决掉九婴再好好算！"南宫聿撑起长矛跳开毒液的喷射，两人暂时达成一致对敌的君子协议。

"你们两个蠢货还是到地府再算吧！"

九婴见两只蛇头的进攻无法击中目标，就又多分裂出了两只新的蛇头，就这样以四只蛇头的攻势和他们大战起来。

南宫聿和朱昊像是早有默契般，朝不同方向快速地奔跑和躲避着。

九婴变成蛇头的手臂对他们发起连续而猛烈的进攻，好几次南宫聿都差点儿被毒液喷到，想到他上次受伤后的痛苦，我不禁为他捏了把汗。

朱昊那边的情况稍好一点儿，毕竟之前他没有跟九婴正面交战过，体力保存得比较好。

"你们就是这样捉妖的？真是孬种！"

九婴厌倦了这样的追逐游戏，手臂再一次发生分裂，这次一共长出了八只蛇头。

情况越来越危急，南宫聿在躲避的同时，还不得不用长矛跟蛇头对战。

那些可恶的蛇头张着血盆大口朝南宫聿飞去。

南宫聿举起长矛挡住一只蛇头，可另一只狡猾的蛇头却从下面咬住他的小腿。

血肉被迅速腐蚀的痛楚让南宫聿大叫一声，朱昊听见后急忙赶过来，用飞来骨斩断了那两只蛇头。

"你还能坚持吗？"朱昊担忧地问，此刻他正和南宫聿背靠着背。

南宫聿用布条将腿上的伤口简单地捆绑包扎后，将长矛一转，又变成他最得心应手的弓箭："我没问题。它应该坚持不了多久了。"

两人的作战计划我非常清楚，一开始的逃避都是为了消耗九婴的能量，一旦它的力量消耗差不多又不能及时补给的时候，就是南宫聿和朱昊发起进攻的时候，到时候只要伤到九婴，并将它赶到困兽咒里，就能一举将它收服！

我想这场战斗到了最关键的时候。

九婴的八只蛇头将两人围在中央，蛇身彼此交缠，形成一个巨大的黑环，蛇嘴大张，全都对准环中央的两人，似乎在等待一起进攻的命令。

"玩累了，是时候结束了！"

九婴活动了下肩膀，深吸一口气，高挺的胸膛里似乎聚集了大量的能量，紧接着八只蛇头就喷出烈烈火焰，瞬间将南宫聿和朱昊吞没。

我再也按捺不住地爬出来，用袖箭瞄准九婴的脑袋。

三支利箭齐发击中了没有防备的九婴，遭到偷袭的它失控地晃动起手臂。

没有片刻迟疑，我拔出匕首朝九婴冲去。

眼看着就要刺中目标，九婴脖子上的人脑瞬间分裂开，一只黑褐色的蛇头从裂开的脑袋中央钻了出来。

眨眼间，新分裂出的蛇头就将我卷到了半空。

胸口被蛇身猛地勒紧，我手一松，匕首就掉了下去，与此同时，一股凉飕飕的白色能量从手腕上的五行铃中蹿出，霎时就将我全身上下缠绕了起来。

同样缠着我的九婴被那凉意冻伤，松开了我一些，却并没有放开我。

"你怎么会有这个？"九婴戒备地盯着我手腕上的五行铃。

"放开我！你这妖怪！"

待适应五行铃的凉意后，我开始用它和九婴的力量抗衡。

也许是某种感应，也许是听到了我的声音，被困在蛇圈中的南宫聿惊呼一声："师弟！"

我低头去看，这才看清，被蛇火包围在其中的朱昊和南宫聿并没有受到什么伤害。

朱昊用他的飞来骨挡住了正面的烈火，飞来骨产生的火红色能量球将他和南宫聿保护了起来。

南宫聿欲闯出来救我，朱昊拉住他，摇头说："现在还不行！"

九婴也留意到两人的情况，惊讶于他们的安然无恙，一边卷着我，一边试图加大火力，但力量并没有得到补充。

终于察觉到异常的九婴，朝门口和窗口的方向喷射水柱。

巨大的水柱从我身边飞过，将我淋成了落汤鸡，水撞到墙上和玻璃上后全被弹了回来。

一道原本隐形的蓝色符咒在空气中若隐若现。

"隔离咒？"九婴说着，报复性地收拢我的身体。

被它缠住的我顿时感到窒息，但很快五行铃中又散发出一股白色的能量与它束缚的力量抗衡。

我稍稍舒服了一些，却仍无法摆脱它。

"你们以为这样就能打败我？可笑！"

九婴的身体震动起来，原本人类的身体彻底撕裂开，它的原形完全暴露了出来，巨大的身躯一下子占满了整个工厂。

之前困住朱昊他们的蛇圈快速缩小，只剩下飞来骨的大小。

在九婴又一次集中火力喷射烈焰时，红色的能量球一下子爆炸开，白色的飞来骨如闪电般从蛇圈里飞出，眨眼间将缠绕在一起的所有蛇头全部斩断。

"就是现在！快！"朱昊大喊一声。

南宫聿从一片火光中跳出来，拉起弓箭，数箭齐发地射向九婴的身体，将它刚刚断掉蛇头的八个躯干全都固定在地上，并阻止它们重新长出新的蛇头。

不等我拍手叫好，身体就被九婴甩飞出去，撞在二楼的护栏上，幸好有五行铃中的力量保护，才没有撞伤，我及时抓住栏杆得以获救。

扔了我，九婴用它仅剩的蛇头跟朱昊他们战斗，可战斗力已大不如前，很快就被朱昊和南宫聿用流星锁联手困住。

"困兽咒！快启动困兽咒！"南宫聿冲我大喊。

我跟跄地朝困兽咒的中心区跑去。

九婴听到困兽咒便开始奋力挣脱流星锁的束缚，朱昊险些被它拽飞出去，忙将飞来骨钉在地上，用脚撑着飞来骨抵抗，而南宫聿则把流星锁缠绕在自己身上，将弓又变成长矛后深扎在地上，双手紧紧抓住手中的流星锁。

被流星锁控制了身体的九婴，只能扬起唯一可以动弹的尾巴来阻碍我。

前行的路上，我既要躲开它尾巴的横扫，又要躲开空中飞来的碎石断铁，好几次巨大的碎石向我袭来，幸好有手腕上的五行铃保护，才险险地跟它们擦肩而过。

当我披荆斩棘，好不容易冲到咒语的核心区，准备按照南宫聿教的办法启动困兽咒时，一阵悠扬的笛声传来。

时间仿佛被人按下停止键，所有的争斗、火光、血拼一瞬间消失不见。

世界只剩下一片纯净的蓝，仿若大雨冲洗过的天空，仿若神秘而安静的大海……

我站在这片蓝色的世界中，忘了自己是谁，也忘了自己要做什么。

左手腕上一阵冻伤的痛楚，我低头去看，却什么也没有。

随着笛声的越来越近，这种痛楚也越来越强烈，我不得不用右手握住左腕，痛得弓起身体。

"小姑娘，你怎么了？"

一个留着黑色齐耳中发，身穿黑色绣金蟒纹服的男人出现在我面前。

他的半边脸被头发挡住，露出的另外半张脸上有只明亮的蓝眸，虽美艳，却透着狐狸的狡黠。

他的手里拿着一支蓝玉的笛子，笛子上的穗摆闪着五彩的光芒。

"你是谁？"我对他下意识地防备。

"是能让你摆脱痛苦的人。"他走到近前，伸出右手，看向我的左手，"把手给我。"

我的理智在说不，可手却不受控制地伸到他的掌心，他低头咬破了我的手指，没有痛楚，血却从指尖流下来。

"你饿吗？"他问了个让我万万没想到的问题。

我回答："不饿。"

"口渴吗？"他接着问。

我答："不渴。"

"困吗？"他又问。

我答："不困。"

"害怕吗"他继续问。

我答："不怕。"

"想要吗？"他再一次问。

我不假思索地随口就答："不要。"

"好。"他微微一扬嘴角，轻快地说，"如你所愿。"

他握住我流血的手，绕着我的左手手腕上画了一条像手链一样的线。

然后，那种让我不舒服的痛楚就消失了，我感觉有什么东西离开了我，心里空荡荡地难受。

"现在，你自由了。"

说完这句话，他就不见了，宁静的蓝色世界也跟着一起消失。

就像一下子从天堂跌入地狱般的感觉，火光、拼杀和嘶喊又一股脑儿全涌了过来。

我怔怔地坐在地上，看着手中已经烧成了灰烬的一道符咒，许久都不能回过神来。

怎么会这样？刚才我去了哪里？怎么会忘了自己是谁？是谁毁了符咒？

"隔离咒快要坚持不了了！你先带她离开这儿！"是朱昊的声音。

我回头看去，工厂四周的隔离咒正被一种外力破坏，摇摇欲坠。

之前被南宫聿用弓箭钉住的九婴的身躯也都陆续挣脱开，正迅速地长出新的蛇头。

九婴趁着两人忙于应付新蛇头的工夫，用仅剩的蛇头咬住流星锁，试图把它从自己身上扯开，可南宫聿仍拼命地拉住流星锁的另一端，死活不松开。

"留得青山在，不怕没柴烧，先撤！"朱昊提议。

"你带我师弟先走！我留下和它拼了！"

南宫聿从背后的箭包里抽出一支箭，将它穿过流星锁的钩环钉在了地面上，紧接着，一跃而起瞄准九婴刚刚长出的新蛇头，唰唰唰地将它们又重新钉在地面上。

然而，这次的情况和之前截然不同，随着隔离咒的破坏，九婴的力量重新得到补充，只见它鼓起上身，快速吸取着四周的能量。

在南宫聿和朱昊同时跃起，准备再次合力进攻九婴的瞬间，"砰"的一声，一个巨大的火球炸开来，强大的气流将南宫聿和朱昊都冲到了半空中。

热量扑面而来，我条件反射地双手抱头趴在地上，然而高温的气流还是快要将我的皮肤都灼烧起来，可是很奇怪，我能感觉到它的温度，身体却并没有被真正烫伤。

双眼被浓烟熏得生疼，脑子里闪过一个又一个模糊的画面，就像大爆炸后脑震荡所产生的各种幻觉。

我摇摇晃晃地站起来，四周的空气都是滚烫的，目之所及之处都是浓烟和烈焰，一种熟悉感击中了我，好像曾经经历过这种场景。究竟是真实的记忆，还是我的幻觉？

一阵风从我身边刮过，意识陷入黑暗前，我听到朱昊和南宫聿声嘶力竭的吼叫声。

"青鸾……"

"师弟……"

第八章
蒙面妖王
DASHEN
ZHIXINGGUAN

"连一个小小的捉妖师都能将你逼到现出原形，九婴，你也太让我失望了。"

那个人声音有些沙哑，岁月仿佛在他的声带上留下了永远的沧桑。

我想睁开眼睛，却发现身体又沉又重，根本不听使唤。

"这次是我大意了，下次绝不会再劳烦主子出手。"是九婴的声音。

"你认为下次我和玄楚不出手的话，靠你一个人就可以对付白睿？"沙哑声音的主人嘲讽地说，"若不是玄楚及时出现，用迷魂笛阻止了他们启动困兽咒，这会儿，你已被他们收服。"

"我一个人的力量确实有限，但马上就是月食了，只要我能坚持到那一天，就必定是他白睿的死期！"

另一个声音说："我们的计划是很周密，但我看白睿他未必会在月食那天出现。长老会的罚神阵可不是那么好对付的。他若是运气好，这会儿还被困在阵里，若运气差，这会儿怕是已经死了。"

这个人一开口，我就辨认出他是我在蓝色世界中见到的那个人。他也在这里？他和九婴是一伙的？原来他叫玄楚。

"死了倒也便宜了他，怕就怕区区的罚神阵根本整不死他。以我对白睿的了解，他绝不打无把握的仗。那罚神阵虽然凶险狠毒，但也有人曾经成功通过了。白睿当总执行官这么久，肯定对阵内的机关陷阱都非常熟悉，要不然也不会在重伤未愈的时候选择向长老会请罚。"沙哑嗓音的男人分析,"可惜我们千算万算,没想到他出了这么一招。

"这白睿对自己也真够狠的,之前九婴逃离结界时趁乱偷袭了他,他已有伤在身。后来我们在火车上让鬼车对付他,一是想试试他的伤究竟到了哪种程度,二是想再伤伤他的元气,好为我们月食那天的计划做铺垫,没想到,他竟然不留情面地将鬼车灭了。

"要知道,鬼车的姑父朱翼可是这次总执行官竞选的负责人,他杀了鬼车,朱翼势必不会善罢甘休,所以他才匆匆赶回去,抢在朱翼取消他参赛资格之前,自主向长老会提出闯罚神阵的请求。尽管他旧伤未愈,这个时候闯罚神阵无异于自讨苦吃,但为了保住他这个总执行官的位置,也是拼了。"

"可不管他这次怎么拼,都势必会输给主子。如果他死在罚神阵里,倒是省了不少麻烦,若他在月食之后出现,一切已成定局,他会因此事被罢免总执行官一职,永远丧失竞选的资格。可要是他大难不死地回来了,我们就依计行事,在月食那晚干掉他。"九婴恶狠狠地说。

"若他在月食之前赶回来呢?你准备怎么对付?继续藏起来吗?他白睿想要找的人,不管在哪儿,都能找到。"沙哑嗓音的男人说出另一种可能。

"就算他在月食之前赶回来,我也让他有来无回。别忘了,我们手里现在还有个筹码。不过,主人,我真的不懂,这白睿到底是怎么想的?怎么会把他从不离身的五行铃交给这个人类?"九婴不明白地问。

"如果你看到这个人类被困在结界中的样子就会明白,他白睿这次究竟是中了什么毒。"玄楚说道,"别说白睿了,就是我第一眼看到时也惊诧不已,这天底下还真有长得如此相似的两人。要不是当年亲眼看到她魂飞魄散,要不是知道自裁的神是无法轮回,我也会错认她是青青的转世。"

"玄楚,你替我查一下,当晚她是如何闯进那间屋子?我们之前安排的那个人究竟去了哪儿?"沙哑声音的男人命令。

"难道这个人不是我们安排的人吗?"九婴有些吃惊。

不但九婴吃惊,连听到这里的我也非常吃惊。

难道说那天夜晚他们安排了其他人类走进那个房间,去打开结界,结果却被倒霉的我抢先了一步?

不要啊，这狗屎运买彩票都可以中了啊！

"我们安排的那个人类，在那晚后，突然人间蒸发了一样，没有留下丝毫痕迹。我想着既然计划已经开始，也没有任何影响就没有花太大精力去找。"玄楚道。

三人的交谈我已经知道了两个人的名字，剩下的那个终极BOSS究竟是谁？白睿知道是他们在背后要谋害他吗？

"千里之堤溃于蚁穴，很多时候细节决定成败。那个人的失踪绝不是什么小事，在月食计划开始前，必须知道他的下落，活要见人，死要见尸。"声音沙哑的男人命令道。

"是，我立刻去办。"玄楚领命。

"这几天我会回去一趟，盯着白睿的动静，九婴你留在这里，千万别再给我惹出什么乱子。白睿的五行铃已被玄楚解除，这附近又被我设下结界，除非他白睿亲自出马，否则谁也找不到你。"沙哑嗓音的男人继续吩咐。

"是，主子。"

"无论白睿他有没有来，是不是还活着，那个女人的命都给我好好地留着。"

"难道你也想像白睿一样，把那个女人的身体找回来后，让她当青青的替身？"玄楚猜测。

"我的妹妹只有一个，她那种无能的人类连替身都不配。虽然暂时不明白白睿究竟在这个女人身上搞什么鬼，但他绝不会轻易让任何人当他的宠物，也更不会允许任何人当青青的替身。"

"这样分析的话，事情似乎越来越复杂了？"玄楚说。

"白睿他压制了我这么多年，这么轻易就干掉他，也未免太无趣了些。游戏当然越复杂越好玩。"沙哑嗓音的男人说。

三人的谈话终于结束，我想我一定是因为脑子里积攒了太多的消息要消化，所以没有多余的力气去控制这具身体。

我像石头一样僵硬地躺在那里，连睁开眼睛的力气都没有。

不过既然现在动不了，我也不打算轻举妄动，任由化成了人形的九婴将我转移到了一个房间。

我躺在床上，开始思考自己刚才听到的东西。

目前所知，有两个人要害白睿，目的是从他手中夺走总执行官的位置。

九婴是帮凶，他们事先串通好了，会有外援打开结界大门，放九婴出来，以此事为由来设计陷害白睿。

白睿的离开是回去求长老会的人，现在正困在危机四伏的罚神阵中。

我本来的样子应该和一个同样叫青青的女生一模一样，而这个青青就是那个有着沙哑嗓音男人的妹妹。

白睿和这个青青之间肯定有故事，而且对她念念不忘。

而玄楚说了，那个青青早已经灰飞烟灭。

那么，我和那个沙哑男人同样的疑惑来了——为什么我会这么巧地出现在那个房间，并抢在他们安排的人之前先打开了结界大门？为什么白睿会同意帮我？我前世今生的记忆对他来说，究竟有什么重要的？

难道说我真是那个什么青青的转世？可玄楚说"自裁的神是无法轮回"，自裁是不是就是我所知道的那种意义上的自裁，自杀？如果真是这样，按照玄楚的说法，那个叫青青的神自杀后就不可能再转世成为我啊。

如果我不是她的转世，我又为什么和她长得这么像，而且我的小名都跟她一模一样？我一直做的那些古怪的梦，会不会和那个什么青青有关？

这一切究竟是怎么了？

我到底是谁？

这是我第一次怀疑自己的来历。

"要是醒了的话，就快起来吧！再不起来，什么吃的都没啦。"

陌生的孩子声在耳边响起，我努力地睁了睁眼睛，竟然睁开了。

我眼珠子转了转，迅速将四周的环境扫视了一圈，最后指着眼前这个容貌跟三年前并没有太大变化的女孩儿，讶异得半天说不出话来。

"你你……你是……"

"我是琦琦，你见过我？"和我年纪相当的这个女孩儿问。

"吴小琦！你是吴小琦！"我终于想起她的名字，当初陪南宫聿调查三年前那场山洪意外的时候，我见过她的照片，她就是报道中失踪的那个孩子，吴小琦。

"你不是死了吗？你究竟是人是鬼啊？"

第一直觉告诉我，和九婴那个妖怪在一起的必定是鬼。

"当然是人啊！不信你摸摸看。"吴小琦说着就来抓我的手。我害怕得急忙弹开，一下子跳到床去："别碰我啊！"

"这么害怕干什么？我又不吃人。"吴小琦有些不高兴，走到门口说，"快出来吧，阿九已经把晚饭买来了，你再不出来，大家就会抢光了。"

等她走后，我才战战兢兢地走出房间。

外面是一个一百多平方米的大餐厅，一张三米多长的木桌横放在餐厅中央，餐桌上摆放着精致的蜡烛，还有洁白的瓷器，以及别致的插花。

这里哪像妖怪的巢穴，明明是一家五星级高档餐厅啊！

更让我惊讶的是，这间餐桌上坐的人，除了吴小琦外，之前失踪的七个孩子全在这里，从他们脸上，我看不出丝毫的害怕与恐惧，就像坐在自家餐厅吃饭一样自然平和。

"快入坐吧，饭菜马上就要来了。"吴小琦走过来，将我拉到桌前按坐下去。

不一会儿，餐厅的一扇门打开，身穿燕尾服、标准黑执事打扮的九婴推着长长的推车走进来。

"开饭喽！"眼前的九婴和之前我所见到的九婴，神态、语气截然不同。

我吃惊得一下子站起来，握住餐盘中的刀叉，一副随时准备战斗的架势。

"小九，小九，你快告诉我，这个大哥哥叫什么名字吧。"一个年龄十六岁左右的女孩儿跑到九婴身边问。

我的额头悄悄滴汗，这孩子脑袋坏了吧？不知道自己面对的是多么可怕的妖怪？还有，我现在这具身体看上去比她大不了多少吧？怎么叫我大哥哥？难道是在妖怪面前撒娇卖萌？

"你们可以叫他青哥，他是专门来负责给你们打扫房间的。"九婴温和地笑着，摸了摸女孩儿的头。

眼前的一幕，彻底击碎了我之前的所有认知。

九婴这种凶残的妖怪，怎么会有如此和善温柔的一面？如果说这也是它的一种伪装，那演技也好到可以拿奥斯卡奖了。

"小九，我们什么时候才可以出去玩啊？"一个男生站起来问。

说真的，要不是我现在胃里空荡荡的，真会被他们说话的语气和神态恶心到吐。

明明一个个跟我年纪差不多，行为言语却表现得像是小学生。

"这里不好玩吗？"九婴问。

"好玩是好玩，但我们还是想出去看看。"一个女生开口说。

"小九，你就答应嘛。"九婴身边的一个女生央求道。

"再过三天，我带大家一起去游乐场。"

"还要再等三天啊？"大伙都有些失望。

"新闻里说，后天是嘉年华的最后一天，错过了，就要再等整整一年呢。我好想去玩海盗船哦。"

"我想玩旋转木马。"

"我想开卡丁车。"

"听说后天还会有月食，我长这么大，还没看过月食呢？"

"我们可以一起游嘉年华，一起看月食！"

"吴小琦，你劝劝小九嘛，他最听你的话了。"大家期盼地看向吴小琦。

"哪，阿九，既然大家都想出去，就满足大家吧。"吴小琦站起来说。

"你也想去玩？"九婴问，很明显，它对吴小琦的态度和对其他人不一样。

吴小琦点点头："我想跟阿九一起坐过山车。"

我留意到，除了吴小琦叫九婴阿九外，其他孩子都叫九婴小九，这难道也意味着吴小琦和九婴之间的关系不一般？

九婴迟疑了下，看着一张张期盼的脸，点头同意："带你们出去可以，但所有人都必须伪装，不能被任何人认出来。"

"没问题！我可以伪装成女巫！"

"我可以伪装成蜘蛛侠！"

"我要当绿巨人！"

……

看着这群失踪的孩子围在九婴身边亲密无间的样子，我再也忍不住地开口说："你们都清醒一点儿好不好！它不是人，是吃人的妖怪！是它把你们掳劫到这里的，你们怎么还能跟它和平相处？"

所有人都静下来，一脸莫名地看着我，脸上写着"他是神经病吗"。

"我可以证明给你们看！"我抬起右手，用袖箭瞄准九婴，发出最后一支箭。

"小心——"吴小琦冲过去，一下子抱住九婴，挡下了那支箭。

袖箭短而精悍，射入妖怪的身体往往很难拔出，而普通人类的身体却一击即穿。袖箭从吴小琦的后肩背穿透后又射进了九婴的身体。

"吴小琦，小九！"所有人都惊呼着冲过去，扶住受伤的两人。

"青哥，你干什么？为什么要伤人？"

面对大家愤怒地质问，我也不知道该如何解释，按理说吴小琦不该去保护九婴，按理说九婴不该站在那里等着被我射中，按理说被击伤后的九婴不该表现出委屈而是会愤怒地露出妖怪的本性……为什么一切都不是我想象中的样子？哪里出了问题？

"听我说，我真的没有骗人。它真是妖怪，还是一只长有九只蛇头的妖怪！你们不要被它的假象蒙蔽了！"

"你才是妖怪！我们讨厌你！"

"小九，我们不要他留在这里！这里不欢迎他！把他赶走！"

"他的事缓缓再说，你们先回去休息。"九婴捂着受伤的胸口说。

"小琦怎么办？要不要送她去医院？"大家担忧地看着躺在血泊中的吴小琦。

"等一下我亲自送她去。放心吧，她不会有事的。"

孩子们带着对我的怨恨一一离开，只剩下我一个人的餐厅顿时变得阴森可怕起来。

我握着刀叉挡在胸前，一步步后退。

"没用的，你逃不掉的。"九婴睨了我一眼，抱起吴小琦，将她小心地平放在餐桌上。

当他撕开吴小琦上衣的时候，我忍不住喝问："你要干什么？"

九婴没有搭理我，而是用桌上的餐刀割破掌心，将自己的血滴在了吴小琦的伤口上。

血触到吴小琦的皮肤时，升腾起一小团灰黑色的烟雾，紧接着伤口便开始迅速地愈合。

"为什么你会救她？你抓这帮孩子到底要算计什么？"我问。

"有没有人曾说过，你真的很吵，很让人烦？"九婴闪到我面前，一把拎起我的衣领。

"你到底在算计什么？白睿吗？为什么要害他？"不怕死的我直视着九婴的眼睛又一次问道。

话说，如果不是因为偷听到它和那两人的谈话，知道它不能杀我，我也不敢这样跟它说话。

"怎么，你很在意白睿？"

"他会没事的，他也一定会来救我！"我底气十足地冲九婴大喊，却忽略了一件事。

九婴面色一沉，另一只手掐住我的脖子压低声音问："你是不是知道了什么？说，是谁告诉你的？"

糟糕，说漏嘴了！

"我不知道你说的是什么！但我相信无论白睿遇见了什么困难，他都能解决！因为他是管理你们的上神，是你的总执行官！"

九婴又盯着我的眼睛看了许久后，才认定我并不知道他们的计划，冷笑一声："呵，就算他现在是总执行官又怎样？你以为我不敢对你怎样吗？"

"你要对我怎样？"

"像你对我做的那样！"九婴说着，拔出那支袖箭，凶狠地向我刺来！

"啊！"我惊骇得立马闭上眼睛，可疼痛并没有传来。

我怯怯地睁开眼睛，只见那支滴着血的袖箭箭尖正指着我的眼珠。

九婴的嘴巴咧到耳根处，咧开的嘴巴里全是细密而尖锐的兽齿，血红色的眼珠盯着我，用一种从腹腔里发出的恐怖而低沉的声音对我警告："要不是主人要你活着，我现在就把你一点点撕碎！"

"你的主人是谁？是他指使你做的这一切？他究竟要做什么？"

"等主人不需要你了，我一定让你好好享受一下跟死神接触的滋味！"

语毕，九婴就把袖箭刺进我耳旁的墙壁上，抓住我的衣领将我整个人丢进之前的那间小屋。

"放我出去！放我出去！"我爬起来，焦急地去拉房门，可怎么用力都无法拉开。

"放……"

一只手突然从后捂住了我的嘴巴，惊恐之时，我鼻息间闻到的熟悉味道让狂跳的心又渐渐恢复了平静。

"是我。"

他在我的耳边低声说。

我握住他的手，重重地点头，心里欣喜万分地回答：我知道你，知道是你啊。

确定我不会再大叫后，他这才松开手。

就在我转身的同时，他的身体绵软无力地在我面前倒下去。

"白睿——"我伸手去拉他，却因为两人体重的差异，反被他拽倒在地。昏暗的灯光下，我看到他的脸上布满大大小小的伤口。

他的瞳孔是金色的，头发也变成白色长发，身上的雪白色长袍也变得污秽破败。

在我心中奉若神祇的男人，竟变得如此狼狈？他究竟遭遇了什么？

"为什么你每次摔倒，都喜欢拿我当垫背？"白睿戏问，惨白的脸上挤出一抹浅笑。

他一定受了很重的伤，所以当他想要假装没事地跟我说话时，就要耗费他更多的力气，胸口起伏得比以往要高要快。

他以为我会被他嘴角弯起的弧度欺骗吗？他希望我相信他没事吗？

"还想赖在我身上多久？快要被你压死了。"他催促着。我急忙撑起双臂，将自己身体的力量从他身上移开。

"你去了哪儿？为什么离开这么久？你身上的伤到底是怎么回事？你知不知道这里很危险？你……"太多的想念、担心，在这一刻不受控制地爆发

了出来。

眼泪溢出眼眶的那一秒，身体被坚实的臂膀重新揽入怀中。

他将心口的位置，留出来承担我泪水的重量，声音沉沉地缓缓地落在我心里，他说："别哭，我没事。"

"我不信。他们说你去了罚神阵，他们说你出不来。他们已经设计好了一切，就等你送上门！你为什么还要来？"泪水在他的怀里泛滥成灾。

"因为……"他停顿了下，才继续说，"我是白睿，白总执行官。"

虽然这个回答不是我心里想的那样，虽然他嘴上说不是为了我，但我知道，他在撒谎！如果不是为了救我，他大可以等自己伤好后再来收拾这些人，为什么这么着急地赶来？他一定是担心我的安危，不顾自己的伤势急匆匆地赶来了。

我再次撑开他的怀抱，想揭穿他的谎言。

"别把你脑子里的那些胡思乱想说出来，我不喜欢。"

他看穿了我的想法，突然翻脸地将我从他怀里推开。

刚才还承接我眼泪的心口，这会儿把所有眼泪外带伤人的冷漠又一股脑儿全丢了出来，重重地砸在我心上。

对我的好也好，坏也好，常常就发生在瞬息之间。

我不懂是他对自己的感情管理得太混乱，还是他的这些情绪只在我一个人身上任性。

忽冷忽热地相处，真心让人不快！

"你是怎么知道我去了罚神阵？"他站了起来，踉跄着走到床边坐下，一只手捂着被血染红的左肩，一只手撑着床沿。

"他们把我抓来的时候，我偷听到的。这是场阴谋，他们想害你。九婴的逃离，封印的打开都是他们设计好的。只不过当初他们的计划中，没有我。我是个意外闯进计划的倒霉蛋而已。"

他的冷漠浇灭了我因他出现而陡然暴增的委屈和感动，也让我的情绪变得冷静很多。

"除了九婴，还有两个人设计你，其中一个叫玄楚，另一个九婴称他为自己的主人，我没看到他的样貌，但他的嗓音很沙哑。"我把自己所知道的所有情报都告诉他。

白睿抬头看了我一眼："就算你不说，我也能猜到是他。"

"是谁？他是不是有个跟我长得一模一样的妹妹，你是不是跟他的妹妹……"

不等我把问题问完，他已闪到我面前，掐住了我的脖子，脸上露出一种被冒犯的表情警告道"有些事你不该问，有些人你不该提。别打听我的任何事，否则……"

"死。"他漠然地丢开我，就好像刚刚将我搂在怀里，对我说那些暖心话语的人不是他。

心蒙上一层薄冰，仿佛跌进了数九寒天的潭底，既失落痛楚又更清醒明白了几分。

他真的不曾将我放在心里，所以才能如此态度恶劣地对我。

是我太傻太天真，太沉迷于自我幻想，所以才把他对我的一点儿好，放大到无数倍，才会认为他的温柔是因为喜欢和在意我。

但其实，一切都不过是我的错觉。

他重新坐到床上，刚才那一动，估计又让他的伤势加重了几分。

我不敢再惹他生气，并不是怕他真的杀了我，而是怕他因生气而引发更重的伤。

虽然到现在为止，这是他第一次对我警告用了"死"字，但我笃信他并不会真的对我下毒手，毕竟我们之间还有契约。

我想他之所以冒险来救我，恐怕也是不想我死后，他的契约无人兑现。而他如此在意这个契约，也不是因为其他，而是因为他认为我身上和那个人有某种关系，他需要从我的记忆中找到跟那个人有关的线索，他需要这个契约。

他的愤怒，只因我触碰了他不想被提及的人，不想被触碰的禁区。

好笑的是，就算我明白他所做的一切都是为了那个人，却还是无法管住自己的心，无法控制自己的感情，傻傻地从记忆中删掉他对我的坏，只留下他对我的好，哪怕只有一瞬间。

"你伤到了哪儿，让我看看。"

过了好一阵，我看他的情绪似乎已经冷静了下来的时候，才重新走过去。

他握住我的手，将我的手放在他的肩头："他们一定会很快得知我离开罚神阵的消息，在他们回来前，我必须带你离开这儿。"

"可你都伤成这样怎么走啊？别说话了，我先帮你包扎。"

"既然能进来，就一定能带你走。"

白睿往左肩的伤口渡了大量的白色能量，暂时止住血的他重新站起来，拉起我的手走到一面墙前。

在他决定做出下一步动作前，从怀里掏出我遗落在工厂里的五行铃，递给我说："这次别再弄丢了。"

"对不起，我不是有意要弄丢的，是因为……"

"玄楚的迷魂笛极少有失手的时候，这次不怪你。"他把五行铃重新系在我的手腕上后，又用力握紧我的手腕，强迫我看着他，"但下次，你若再敢犯错，我会连同这次你擅自行动的事一起罚！你要记住，我的命令，你必须无条件听从。"

他的话提醒了我，如果我没有跑去工厂，就不会被迷魂笛迷住而错失启动困兽咒的时机，也不会被九婴抓到这里，更不会害他受如此重的伤还要冒险来救我……都是我擅作主张的错。

"知道了，下次一定听你的话。"我愧疚地低下头。

"别忘了你的承诺。"

白睿放开我的手后，他的手掌立马变得巨大，指关节膨胀并变得坚硬，利刃般的指甲迅速地生长出来，掌心处聚集起越来越多的白色雾气。

房间里的温度下降得很快，一开始只是微凉，之后就变得有些冷了。我看到自己呼出的气体像白色的雪片，在空中飞舞，双手忍不住地要搓擦哈气来取暖。

白色的雾气应该是某种能量，它们正源源不断地从白睿的身体里涌出来，顺着他的四肢蜿蜒流淌进他的掌心之中。

他的额头上开始冒出细汗，身后的长发也变得若隐若现起来。

我见过这些白色的能量，白睿曾用它们打败过怪虫和鬼车。我想他一定在强行逼迫这些存储在身体里的潜在能量，想要用它来做最后一击。

我能感觉到他的吃力和痛苦，却没办法开口阻止。

如果这是我们离开的唯一办法，只能让他拼尽全力地去试，否则我们两个都会陷入危机。

我必须相信他！

白睿的双手终于被两团充盈的白光包围，他回头看向我吩咐道："等下，我会从这里打开一条通道，你做好准备，一旦通道被打开，立马离开！"

说完，他就将手中的两团白光朝面前的墙扔了过去。

白光在撞击到墙之后变成无数条细小的像有生命的光线，那些白色光线盘旋着将墙面覆盖出一个一人多高的白光面。

白睿转动着利爪，墙面处就传来噼里啪啦的声音，转眼间，白光覆盖的地方就结出一张青色的大网。

那些细小的白光以极快的速度吞噬着青色的大网，与此同时，白睿的呼吸也变得越来越急促。

我惊讶地发现他的双臂和脸颊，以及脖子上竟出现了青色的像文身一样的东西。那些青色的文身在他的皮肤下面扭曲着、盘旋着，像是要挣脱出来。

"就是现在！快走，别管我，也别回头！"白睿大喊，此时的大网已被白光侵蚀了很大一片。

"你呢？"

"我说过，我的命令，你必须无条件服从！快走！"白睿大声地命令，接着用掌风将我推进了白光的缺口中。

"我走了，你怎么办？"

"我自有办法离开！你快走，去找朱昊！走啊！再不走，我就数罪并罚！"

我是怕他的惩罚，但我更怕失去他，在他逼我离开时，我再次违背他的命令毅然地从白光中跳了出来："你要罚就罚吧，反正这身体也不是我的。"

"你等着……"

说完这句话，白睿就再也支撑不住地晕了过去，掌心的白色雾气紧接着散去，变大的双手恢复原状，利齿般的指甲也缩了进去。

现在的他静静地躺在地上，就像睡着了一样。

"我等你的惩罚，所以，你必须给我醒过来！"

我艰难地将白睿架回床上，解开他满是鲜血的外衣。

没看到那些伤口之前，我只想过伤一定很多，很严重，可真正看到的那一刻，心猛地一抽痛，难过得眼泪几乎夺眶而出。

这是什么？这些都是什么啊？他怎么能把自己伤成这样？

褴褛的衣衫下，皮肤竟没有一处是完好无损的。

有的伤口细密而聚集，有的伤口深可见骨，还有的伤口仿佛被烈火炙烤，被烙铁炮烙……

去卫生间取来热水和毛巾，拿着毛巾的手却颤抖得厉害，不知从哪里下手清理，也不知要怎么包扎。

我始终相信白睿他会来找我，却不曾想要付出如此惨烈的代价。

九婴说过，罚神阵非常凶险，很难走出来，白睿一定拼尽全力以最快的速度闯了出来，之后又马不停蹄来找我，所以九婴和神秘人才没防备。

刚才他耗尽全力地一击，只想打开九婴主人设下的结界把我送出去，而他自己呢？以他现在的伤势，根本没办法再一次打开结界，所以我离开后，他准备怎么处理自己？束手就擒绝不是他的性格，血战到死才是他的选择。

我庆幸自己又一次违背了他的命令。

"总是对我下命令，总是限制我的自由，难道这就是你当总执行官所养成的控制欲？

"可对不起，我越青鸾从小就不是个听话的乖孩子。所以，跟我签下契约，只能算你倒霉。"

深吸一口气后，我再一次拿起毛巾，先擦去他脸上的污秽与血渍。

在我的印象中，白睿是个有洁癖又高傲的男人，哪怕在跟妖怪战斗的时候，都要保持自己的整洁和优雅。

但现在……一定是他最难堪的时候。

我多余地想到，他醒来后会不会为了掩盖这件事而杀我灭口的可能。

"就算你最后的惩罚真是要杀了我，我也不后悔选择留下来。"

从他轮廓分明的脸到他长而性感的脖颈，一些小的伤口正以微不可察的速度缓缓愈合中。

我和他第一次见面的时候，他也受了伤，但当时他的伤口恢复得非常快。

对了！我怎么会忘了这个！

停下擦拭的动作，我努力回忆之前南宫聿让我学习的捉妖法则中曾提到的一个原理——妖怪的力量来源于跟它们磁场有关的各种能量，只要切断这些能量来源，就能减弱它们的力量。

有些妖怪会从火、水、土、金等元素中汲取能量进行自身的修炼，而有的妖怪会选择更快捷更容易的捷径——那就是从人类身上获得能量，因为人类的血和精气是万能的能量来源，选择这条捷径的妖怪往往会吃人或吸取人的精气。

如果人血是可以给妖怪提供能量补偿的充电器，那么这一标准对白睿会不会也有效？

白睿伤口无法迅速愈合的原因一定是能量耗尽，若能给他充电的话，他就能脱离危险了。

想到这里，我没有片刻犹豫地咬破自己的手指，一边祈祷成功一边试着将血抹在了白睿脸颊上的一个小血口子上。

血触到他的伤口，却像发生了排异反应般被弹了回来，悬浮在伤口的上空。

我不甘心试验就这样失败，换了一只手，同样咬破食指后再一次将血抹到了伤口上。

这一次，没有发生排异现象，血迅速地渗透进伤口，紧接着之前悬在空中的血块在空中分裂成细小的颗粒，也坠落下来，落在伤口上。

一秒钟的时间，那道最浅的伤口就修复到消失不见。

为什么会这样？难道需要用不同的部位的血涂抹两次？还是右手和左手的血有不同之处？

我困惑地盯着自己的左右手，想了一会儿才想到可能跟白睿送的五行铃有关。

我继续用戴着五行铃的左手的血去涂抹白睿脸上的伤口，果然这一次也没有发生任何排异，我的血治愈了那些伤口。

处理好脸上的小伤后，我头痛地看着白睿满目疮痍的身体。

单靠指血的力量，已经无法修复了。

我站起来，在房间里找了一圈，并没有找到足够锋利的东西，只能摔破桌上的杯子，用玻璃在掌心割下更大更深的伤口。

血汩汩地流出来，我如释重负地将它们滴在白睿的身体上。

很快他就会痊愈，很快他就会醒过来了！有了这样的想法，我的心渐渐轻松起来。

"别走！"昏迷中的白睿一下子抓住我的左手。

我欣喜不已，忙呼唤他："白睿，白睿！"

"别走……"

我的心快速跳动着，既为他快要醒来而高兴，也为被他惦念而喜悦。

"就算你打我，骂我，惩罚我，我也不会走的。"我紧握他的手，将脸熨帖在他的掌心，想要温暖他，唤醒他。

"青青，再给我一点儿时间，再多一点儿时间，等我处理好一切，到时，你想去哪儿，我都会陪着……所以，别走，别离开我……"

他的声音像阵不大不小的风，传过来，消失在我的耳畔。

他说的青青，不是我……

前一刻的喜悦都化作了泡影，身体像被人抽走了力气，细碎的短发轻划过我的脸颊，有些扎，像极了此刻心中的感觉。

我知道自己快要开始掉眼泪了，因为眼前的世界已经开始模糊，就像被雨水冲刷的车窗，我必须要想点儿其他的事情，做点儿其他的事情，这样才不会让自己的委屈和痛苦倾泻而出。

他一定很喜欢那个青青，可就算喜欢又怎样？那个青青已经死了。

在他心里，我是不是被当成了青青的转世？

可他又是否知道，青青是自杀的，无法进入轮回？

他会和我签下契约，会一路保护我，会冒死来救我，都只是因为对那个青青的眷恋，所以如果我保守有关那个青青的所有秘密，他就会永远把我当作那个青青的替身，并对我一直好下去？

越青鸾啊，你既然早已明白他不曾真的喜欢你这个人，对你所有的付出和牺牲只是因为那个青青，又为什么总是让自己抱有幻想，总是一次次陷入这种痛苦之中呢？

反正最后的结果是你找回自己的身体，他拿走你所有的记忆……你和他之间的这些事情都会从你的人生中被彻底抹去，你和他终究会成为陌生人，此生都不会再见。

所以，别再自作多情，也别再自寻烦恼！

清醒一点儿，坚定一点儿吧！别让自己的心再继续沦陷。

救活他，带他离开这里，然后收服九婴，拿回自己的身体，让生活重回原先正常的轨迹，这才是你的明智之选，也是你唯一的选择啊！

……

好了，好了，眼前的东西清晰点儿了。

"臭白睿，我今天放血救你，你也不要太感动。反正这身体也不是我的，流的也不是我的血，你以后要是感谢就谢谢越青城这个比我还倒霉的小子吧。"擦掉眼眶中剩余的眼泪，继续专注在救他这件事上，不让自己的大脑再去胡思乱想。

其实，就算流淌的不是我身体的血液，但这具身体所有的感受，我都感同身受。

放血的滋味，真的好痛。

想起以前的自己，连体检时刺破一点儿手指都会痛得眼泪汪汪，现在竟可以为了救他在掌心割出这样一道伤口。

究竟是因为我变坚强了，还是因为我的心痛模糊了身体的痛楚呢？

紧咬牙关，用力从胳膊上方向下摩擦着手臂，让血更顺利地从掌心伤口处流出来，可以更多地治愈他身上的伤。

他的伤真的好多，好重，特别是肩膀上那道伤口，深到快把整只胳膊从身体上切割出去。

越青城你个倒霉蛋，等我出去后，一定多吃鸡血猪血鸭血给你好好补补，现在就别太吝啬了吧！

这样想着，我又拿起玻璃碎片在手掌上割出一道新的伤口。

随着血的大量流失，我渐渐出现无力和眩晕的不适反应，可我依然咬牙坚持到用血将最后一个伤口涂抹完全。

看着吸收了人血后开始愈合的那些伤口，再也扛不住的我安心地倒下去。

只要再过些时间，白睿的伤就能痊愈了。

疲惫又虚弱的我躺在白睿身边，侧过脸去，目不转睛地看着身旁的他。

从相遇的第一天开始，我们之间就发生了各种亲密接触，之后这种近在咫尺的情况也发生了很多次。但只有这一次，他如此安静地躺在我身边，被我肆无忌惮地欣赏。

他真的很美，也许因为他是上神，才可以美得如此不真实，美得让人忘了呼吸。

不想否认，第一眼看到这张脸时，心中就有了悸动，一瞬的记忆足以填满余生。

在此之前，我从不相信什么一见钟情。

他的若即若离，他的神秘莫测，他的反复无常……就像毒药一样侵蚀了我的心，让我所有的情绪全被他牵引，心甘情愿地做出很多我从没想过的这辈子会做的事情。

手意外地碰到了他的手背，明明他的体温是冰冷的，却有一阵燥热爬上我的脖颈。

我想我是真的喜欢上了他，没有任何可以列举出来的明确理由，就是会心动。

但我同时明白，这种喜欢是不会有任何结果的，有太多阻碍横在我和他之间。

我太清楚这场相遇的结局，可人有时候完全是身不由己，和理智背道而驰。

一旦认定了，根本就不管什么道理。

这就是人心吧，否则，也不会有那么多的悔恨和错误。

今晚，我唯一不想后悔的就是，错过和他亲近的机会。

不知道和他十指交握的感觉是怎样的？

我小心翼翼地摊开他紧攥的手掌，将自己的手放进去，和他交握在一起。

心满意足的平静感，很快就带来浓浓的倦意。

第九章
极限挑战

DASHEN
ZHIXINGGUAN

黄褐色的天空下云层密织，云层中隐约可见蠢蠢欲动的闪电。

狂风大作，雷鸣轰轰，我的面前是一座雕刻着古老文字的石碑，石碑后面是一座诡秘的建筑。

建筑四周正方形的围墙是黑矿石，而建筑中央探向天际的圆顶却是褐红色的。

每当闪电从圆顶上空闪过的时候，在被照亮的地方就能看到有鬼影般的东西在动。

这是哪儿？又是我的梦吗？

意识到只是梦境后，心情变得平静很多，往石碑的方向又走近了些，仰起头，努力想去看清上面的文字。

石碑上的文字既像古老的鲜卑文，又像古埃及文字，我很难辨认它具体属于哪一种。

"罚神阵，是专为犯错后的上神所设立，除了十恶不赦的罪行外，上神若想保住自己的地位，可进入罚神阵中接受众神的惩罚，只要能顺利通过，就可以获得一个将功补过的机会。"

天空中传来一道清亮的女声，我抬头去找，却谁也没看到。

"你是谁？"

"我是谁不重要，重要的是，你敢不敢闯这罚神阵？"

"为什么要我闯？"

我有些提防，以往我的梦境都是单纯的画面和场景，从没跟人交流过。唯一一次与人交流，就是在那个蓝色世界中，我遇见玄楚，被他骗得摘掉五行铃，错失困住九婴的机会。这次不会又是他们的鬼把戏，想害我吧？难道这并不是梦？

"为了你甘愿为他放血的那个人。"

"你到底是谁？出来见我！"她提到了白睿，我的神经就变得更加紧张。

"他当总执行官的三百年来，从没犯过错，原本这一届的竞选，他也胜券在握。可是你打开了结界，放走九婴，害他出了差错。也是因为你，他杀了鬼车，得罪朱翼，不得不闯入这罚神阵，来消除长老会对他的质疑。所以，别以为你放了那点儿血，就能补偿什么，你欠他的，还远远不够还。"

"你到底要我做什么？你让我进罚神阵，能为白睿带来什么？"我紧追着问。

我不知道自己身上发生了什么，按理说我是不可能离开越青城的身体，可眼下我的身体并不是越青城的，而是我本来的女生模样。这意味着我要么是一缕离开了越青城身体的魂魄，要么就是在做梦。

可不管是一缕魂魄，还是一场梦，都能做什么呢？都能改变什么呢？

"罚神阵是众神的设计，历年来能活着闯出来的屈指可数，就算有人成功了，事后也会一直被罚神阵的梦魇困扰，最终早早殒命。我要你进罚神阵，是要你收集睿被众神剥离掉的魂片，你只有收集到足够多的魂片，才能帮他真正地复原。"

"你先告诉我，这里究竟是我的梦境，还是真正的异世界？"

我不明白，如果白睿被剥离掉的魂片是在异世界的罚神阵中，那么在梦境中的我又怎么能收集到他的魂片？

"是你梦境中的异世界，也是睿此刻梦境中的异世界。我不是说过吗？罚神阵的梦魇会一直困扰闯进去的人，是你手腕上的五行铃将你的魂魄带进了白睿的梦境。他会一直在梦境中经历当初闯阵时的遭遇，会一次比一次痛苦。而这一切的起因，就是他被罚神阵剥离了魂片。如果不能将这些魂片重新回归原位，他将永远被梦魇折磨，直到承受不了的那天，精神崩溃。"

"难道那些魂片就在他的梦中？"

"事实上，这些魂片只是脱离了他的本体，并没有散落他处，而是围绕在他身边。若想将它们一一找回，就只能在他的梦境中实现。"

她的话说服了我，但心中还是有些迟疑。

"你到底是谁？我为什么要相信，你说的这一切都是真的？"

"你可以不相信我，却不能不相信你的心。我言尽于此，要不要进去，你自己决定。"

"等一下！我还有很多问题要问！我进去之后做什么？怎样才能收集到魂片？喂！你把话说清楚再走啊！"

不管我怎么喊，都没有人回应我。

看着面前黑漆漆的入口，我有些踌躇。

告诉我这些事情的人，好像对一切都很熟悉。但她为什么就不愿意告诉我，她的身份呢？

想到白睿将会经历的痛楚，我心一横，下了决心。

就像她所说，我可以不相信她，却不会不相信自己的心。

就算这是一场欺骗，我也要进去看一看。

建筑物四周的正方形围墙上各有一扇门，每扇石门上都雕刻有一张五行八卦图，这些八卦的图案都一模一样，只是在八卦的正上方各有一个不同图案的标记。

东南西北四个方位上分别是虎、凤、龙、龟。

从四扇不同的门进去肯定会是四种不同的境遇，究竟该选哪一种呢？

想破脑袋也想不出办法的我，只能用最原始最幼稚的挑选办法——点豆花。

"好吧，就你了！"

一推开标有龟图案的石门，一股混浊不堪的气流就从内涌出来，我用手挡住口鼻，谨慎地一步步走进去。

裂纹密布的石室地面上布满大大小小的岩石，黑暗沉重得像一群倒挂在顶上的吸血蝙蝠，似乎只要轻轻一声叹息，就会惊醒它们，飞扑而下带来死亡的痛苦。斑驳的墙壁上爬满深褐色的苔藓，只有微弱的光从顶部的石头上发出，照亮前行的路。

翻越过岩石丛，一条向下延伸的狭窄石阶出现在眼前，石阶的一侧靠着墙，另一侧却是深不见底的悬崖。

我需要将脑袋和整个后背都紧贴着墙，因为身子稍稍探出一点点就会从台阶上掉下去。

当我好不容易走完这条仿佛没有尽头的石阶时，眼前出现的场景让我倒抽一口凉气。

烟雾，浓密的云层，寸草不生的土地，刺鼻的腐败气味，又臭又热，简直不能呼吸。

这里真像一片坟墓啊，荒凉、死寂。

我捂着口鼻，艰难地往前走，脚下的土地很热，不断有散发着臭味的蒸汽从小洞里喷出。

路过一块橙黄色的岩石旁时，听到有像鼹鼠刨土的声音。

我好奇地将头探过去……

天啊，这里怎么有个小孩子？

在我发出抽气声的一瞬，那个蹲在角落里不知道在偷挖什么宝贝的小孩子突然转过脸来。

"你怎么会在这里？！"

小孩子站起来，一脸不高兴地质问我。

他的个头还不及我的腰，圆圆的脸上有双又大又亮的眼睛，模样倒是挺标致，若不是他穿着一件做工精致的白色长袍，我估计都会把他当作是女孩子。

只不过，他怎么长了对犬耳？

白白的，毛茸茸的小耳朵，立在脑袋上，还一动一动的，萌到人骨头都化了。

"我看上去怎么样也是你的姐姐吧？竟敢对我大呼小叫的。快，速速报上名来！"我双手叉腰，得意地命令。

小男孩儿白了我一眼，丢下一句话就走："这里不是你该来的地方，快离开这里！"

"喂！你别走啊！"我拉住他。

发面团一样的小手，摸上去软软的，暖暖的，特舒服，我忍不住地摸了又摸。

"色女！放开我！"小男孩儿将手抽了回去。我讪讪地笑着说："看在你长得还算可爱的份上，姐姐我就告诉你一个秘密。"

"什么秘密？"

"这里啊，可不是什么好地方，会有吃人的妖怪跳出来，一口吞了你。"我张牙舞爪地表演着夸张的演技，心想着他这么大的年纪一定会吓得哭鼻子，然后奔向我的怀抱求抱抱。

结果呢，我白费了力气，却换来他不屑的两个字："幼稚。"

"喂！谁幼稚！你说谁幼稚！"我气急地想把他抓起来，结果刚一抓住他的胳膊，他就疼得皱起眉头。

"你怎么了？胳膊受伤了？"我蹲下去问。

"不用你管，走开。"小男孩儿别扭地要推开我。

"小小年纪脾气这么坏，还这么没礼貌！姐姐今天为了你的未来，管定了！"

说完，我走上去，一下子抱住小男孩儿的身体，将他带了回来，无视他的反抗与挣扎，强行撸起他的衣袖。

他的胳膊上全是烫伤，这里红一块，那里红一块的。

我的心一酸，眼睛就红了起来："谁这么狠心，竟然虐待这么可爱的孩子……"

他面无表情地看着我，像是这些伤根本一点儿都不痛似的。

我翻了翻自己的口袋，又看了看荒芜的四周，根本找不到任何可以帮他减轻痛苦的东西。

"姐姐现在没有药，先帮你吹吹，等找到了白睿，姐姐让他帮你疗伤。他可厉害了，你这点儿小伤他分分钟就能搞定。"我一边低头轻轻地吹，一边说。

"不用，马上就会好了。"

小男孩儿还是执拗地将自己的胳膊从我的魔爪中抽回去。

我怕弄痛他，也不再强拉硬拽。

"你要去哪儿？认识路吗？你要是不认识路，就跟我一起走吧。我要去找白睿，他就在这里，只是我还没有看到他。对了，你有没有见过他？他长得特别令人印象深刻，你只要看一眼，就绝对忘不掉。"

就在我叽里呱啦说个不停的时候，小男孩儿突然停下来，仰视着我并指着我的鼻子说："你能不能安静点儿！"

我摇摇头："这里这么可怕，姐姐跟你说说话，你就不会害怕了。"

小男孩儿无语地叹息一声，无奈地转过身继续前进。

"别过来！"行走中的小男孩儿忽然大叫了一声，我停下来一看。

乖乖，他怎么陷进一个泥潭里了。

"别急，姐姐来救你！"我伸手过去拉他，可根本拉不动。

"别拉了，你松手！"小男孩儿小腿以下已经完全陷在泥潭中。

"再不松手，你也会被带进来的！快走！走啊！"小男孩儿着急地冲我大吼。

"我不会丢下你的！你等着，姐姐有办法！"

松开小男孩儿后，我脱下自己的外套，将袖子系在一起后打了个结然后扔向小男孩儿，将他套住后，拉住衣服的另一边开始往外拉。

这泥潭的吸力太大了，我铆足了力气都很难将他拉上来。

"你的手出血了。"他的言语中透出一点点不忍心。

我抬头冲他微微一笑道："没事，姐姐一点儿也不痛。"

"再坚持下去的话，你会一点儿力气也没有，到时候你怎么离开这里？"

"不会的！就算真的一点儿力气也没有了，姐姐就跳下去陪你一起当泥娃娃！你放心，姐姐绝不会丢下你一个人！"

"好了，别说了，我现在喊一二三，你试着往上用力，我们再试一次！一，二，三——"当我使出吃奶的力气终于将他从泥潭里拉上来的时候，没听到他一句感谢的话，却换来了一句："蠢货。"

"蠢货？我好心救你，你却骂我蠢货？你……"我当场气结，正要抓他好好理论，却忽然回味起一个细节来。

这小男孩儿说话的语气、神态，还有习惯，怎么这么像白睿？

"难道，你……就是白睿？"我张大了嘴巴，不可思议地指着他。

小男孩儿不回答我，解开身上那件满是泥浆的衣服丢在一旁，跳上附近的一块大岩石向远处张望起来。

"喂，你下来！下来！"我着急地在下面大叫，"你到底是不是白睿？回答我啊？你是白睿对不对？你是他对不对？回答我啊！"

　　自从有了这个猜想后，我就越看越觉得小男孩儿像白睿。

　　脚下的土地突然裂开，刚才还是坚硬泥土的地方一眨眼就成了泥泞的沼泽，不等我反应过来，泥浆就已迅速地没过了我的脚踝，离我最近的大岩石也已经彻底地陷入泥浆中。

　　惊魂未定的我努力从泥浆中拔出自己的脚，举步维艰地想要爬上不远处的安全地带。可每动一下都会下沉得很快，我还没走出多远，黏稠的泥浆就已没过了我的大腿根部。

　　"白睿！"我着急地大喊。

　　幸好在大岩石被淹没前，他已经跳到另一块暂时安全的石头上。

　　"快来帮我一下！"我伸长了手臂，可他只是皱起眉头看了我一眼，转身飞速地跑了？

　　我的心猛地一沉，一种会被他丢下的恐惧占据了我所有的思考。

　　"喂！你去哪儿啊！快来帮我一下啊！"我用尽全力地大喊，却没能唤来他的回眸。

　　难道因为梦里的他变小了，所以忘记了我是谁？

　　无法再动一下的我惊慌失措，眼看着泥浆已经要浸到胸口，已经有些呼吸困难的我只能停下无用的挣扎，继续呼救："白睿，是我啊！越青鸾，跟你有过契约的越青鸾啊！救我——快救我——"

　　谁料，不喊还好，一喊后，四周的泥浆像是受到声音的震动，竟开始冒起泡来？

　　情况越来越不妙的我更大声地呼救，结果却引发气泡越来越多地涌上来，泥浆已经吞没到我的脖子上了。

　　难道就这样死了吗？什么都还没有做，就这样死掉了？

　　不！我不相信白睿会这样丢下我！

　　他一定会来救我，就算为了他想要的记忆，就算为了那个人，他也一定不会丢下我的！

"白睿——白睿——"

我声嘶力竭地一遍遍大喊他的名字，在泥浆将我彻底淹没前，我都始终相信他会出现。

黑暗，黑暗，还是令人绝望的黑暗……

深陷泥浆中的我像是被人装进了一个黑暗又狭小的容器内，有人不断往外抽着仅剩的空气，我的呼吸、心跳连同唯一自由的思想都渐渐停滞。

忽然之间，有谁拉住了我唯一露在沼泽外的左手，一个用力将我从泥浆中拖曳了出来。

刚刚困住我的泥浆中央出现一个大洞，一股黏稠的黑褐色泥浆从洞里喷涌了出来，它的力量非常大，泥柱至少有三米高，被冲力推向高处的泥浆随即落下来，像暴雨一样洒落在这个空间的每一处角落。

躲藏在一件雪白色长袍内的我，看到那些泥浆落在衣衫上后，顿时腐蚀了很大一个洞。

我想起白睿身上那件破烂不堪的长袍，忽然明白长袍上大大小小的洞是怎么来的。

一到达安全的地方，白睿就将我松开，一脸的不高兴。

"刚刚那个小男孩儿就是你吧？没想到你变小后的模样更惹人喜爱。"

我欢喜地看着变成成人的白睿，想起之前那个萌萌的小男孩儿，很难将他们重合在一起。

"你根本不该来这里！"

"是它带我来的，"我举起左手腕上的五行铃，又被自己看到的东西惊讶道，"奇怪，它怎么变成这个样子了？"

好奇怪，在白睿梦中的五行铃竟然变了形状，五个原本普通的铃铛变成五个雕刻有文字的水晶小挂牌。

"因为你现在在我的梦里，所以五行铃也只是一个影子，虽然具有原本的功能，但并不是真实的。"白睿替我解惑道。

"哦，原来是这样。真神奇！"我摇晃着手腕，听着水晶挂牌碰撞出叮叮当当的声音，和现实中的铃铛声还真有几分相似。

"好了，把它摘下来，然后离开我的梦。"

"不！我不走，我要留下来帮你。"我护住手腕上的五行铃，不让他抢走。

"你知不知道这里是什么地方？别废话，快走！"他一甩长袖，转过身去背对着我。

"我知道这里是罚神阵，我留下是要帮你收集魂片！"

他的背倏忽僵硬，缓缓转过头来，以一种仿佛不认识我的眼神，又惊又疑地打量我："你怎么知道这些？谁告诉你的？"

"是石碑上的文字告诉我的。"我撒了谎。

"骗我？石碑上刻的是当初建造它的四大家族人员名单，根本不会涉及你所知道的东西。说，究竟是谁告诉你的？还是你自己想起了什么？！"白睿握住了我的手腕，毫不留情地揭穿了我的谎言。

他的眼神里跳跃着一种我不想看到，不想看懂的情绪。

果然，他果然希望我能想起什么他期盼我能想起来的事情。

"告诉我啊！你究竟是怎么知道的？！"

他的逼问让我无法躲闪，只能如实地回答："有人告诉我的，我不知道她是谁，也没看到她的样子。"

"青青，是她，一定是她……"他怅然若失地松开我的手。

我的心在听到这个名字的刹那重重往下沉，之前我只敢猜想那么一点点的可能，此刻却在他的口中成为事实。

告诉我一切的人，肯定是非常在意白睿的人，而且她和白睿的亲密程度，可以让她自然而然地叫他"睿"……除了那个青青外，我想不到其他人。

可她不是已经死了吗？不是已经魂飞魄散，连轮回的可能也没有了吗？

为什么还会出现？

"不，不可能，她不可能出现在我梦里！"

沉默了许久的白睿再次握住我的肩膀，深深地看着我，想要从我身上找出可以令他信服的答案。

我不懂，他为什么笃信青青不可能出现在他梦里？但我希望他的判断没有错，希望告诉我一切的另有他人。

"不管是谁，她一定是好心的。所以，能不能先松开我，让我帮你把魂

片尽快地收集起来？"

"你帮我？"冷静下来的白睿嘲讽地哼了声，"你别在这里给我捣乱就不错了。快取下五行铃，离开。"

白睿丢下我要走，我冲上去拉住他："为什么总是赶我走？既然那个人说我可以帮你，就一定有她的道理。这里是你的梦境而已，让我试试，你又不会少块肉？为什么不给我机会？"

"少块肉？"他像是听到了什么可笑的笑话，"你以为我的梦境就是一场虚幻而已吗？"

"梦就是梦，它不是虚幻还能是什么？"

"好，今天我就让你好好看看，我的梦究竟是什么！"

白睿拦腰将我横抱起，一跃而起向上飞冲到了圆形穹顶的正中央，指着脚下的土地让我看。

"藏在泥潭中的岩浆怪，狂虐风雪中的冰冻妖，炽热烈阳中的沙漠犬，肆无忌惮的洪水巫，还有迷雾笼罩下的巨森神……这个被分成五块的空间中，每一处都有个灵力极高的考验者，它们将自己所管辖的地方统统变成人间炼狱。

"这里虽是我的梦境，却有着可以吞噬生命的魔力。若不是你手腕上的五行铃，你根本进不来。

"罚神阵是根据五行来设计，五个空间里分布不同的陷阱和机关，而且随着时间的改变，五行中的布局也是瞬息万变。你刚刚所在的地方是土阵，那个区域是阵中最弱的设计，可即便这样，我闯关的时候，还是被喷射出来的泥浆侵蚀了皮肤，然后身体变小。

"要不是我及时找到一块魂片，修复了伤势，现在，你早已经成了泥娃娃！所以，以你的条件去闯阵，只能白白送死。"

他的话让我不由得吞咽下口水，就像他所说的，单是土形阵法就已经差点儿要了我的小命，其他阵法的凶险就更难以想象了。

"可为什么她说我可以帮你？"

我不是不相信白睿所说的这里的危机重重，而是我内心不顾一切想帮他的愿望太强烈，所以就算危险摆在面前，我也没有退却的念头，反而去关心如何才能帮他？

白睿轻轻捧起我的脸，鹰隼般锐利的眼神难以捉摸，盯了我好一阵才开口答："因为你能帮我的唯一办法，就是用你的魂片做替代。"

我眨了眨眼睛，试着去理解他的意思："你是说，只有我把自己的魂片留下来，你才能收回自己的魂片？"

"没错。"他并没有做任何隐瞒，"但这样做的后果，就是你会魂飞魄散。"

我的脑袋突然震了下，想不通那个青青为什么要害我？

很快，我又释然地找到理由，那个青青在意的人是白睿，为救白睿，她当然会选择欺骗我，牺牲我。

只是……

"既然这是你能收回自己魂片的办法，为什么还要赶我走？还要告诉我？"

白睿紧抿的双唇微微牵动了下，眼神中露出一丝哀愁和疲惫："虽然这个办法最快捷，却不是唯一的办法。我既然敢闯，就有自信消除后续的问题。"

这不是我想听到的回答："可她既然引我闯阵，就是想让你用我的魂片去交换你的。你难道不相信她？还是说，你不忍心用我的魂片去换？"

这两种可能的回答对我来说将会是截然不同的意义，他不信她的话，所以不用我的魂片去交换，这是他和她之间信任的问题；可若是他信她的话，却不忍心用我的魂片去交换，那就说明在他心里，我并不是无足轻重的。

我纠结这一点，也迫切地想知道答案。

"我当然信她，无论什么时候，我都会信她。只是若现在用你的魂片去换了，日后我抓住九婴，从结界中将你的身体取出来又有什么用？没了魂魄，就无法履行你我之间的契约。"

原来是这样，他对我的好，对我的保护，还是单纯地因为那个契约。

心酸蓦然涌上来，视线很快被突如其来的高温淹没，在眼泪溢出眼眶前，我转过脸去，藏起自己的悲伤。

又一次犯傻，又一次天真地抱有幻想，又一次虔诚地献上自己的心，又一次被他毫无眷恋地践踏……越青鸾，你怎么就不能长点儿记性呢？！

这不是他第一次如此直白地提醒，你的价值只是一个契约！

你还想从他身上看到什么希望和奇迹?

无论是在现实中,还是在他的梦中,你都不曾被他真正地放在心里。

"好,我走。你放心,我一定会好好爱惜自己的小命,留着它,等着契约生效的那天。"

摘下手腕上的五行铃,我便从现实世界中醒来,脸颊上湿漉漉的,抬手去擦时才发现我和他原本交握的十指早已分开来。

他依旧平静地躺在我身边,眉头紧蹙,应该还困在梦境之中,而五行铃也安然无恙地系在我的手腕上。

一切都好像是南柯一梦般,仿佛都是我的幻觉。

可它又不是我的幻觉。

我很清楚,是因为五行铃的关系,我的魂魄才被引进了白睿的梦中,而梦中我摘下的五行铃,只是五行铃的一个影子,只有摘掉它才能从白睿的梦境中脱离,魂归原位。

想到梦里被他伤得碎了一地的少女心,我决定再也不要喜欢他!

要是他再跟我说些暧昧不清的话,我就堵住耳朵,不去听!捂住嘴巴,不回应!要是他再以保护我的借口靠近我,我就推开他骂他臭流氓!要是他突然顿悟,发现自己已经喜欢上了我,跪下来求我原谅他以前的所有行为时,我就一脚踹开他,将他拒之门外!

我真的不要再喜欢他,不能再因为喜欢他而受伤……

我一下子从他身边坐起,用被子将他整个人盖住,心里还恨恨地有了个歹毒的念头——闷死你!

我找来布条将受伤的手掌包扎了起来。

门锁动了下,不等我回头去检查床上的白睿是否藏好,一个人影就从外面走进来。

"你来干什么?"我有些惊慌地问吴小琦,用身体挡住她的视线。

"天亮了,我来给你送点儿吃的。"吴小琦将她替我泡好的泡面放在桌子上。

我打开泡面盖看了眼,强忍下饥饿的感觉,假装不喜欢地将泡面推到一旁说："这种垃圾食品，我不喜欢。"

"你喜欢吃什么？"

"夏威夷比萨，玉米蔬菜沙拉，烤鸡翅，炸薯条，还有原味奶茶。"

"好，我帮你叫外卖。"吴小琦答应得如此爽快，我竟有些意外。

"你的伤怎样了？"

"全好了，是阿九治好了我。"

"昨晚不是故意要伤害你，而是因为那个九婴，他真的是个妖怪！你们不要被他的伪装欺骗了！他把你们抓来肯定是有不良企图的！所以，趁着还有机会，快逃吧！"我又一次提醒加劝说。

"我知道阿九是什么，你不用试着说服我，我是不会出卖他的！"

"为什么？他真的是个有着九只蛇头，会喷水喷火会吃人的妖怪啊！"我着急地用手比画，想要更形象地告诉她九婴的真实模样有多可怕，"你要是不相信，我可以想办法让他现出原形！到时候，你就知道他的真面目了！"

"不管他是什么，他都是我的阿九！是我唯一的仅剩的亲人！我不会伤害他，也绝不允许其他人伤害他！"吴小琦坚定地说。

"你不会被他洗脑了吧？"想到之前看到的那7个失踪的孩子，他们的言行也都非常怪异，"还是说，你们都被他施了妖法？"

"想知道我和阿九的故事吗？"她问，我立马点头。

"三年前的那场山洪意外后，我被洪水冲到了很远的地方，搁浅在一条山溪旁。醒来后的我失去记忆，右腿也受了重伤，无法行走很远的地方，只能暂时留在原地养伤。我在捡野果的时候发现了一个陷阱，有条蛇掉在陷阱之中，陷阱中的竹箭刺穿了它的身体，它躺在里面奄奄一息。饥饿的我好久没吃过肉，冒着被蛇咬伤的危险爬下陷阱，将那条蛇扛了出来，拖到小溪边，打算剥了它的皮，烤蛇肉吃。

"可你猜，当我举起石头准备砸向蛇头的时候发生了什么？

"我看到那条蛇在哭，它在流泪。

"心一软，我就放下石头，找来清水帮它清理伤口。也许是我一个人在森林里生活太孤单了，才决定留下这条蛇做伴。

"在我的悉心照顾下，它渐渐好起来。有天夜晚我在睡梦中被什么东西活活勒醒，睁开眼睛后，竟然是那条蛇缠住了我，张开大嘴要吃我。我吓得大叫可没有人来救我，在我绝望地以为自己会被它吃掉的时候，意外看到它的嘴巴里有什么东西在隐隐发光。

"我定下神来看了看那条蛇，发现它的目光并不凶狠，而是有所期盼地看着我。

"我想它或许是要我帮它什么，于是壮着胆子将手伸进了它的嘴里，我摸到了一个光洁又冰凉的东西，用力一握将那东西从它嘴里掏了出来。它终于松开我，在地上盘成一圈后，"砰"的一声变成一个人，他，就是阿九。

"你不会知道，在我看到那一幕时，内心有多惊诧，但奇怪的是，我一点儿也不害怕。阿九告诉我，他来自一个异世界，在那里他是地位卑微的侍者。他来到这个世界是为了执行一项任务，任务完成后的他大意地掉进了猎人的陷阱。要不是我，他恐怕已经死了。

"我从他嘴里取出的那个发光的东西，是定位器，所有从他那个世界到这个世界的侍者都必须吞下那个东西：一是可以让他们在异世界的主人掌握侍者的确定位置；二是遏制他们的力量，让他们在人类世界无法自由地变幻。

"我问阿九为什么要我把定位器取出来？他说看我一个人太孤单，决定留下来陪我。

"就这样，阿九陪着我在森林里生活了整整三年，我们一起打猎，一起游戏，一起看日出日落，一起听潮汐潮落的声音……那是我最快乐的三年。

"我以为这一生，都会和阿九生活在森林里，过与世隔绝的日子。没想到有一天，我从树上摔下来，撞伤了脑子，想起以前的事情。

"我决定回去找我的亲人，阿九支持我并陪伴我。

"我们找到原来的小区，那里已变成高楼大厦。通过打听，我才知道，在那次事故中，我的哥哥死了，而我虽然没有找到尸体，大家也都认为凶多吉少。我的爸妈无法接受这样的打击，拿出他们所有的积蓄去找我。一年过去了，两年过去了，直到第三年，他们实在找不动了，才不得不接受我的死亡。

"失去我和哥哥的痛苦让爸妈的身体每况愈下，事故后的第三年，我妈就得了癌症，没过多久便离开了。半年后，我爸也跟着去了。

"是好心的邻居把他们葬在一起，而他们生前的遗物也都被捐赠给了福利机构。

"我和阿九找到那家福利机构，从杂物库中翻找出了爸妈的一箱东西，在里面有一本妈妈写的日记。"

说到这里时，她停下来，给自己倒了杯水后又继续说："知道那本日记里都写着什么吗？"

我摇头。

"除了对我和哥哥的思念外，还有她和我爸为了查找事故真相所经历的各种艰辛。"

"事故真相？难道那次山洪不是意外？"

吴小琦摇头说："三年前，我哥哥被保送上了麻省理工大学，专攻土木工程专业。在此之前，他所设计的图纸已在国内大小比赛中获得各种奖项。事故就发生在我哥哥去美国上学前的那个暑假，由于忙于学业而很少陪爸妈一起旅行的哥哥，第一次决定和我们一起。

"日记中妈妈提到，她之所以怀疑那次事故是人为，是因为出发前小区正面临被拆迁的问题。由于开发商给的条件太苛刻，小区里很多人都不同意搬迁，大家组织成立了一个委员会，负责和开发商交涉，而我的爸妈就是委员会的主要成员。为了维护大伙的利益，爸妈跟开发商闹得很僵。那段时间，爸妈的心情都非常不好，这才决定去旅行散散心。

"出发前，哥哥曾跟妈妈谈心，让他们不要太操心，他有办法让开发商退让。妈妈当时只想着哥哥还小，又要出国念书，就没当回事也没细问。

"直到事故发生后，妈妈在整理哥哥的遗物时发现，哥哥生前一直在调查那家开发商的事情。而且哥哥在和我们去旅行前，最后一通电话也是打给了那家开发商。哥哥的电子邮箱中有一封邮件提到，他手里有一份证据可以令开发商破产，只要开发商同意我爸妈的条件，他就把东西交给开发商。但对方并不相信，两人约定三天后见面谈。"

"可是，哥哥却突然死在山洪的意外中。而他邮件中所提到的证据，爸妈却始终都找不到。正因为怀疑哥哥的死不那么简单，又苦于没有线索，爸妈才在自责和痛苦中郁郁而终。"吴小琦愤恨地握紧手中的杯子，周身散发出一种浓浓的怨恨，"所以，我让阿九帮我去质问当年的开发商，可事情还没调查清楚，阿九就因使用能量而暴露了行踪，被异世界的长老会发现，派人强行带了回去。

"我以为这辈子再也见不到阿九，可他还是回来了。"

吴小琦或许没有发现，她每每提到九婴的时候，眉眼间都是幸福的表情。

"你家人的不幸，我很难过，但他们的死，跟这些被你抓回来的孩子有什么关系？他们都是无辜的啊，你把他们都抓了过来，知不知道他们的家人有多担心？"

"我只是让阿九封印了他们这三年的记忆，让他们以为自己的年龄比实际年龄小了三岁，让他们相信我并愿意留下来，让他们认为我们正在参与一个秘密的活动。我和阿九都没有要伤害他们的想法。等明晚月圆之夜，我找到我要的答案后，就会放他们走。"

"什么答案？什么月圆之夜的计划？你到底要做什么？"

"阿九说，月圆之夜他能帮我打开一条通道，我可以见到三年前去世的哥哥，可以亲自问他当年那场事故背后的主谋，问他把证据放在了哪儿？我要找到这些证据，要把那些害死我家人的凶手绳之以法！"吴小琦看向我说，"而那7个人，就是打开通道的关键。所以，你大可以放心，我不会伤害他们。"

吴小琦的这番话终于解开了我内心的诸多困惑，但还有一些重要的问题我不明白。

如果九婴所做的这一切，只是为了帮吴小琦，那为什么他和玄楚说一旦计划成功，白睿就会永远失去竞选总执行官的资格？还有，九婴说过，月圆之夜白睿若是出现的话，就有把握杀了他……到底这个月圆之夜的计划跟白睿有什么关系？

"可你知不知道，九婴他是逃回来的，这是大忌，异世界的人是不会放过他的。你利用他的力量去实现你的愿望，对他来说，难道不自私吗？你有没有想过，如果异世界的人知道了他在哪儿，到时候就不仅仅是将他抓回去那么简单，等待他的或许会是死亡！"

我能看出吴小琦对九婴的在意，眼下这个时候，我只能通过说服她，来让她放弃月圆之夜的那个计划。

"我不会让他们抓走阿九的！这次，我会尽我一切的力量去保护他！"

吴小琦生气地站了起来，结束了之前的平静对话。

"你一定很想离开这儿吧？放心，我会给你机会逃走的。"

"什么，你要放我走？"这下我有点儿整不明白了。

"我之所以告诉你这些，是因为我知道你是捉妖师。你和你的两个朋友，差点儿活捉了我的阿九。我放你走后，希望你能劝说你的朋友，让他们不要再抓我的阿九。他真的是好人，我也可以向你保证，月圆之夜后，我会把所有人都平安地送回去。"

吴小琦走到门前，拉把手前又回头跟我说："你知道吗？当初我看到那本日记后，曾被仇恨蒙蔽了双眼，想让阿九把当年参与拆迁的所有开发商都杀了。是阿九劝说我，要用正当的手段去复仇，所以，才抓了那些人，想通过哥哥手中的证据将黑心开发商都绳之以法。阿九他，真不是你们所认为的那种凶残成性的妖怪。"

她的话，我并没有全信。

九婴现出原形的样子，不说是凶残成性，也绝对是没有一点儿人性。

也许是她和九婴朝夕相处了三年的时间，所以才对他如此信任。

我却一点儿也不信他的计划，心里隐隐有种不好的想法，月圆之夜的计划，绝对非常血腥。

"被感动了？心软了？"白睿的声音响起。

我本想回答他的，可一想到梦里他那些伤人的话，立马硬起心肠，假装没听到。

"你有没有听到我的话？"白睿已经站到我身后，我能感觉到他身上所特有的初雪的气息。

心跳加快前，我站了起来，打算走到离他远一点儿的地方。

"你在别扭什么？"他拉住我。

不听他讲话，不跟他说话的誓言，我做到了。但让我推开他，骂他臭流氓，却怎么也说不出口，我低着头，就是不理他。

"抬起头。"他命令。

"我让你抬起头！"他抬高了音调。我赌气地扬起下巴，后仰着脑袋，

用白眼瞪他。

"你打算一直这么幼稚地跟我闹别扭下去吗？"

我继续用白眼瞪他。

没错，我就是要这么幼稚！反正我在你心里，就是一个契约而已，你还要在意我用什么态度对你吗？！

"好，既然你想这样，那就一直这样下去好了。"

白睿弹了下我的眉心，一股凉气便从眉心的位置向整个脑袋扩散开，顺着脖子流淌进整个颈椎。接着我的整个脑袋、脖子，包括嘴巴就真的一动也不能动。

这种被人点了穴位的感觉，真是太酸爽了！

点穴就点穴，我才不怕！

还在气头上的我，赌气地走到远离他的地方，宁愿保持着别扭的姿势面向墙，也不愿看他。

他倒好，也没再搭理我，自顾自地坐在桌子前，不知道在捣鼓什么。

五分钟过去了，我还有心情在心里骂他变态，十分钟后，我就承受不住了。

一直后仰着头的姿势倒还能坚持，就是这一直翻白眼的动作简直虐到了变态！这不，眼睛已经痛得不住流泪，就像快要瞎掉了一样。

什么威武不能屈，还是先低头认个错要紧。

实在无法忍受这种痛苦的我，摸索着走向白睿，因为头是后仰着的，眼睛又是翻过去的，所以我看不到他的表情。

我双手终于摸到了他的肩膀，顺着往下摸到他的胳膊，因为没办法开口说话，只能抓着他的手指向我的眉心，希望他能明白我要他做的事情。

"怎么，不闹别扭了？"白睿问，我能听出他语气中强忍着的笑意。

没办法点头，也没办法回答的我，摊开他的手掌，在掌心写下"解穴"两字。

"你鬼画什么？我看不懂。"白睿假装不明白地继续惩罚我。

我决定求人不如求己，握住他的食指往自己的眉心猛戳，希望这样做就能自己解穴。

"乱戳什么，皮都戳破了。"

白睿将手抽了回去，站起来，扳正我的肩膀，面对着他。

"你白白浪费我的力气去打开结界，现在只是一点儿小惩罚，更大的惩罚还在后面。"

我难受得都要骂脏话了，他还想着怎么惩罚我的不听话？

好啊，你想惩罚是吗？我跟你拼了！

我张牙舞爪地向他发起突袭，白睿一个闪躲，我就失去平衡地往前栽去。

身体在即将撞击地面前又被猛地拉起，白睿将我抱住的瞬间，在我的眉心上弹了一下，一直被点穴的我终于恢复了行动自由！

只是，当眼球好不容易才恢复原位时，门再一次从外被推开。

"咚"的一声，再次失去支撑力的我倒在地上，陡然松开手的白睿已经闪藏进了柜子里。

"青哥，你怎么摔倒了？"吴小琦将我从地上扶起来。

"这里有点儿暗，一时没留意。"拍掉脸上的灰土，我强忍着心中的怒火坐到椅子上。

"现在是白天，光线还好点儿，晚上会比现在还要黑。"吴小琦将一兜东西放在桌上，"快来吃点儿东西吧，我看你饿得都流虚汗了。"

我这哪是饿的，明明是被那白睿折磨的！

"你从哪儿弄的这些？"我拿起一角比萨，塞进嘴里。

"我跟阿九说，我想吃了，他特意去订的外卖。"吴小琦将一张地图从口袋里拿出来，平摊在桌上，指给我看道，"这是离开的地图，你现在的位置在标着三角形的地方，只要顺着这条红线走，就能离开这里。等会儿，阿九就会带我们所有人去游乐场玩，天黑前才会回来。我们离开后一个小时，你再离开这儿，我怕距离太近，阿九会闻到你的气味。"

因为吃得太快太急，一口比萨噎在了喉咙里，我用力捶了捶胸口又猛喝了几口奶茶才咽下去，缓了口气的我紧接着就问："你真的要放我走？"

"如果你不相信，我可以以我去世父母的名义发誓，这张地图绝对是真的。"她说得一脸认真。

"可我逃走了，九婴他一定不会善罢甘休，到时候你们可就危险了。"

我愿意相信她这张写着纯真的人类的脸，却不愿相信九婴在他们面前伪装的那张善良的脸。

"不用担心我。不管我犯了什么错误，阿九他都不会伤害我，但是你不同。你和阿九是天敌，就算阿九现在不杀你，却难保今晚你的朋友不会出来捣乱。到时候阿九肯定会大开杀戒，你和你的朋友恐怕都难逃一死。所以，我放你走，你去劝说你的伙伴，让他们今晚不要出现。"

见我仍迟疑不决，她又握住我的手，恳切地说："我可以向你保证，阿九他绝对不会伤害大家，事成之后，我会把他们都平平安安地送回去。"

事情说到这个地步，我也没有必要再去怀疑她要放我走的真实性，反正如果她要联合九婴一起杀我，现在就是最好的时机，何必整出欲擒故纵这一招。

"好，我相信你。"我将地图收了起来，"但我无法保证，我的伙伴会听我的劝说，不来抓九婴。"

"你是个好人，你的伙伴也一定不坏，把我和阿九的故事还有这件事的起因都告诉他们，相信他们会理解我们，也会成全我们的。"

"好，我试试看。"我不忍再拒绝她。

"再见。"

吴小琦刚一离开，白睿就跳出来，一把抢走我手中的地图。

"还给我！"我踮起脚要去抢，白睿却将它举高道："你不会真的相信她的话吧？"

"用不着你管！地图还我！"

白睿举着地图转过身："不还！"

"还我！"我追过去，跳起来。

"不还！"白睿继续转。

不耐烦的我干脆跳到他身上，像猴子一样缠住他，伸长了手臂去抓："还，给，我！"

白睿没料到我会来这么一招，下意识地一推，将我从他身上分开："怎么像个猴子一样？"

摔在地上的我擦到了受伤的手掌，我痛得立马皱起眉头，直抽气。

白睿走过来，握住我的手腕，将我的双手翻过来，像是刚发现我的手有伤一样，困惑地问："你的手？"

"放开我的手！"我生气地要收回自己的手，他却握得更紧。

"你割伤了自己，然后放血为我疗伤？"

看他一脸吃惊的样子，我真为自己感到不值。

装吧你就！

"没有！是刚才摔伤的。"

我刚一否认，额头就被他用力地弹了下。

"有病啊你！"揉着红肿的额头，我怨恨地瞪他。

"不许骗我。"

他的霸道真让人抓狂，可我们之间力量相差悬殊，我又没有一副硬骨头，跟他硬碰硬的结果只能是我妥协退让。

我不再反驳和说谎，只闷闷地生气，不去看他。

他看着我掌心的伤口，用不悦的口吻教训道："你既然知道人血可以帮我复原的道理，就该明白这种办法只适用于普通等级的妖怪，对我这种高等的上神，并不是任何人的血都能流进我们的身体。"

可怜我放了好几百CC的血去救他，他非但不感恩领情，还假装不知道，甚至还要否认我的血能救他？

"哈哈，笑死了！我的血不是已经流进你的身体了吗？看来你这种等级的上神，也并没什么特别之处。"我故意挖苦他。

意外的是，他这次没有惩罚我。

"这次是五行铃给你开了通行证，要不然就算你把全身上下都割烂了，你的血也救不了我。"

说完，他的大手包裹起我双手合十的小手，将一股沁凉的能量通过皮肤传到我的伤口上。

也许是这抹沁凉熄灭了我内心的暴躁之火，我的情绪逐渐冷静下来，脑子也变得理智很多。

他在为我疗伤，说明他还是在意我的？

他说并不是任何人的血液都能进入上神的身体，他说是五行铃让我的血流进他的身体……他是因为看到我同时割伤了左右手，心痛我的伤口，不希望下次我在没有五行铃的情况下，再做出弄伤自己这样没有意义的事吗？

他被我治疗的时候，还深度昏迷着，所以当我出现在他梦里的时候，他并不知道我曾为他做了这么多的牺牲，现在他知道后，被我感动了？

一个又一个疑惑从我的心里冒出来，好想开口问他，又怕听到不想听到的答案。

"南宫聿又没有告诉我，你这种妖怪对人血还有挑剔，要是早知道，我才不会傻傻地弄伤自己。"我说着违心的话。

"别在我面前提他！"白睿生气地说，"不自量力的家伙，等我出去后再跟他算账。"

"他的计划挺好的，是我的差错，要不是我被玄楚的迷魂笛困住，也不会错失抓住九婴的时机。是我拖累了他。"我内疚地说。

"你喜欢上他了？"他突兀地问。

"没有啊！我怎么可能喜欢上他？你的思维也太跳跃了吧！"

"如果没有，为什么替他开脱？"

"我只是实话实说，就事论事啊！南宫聿的计划真的很周密。"

"如果真的够周密，就不会失败，也不会让你被抓到这里。好了，我不想再听他的名字。"是他提起的话头，又是他霸道地终止了这次对话。

憋了一肚子话的我，在心里腹诽起来。

就会马后炮，你明知道南宫聿是那种等不了的性格，一旦发现可以抓九婴的时机，又怎么可能按兵不动地等你回来？

现在他失败了，你说他不自量力，那如果他成功了呢？你会不会又说他是走了狗屎运？

搞不懂你为什么这么看不上南宫聿，总是处处针对他？！

可就算你想象力再丰富，也不该想到我会喜欢南宫聿的那种可能吧？

我喜欢谁，我会为谁生气，为谁担心、难过，难道还表现得不够明显吗？

就差在我脸上刻上"我喜欢白睿"这句话了吧？

你怪我不听你的命令，擅自参与抓九婴的行动，你希望我能等你回来再行动，可你出发前为什么不告诉我，你要去闯罚神阵呢？

因为你怕我知道了罚神阵的凶险，会阻止你？

因为你闯罚神阵，是为了保住你可以参选总执行官的资格？可万一你死在里面，我怎么办？谁来帮我抓住九婴，换回我的身体？

退一万步说，就算你平安闯出来了，也会像现在这样重伤在身，到时候，我还不是要依靠南宫聿来帮忙？

你整天心心念念那个叫青青的女人，从来不会看到我的付出和牺牲，对我忽冷忽热的，让我在你面前，心情就像坐过山车一样，一会儿冲向云端，一会儿又跌入地狱。

如果早知道你和我签订那个契约，是因为那个青青，我才不会傻傻地答应！

"在想什么？"他问。

"想我蠢。"我脱口而出地答。

"是很蠢。"他确认道，终于松开我的手。

我想反驳他，却因他苍白的脸色而换了话题。

"你还好吧？"他看起来又虚弱很多，脖颈里满是汗。

这时，我才发现，他这次为我治疗伤口的时间比以往要长很多。他的伤势一定还没有完全复原，还有他丢失在罚神阵里的魂片，这些都是让他变弱的原因。

"我就算再不好，也比南宫聿强。走，我带你离开这儿。"白睿又走到之前的那面墙前，我跑过去挡在他面前，"你不要命啦！都伤成这样了，还想打开结界？"

"嗬，"他笑了下，"谁说我要打开结界了？"

他抬手指了指头顶的天花板，"这里有个出口。"

"出口？"我狐疑地抬头去看。

"地图上说，这里有个通风管道可以离开。来，踩着我的肩膀，上去。"白睿半蹲了下去，催促道，"还愣着干什么？快啊！"

"之前还怀疑别人的好意，这会儿又按照地图上的路线逃跑，这思维真不是普通人可以理解的。"嘴里嘟囔了一句，我踩上白睿的腿，抓住他的肩膀往上爬。

白睿用双手托举起我的脚，让我可以站在他的肩膀上。

好不容易踩上他的肩膀，却在推开通风盖的时候，被里面掉出的一只小强惊吓到摔了下去。

尽管白睿眼疾手快地在我坠地前抓住了我的脚踝，可身体还是没能躲过这一劫。

摔下的瞬间，对于男人而言，身体的某个部位狠狠地撞到了白睿宽阔而坚实的肩骨上。这一下，蛋疼的滋味，可真的要了我的命啊！

"你……"

白睿看着弓起上身、捂住下身、鼻涕眼泪流了一脸痛苦无比的我，顿时明白怎么了。

"要不要扶你？"他强忍着笑提议。

我恶狠狠地瞪过去，恨不得冲上去咬一口！

"那里是男人最脆弱的地方，遇见坏人时，可以专攻那里。"他故意解说道。

"我现在就想练练，让你也体会体会。"

"这招对我没用。"

"啊？"我惊诧地瞪大了双眼，一时竟忘了身体的痛楚。

难道眼前玉树临风、风华绝代、高大伟岸的白睿是太监？

"别胡思乱想！"白睿猜到了我的想法，急忙遏制，再解释，"我的意思是，像你这样的人类，根本无法靠近我，所以这招对我没用。"

受不了他的自大，我故意挖苦他道："是，你是白睿白总执行官嘛，一般人怎能伤到你？不过你这么厉害的话，为什么不飞到上面去？"

"谢谢你的提醒，我先走一步。"说完，白睿就跳到了上面的通风口里，没有回头就先走了。

不会吧？真走了？

"喂！白睿！喂！"被他落下的我焦急不已，向上努力跳着却怎么也够不着通风口的边缘。

该死的白睿，竟然丢下我自己先走了？小气鬼！自私鬼！

我气冲冲地走到桌子前，用力将它推到通风口的下面，爬上桌子后，踮起脚也只能勉强够到通风口的边缘。

我使出全力地试了几次，还是很难爬上去，最后只能泄气地坐在桌子上，用唾沫画圈圈。

搞什么吗？说了是来救我的，自己倒先跑了？

也不想想自己能如此生龙活虎的原因，还不是多亏了我的血？

不过就是顶了两句，就真的生了气？

男子汉大丈夫还不如我这个小女人胸怀宽广！

好啊！走啊！我倒要看看你会不会因为这点儿事，就真的弃我不顾，就真的不要契约，不要你的那个心上人了！

"通道里的小强都被我清理完了，走吧。"白睿的声音从头顶响起，去而复返的他将手伸向我。

看吧，我就知道他还会回来的。

只是我没想到，他刚才的离开并不是因为我那两句没大没小的话而生气，而是要帮我消除通道内的小强，扫清障碍。

心情一下子又变得阳光灿烂起来，我刚想扬起嘴角笑，就想到他在梦里说的那些话，心一沉，笑意就从脸上淡去，悄悄在心里对自己说：别再为他对你的一点点好感动，别再为他对你的一点点温暖而欢喜，他对你做的一切的一切，都只是因为契约。

不知道从什么时候开始，"契约"两字已经变成埋在我心底深处的一根细刺，每当我的爱意快要溢出心房的时候，这根细刺就会刺痛我，让我清醒过来。

"拉好啊，要是再出意外，你就要再给我找具新的身体了。"手握上他的手之前，我不放心地又提醒了句。

对他，我本是百分百信任和放心的，可就是这百分百的信任中又有那么一点点忐忑和担忧。究其原因，不过就是因为他瞬息变化的脾气，让我总捉摸不透，担心这一秒还和颜悦色的他，下一秒就会冷若冰霜。

我怕他会捉弄我，等我握上他的手后，又故意松开，好让我再摔个狗啃屎。

想到这里，我的手抓得更紧了些。

好不容易爬上通风口，白睿的手就忽然伸过来，我以为他要推我下去，

下意识地躲开，他伸在半空的手略微尴尬地停下。

"这里有脏东西。"他的眸子沉了沉，拿掉我发梢上的蜘蛛网。

我想我躲避的小动作惹他不高兴了，不敢说出内心真实想法的我，只能装傻地捂着胸口说："终于上来了，不容易啊。"

"我的伤短期内很难痊愈，所以，你必须学会保护自己。"

他这是在跟我解释吗？解释他为什么当初会提议让我踩着他的肩膀爬上去，而不是用他的力量将我送上去？因为他重伤难愈？

"放心！有你刚才传授的那一招，遇见坏人，我一定一招制敌。"我开玩笑地回答，不想让这个话题太过沉重。

"跟紧我。"

白睿带着我穿过黑暗的通风口，来到另一端的出口前。

从吴小琦提供的地图上的标注可以看出，九婴藏身的这个地方曾是一间私人的地下秘密研究室，原主人将整个地下建造成了三层，最底下一层是生活区，中间一层是工作区，最上面一层是防护区。

九婴主人的结界设在生活区的四周，中间层的工作区因当初实验失败，散落着大量的危化品和有毒气体，自然而然地形成一道隔离墙，普通人是无法从其中安全通过。

而三层和二层之间唯一连通的地方，就是这个已经废弃了的通风口。

九婴将孩子们带到地下的唯一通道就是一架通往地上的电梯，只不过在第三层的电梯口上有人把守，我和白睿没办法搭乘，只能选择从通风口离开第三层，从另一端进入环境非常恶劣的第二层，再从第二层实验舱的电梯井中的悬梯爬上第一层，最终穿过第一层的隔离带，离开这里。

现在我和白睿面前就是通风口的另一端，只要打开它就能进入第二层。

动手前，白睿从他的衣服上撕下一块布条，用指甲划破他的掌心后，将血滴在了布条上。

"在爬上第一层前，别摘下来。"

白睿将染血的布条系在了我的口鼻上，说这样做能够防止我吸入有毒气体。

我问他怎么不给自己弄一个防毒面具？他无所谓地笑着说："这点儿东

西还伤不了我。"

"喊。"我冷龇了声，既讨厌他的过度自信，又为他的体贴感到暖心。

"跟紧我。"

白睿牵起我的手带我穿过了危机重重的二层实验区，好几次我被地上的东西绊倒都是他及时拉住了我，为了防止我的脚沾染到地面上的氰化物等危化品，他竟然蹲在我面前说："上来。"

我一边惊讶他要背我，一边毫不犹豫地就跳上他的后背。

幸福如香浓的巧克力，在我的心底甜蜜地融化开。

此刻的我不去想他对我好的出发点是什么，只想享受被他保护和宠爱的一分一秒。

都说人类的情感是最复杂也是最善变的东西，以前我不明白，觉得人与人之间的情感可以简单地归纳为三类：要么喜欢，要么讨厌，要么无所谓。

直到遇见白睿后，我才明白，人与人之间的情感竟然可以复杂到这种地步。

我可以上一秒还怨恨他，下一秒又依恋他；可以上一秒跟他决裂，下一秒又不想跟他分开。这种一边讨厌，一边喜欢的感觉让我越来越不了解自己，也越来越难以自控。

他的好也好，坏也好，对我来说都像一种毒药，让我痴迷其中，甘愿中毒。

多希望这条路永远不要有尽头，多希望今晚不要抓住九婴，因为这样，这些对我来说无比珍贵的记忆就能多留在我的生命中一天……

第十章

神兽有约

DASHEN
ZHIXINGGUAN

"到了。"白睿简短地说了句后，就忽然松开了我的手。

还沉浸在幸福海洋中的我就这样悲剧地跌坐在地。

和他相处，幸福来得总如此快，也去得无比快，天堂地狱全在他一念之间。

"温柔一点儿会死啊，屁股都摔肿了。"

我嘟囔着揉着屁股站起来，走到实验舱的悬梯前，仰头看着一眼看不到头的电梯井，胆怯地咽了口唾沫。

这么高？什么时候才能爬上去？要是不小心从上面摔下来，岂不是粉身碎骨？

我犹豫地回头看他，希望从他那里得到鼓励。

"你先，我后。"

没有多余安慰的话，白睿将悬梯递到我手里，对我点点头，我的心就充满了勇气。

刚开始爬的时候悬梯会有些摇晃，白睿抓着梯子尽量固定住它，等我爬得稳定些后，他才紧跟着爬上来。

昏暗的电梯井里，我和白睿一先一后地爬着，耳畔是白睿的提醒"别低头，别停下。"

大概半个小时过去后，我终于看到电梯井的尽头，心里一高兴，脚上就出现失误，一下子踩了个空，幸好白睿单手托住了我的屁股，一用力，将我整个人推上井口。

我惊魂未定地拍着胸口，正大口做深呼吸时，一道白影突然从井里蹿上来，以我根本来不及思考的速度，将我整个人抱住，推到墙上，一只手握住我的肩膀，一只手捂住了我的口鼻，用身体压得我无法动弹。

"别动。"

白睿低声警告着，我能感觉到他全身的神经都在紧绷，整个人处于一级戒备中。

我们现在所在的地方应该是一条为了便于维修电梯所搭建出来的临时通道，通道的一侧是水泥墙，另一侧却是石膏板的墙壁。为了保证通道内的空气流通，石膏板墙壁上均匀地分布着通风口，我和白睿所在的位置正好是个通风口，外面的光线透过铁栅栏照进来，在水泥墙上留下黑白分明的光影，我们躲在光照不到的黑暗中。

究竟是什么让他如此紧张？

顺着白睿的目光从通风口的铁栅栏看出去，只见一个身穿藏青色长袍的男人停在通道里，他的身上有个醒目青龙文身从左耳根处一直延伸到脖颈。

他的头发是深黑色的，与白睿不同，他将长发编成长辫，长长地一直垂到了腰际。

他一开口，我就判断出了他的身份。

如此沙哑的嗓音，不是九婴的主人，又会是谁？

只是我看到的这个男人的样貌绝不是我想象中的老爷爷年纪，相反，他很年轻。

"禀告主子，九婴将人都带出去了。"

一个将脸藏在斗篷里的男人单膝跪在九婴的主人面前禀告，他的声音怎么这么熟悉？

"去哪儿了？"主人不悦地问。

"嘉年华，说天黑前一定回来。"

"真是胡闹！都什么时候了，还有心情带那群孩子去游乐场？"站在主人身后的玄楚对斗篷男命令，"去，将人都叫回来！"

"是。"

斗篷男离开后，玄楚走到沙哑嗓音的男人身旁说："没想到白睿这么快就闯过了罚神阵，这会儿不知道会藏在哪儿，要不要我们派人去搜一下？他虽活着从阵里出来，肯定受了重伤，这个时候，我们正好可以动手。"

"不急。今天我去长老会，有提议称，如果有人为竞选而使用不正当的手段，一经发现就永远取消竞选资格。看来是有人听到了什么风声。"

"一定是渊老头那个老不死的主意，我收到消息，说白睿回去后见的第一个人就是渊老头，他们一定说了什么。"玄楚将手里的笛子一转，无所谓地说，"不过就算白睿真的说了什么，他手里也没有任何证据。毕竟九婴是因为他的失误放走的，如果九婴闯下什么大祸，也要由他来背这个黑锅。"

"我们暂时按兵不动，今晚就是月食，无论白睿他出不出现，结局都是我们想要的。"

"好。不过，以防万一，今晚的事你还是不要露面，一切交给我。"

两人说完走向通道尽头的电梯。

直到他们进入电梯后，白睿才松开我。

"他就是九婴的主人，我听出来了。"拿开白睿的手，我迫不及待地将自己知道的信息告诉他。

"我知道。"白睿的表情有些低沉，松开我后，没有再说什么就继续前行。

我跟了上去，开始追问："他是谁？你是不是认识？"

问题的答案我心知肚明，玄楚说青青是那个人的妹妹，那白睿一定认识他。之所以明知故问，是想要白睿亲口说出关于那个青青的一切。在我所有的记忆被拿走之前，我想要多了解他一点儿。

白睿没回答我，在我意料之中。

我不放弃地继续问："他和玄楚的阴谋是什么？今晚的月食，对你来说是不是很危险？

"你打算怎么应对他们？

"如果今晚抓九婴真的很危险，就先不抓了。等过了今晚再说，我不着急拿回我的身体……"

他忽然停下来，我一个没留意撞上了他的后背。

"听着，蠢货，不管今晚危不危险，也不管你是不是着急拿回身体，我都会在今晚抓住九婴。因为，这是一件关系到我是否会失去竞选资格的事情，任何人都不能改变我的决定！"

一股纯粹而盛气凌人的狂怒气息从白睿的眼里喷涌而出，我想我的念念叨叨绝不会有如此大的杀伤力，将他惹怒到如此程度的唯一合理解释就是——我的问题让他想起某个人，想起他不愿意想起的过去。

但他那样说的意思又是什么？

"就算没有和我之间的契约，你也会去抓九婴？那为什么还要和我立约？！为什么还要事成之后拿走我的记忆？！"我满腔的委屈在这一刻释放了出来。

"因为，你蠢。"

最后两个字宛若一把冰锥刺进我的胸口，我感到嗓子里堵着什么东西，心忽然空了一大块。

因为我蠢，所以才提出要跟我交易，在他必须要抓住九婴的情况下，附带帮我拿回身体，再换走我的记忆。他并不是为了替我拿回身体，才去抓九婴。

"既然我蠢，为什么不一直骗下去，为什么要现在告诉我？"

"你不配知道理由，也同样不配再拥有它。"

白睿手指一抬，五行铃就从我的手腕上脱落，飞到他的手里。

"不要！"

我伸手想要去抓已经脱离手腕的五行铃，却还是慢了一步。

五行铃回到他的手中后，就立马缠绕上他的手腕。

他收回了五行铃，对我而言，就是收回了对我的保护，收回了对我的承诺。

"为什么要这样对我？为什么要用契约骗我用记忆交换？"

"对，你说的没错，我没必要用契约去骗，大可以直接夺走。"

"夺走？"我踉跄地后退一步。

原来用契约骗我用记忆交换是他伪君子的做法，或是他一时兴起故意捉弄我的主意，他要想拿走我的记忆，可以粗鲁地直接夺走。

"不，我不信！不信……"我喃喃地一遍遍重复，仿佛这样做就能改变眼前的现实，改变他的决定。

"不管你信与不信，你的记忆我都要定了！而现在，别再跟着我！"

带着一丝凌厉而漠然的表情，他转身要走，我冲上去想抱住他，却被他用气浪震开。

一阵撕裂感强劲地冲破胸口，大概很痛很痛吧，眼眶迅速地濡湿起来，我怔怔地坐在地上，看着他的背影离自己远去。

我无法接受，真的无法接受！

他明明不顾自己的安危跑来这里救我，明明之前他还为我疗伤，还背着我……怎么可以这一刻就忽然否定一切？突然收回一切呢？

虽然我们已经离开了那个可怕的地下监牢，但还处在危险地带，就算这样，他还是将我一个人丢在了这里。他不怕我再被九婴抓回去？不怕我出危险吗？

难道说，在他心里，我真的就是个宠物，开心的时候就逗逗，许下一个可笑的契约；不开心的时候就随手丢弃，毫不怜惜？

不！我不相信他会这样对我的！也更不相信他之前对我的一切都是虚情假意！

像他说的，就算没有契约他也能夺走我的记忆，那么以他的性子，当初又何必多此一举地跟我立下契约，一路上保护我的安全，处处为我着想呢？

一定有什么他没有说出来的理由！一定有什么让他突然对我态度三百六十度大转变的理由！他如此在意那个青青，我的记忆对他而言是有价值的，这意味着，我对他而言也是有价值的。

他不该在这个时候丢下我，不该在这个时候收回对我的保护……

我拔腿朝着已经打开的出口狂奔追去。

空荡荡的郊外，却早已没有他的踪影。

身体被某种焦灼不安和悲伤痛苦封闭着，像一场压抑许久的火灾，在星星点点的燃烧后，突然毫无预兆地爆发出来。

"白睿——白睿——"

我声嘶力竭地一遍遍大声喊他的名字，任由狂风卷着沙砾灌进我的嘴里，涌进我早已破碎的心。

就算是骗我，也不要现在就拆穿这个谎言！

就算是戏弄我，也不要现在就终止这场游戏！

为什么不能让我带着幸福的记忆活着，直到失去记忆的那一天？

白睿，你究竟怎么了？

"不要这样对我，不要这样对我……"

身体瘫软了下去，我低声恸哭，想一次性挥霍掉所有的眼泪，放任它们汹涌地溢出眼眶，淌满我的脸颊。

心仿佛破了一大洞，空空如也，只余隐隐的抽痛。

他丢下我了，真的丢下我了……

灰色的阴郁的天空中，只有一片云彩，不知是正飘浮着，还是要消散了？

我的痛苦仿若夜空下黑暗的潮水，在我的胸口寂静汹涌地起伏，孤独地舔舐伤口。

游戏，他真的只把这一切当作一场游戏。

所有的游戏规则，都由他来确定；游戏开始和结束的时间，也都由他来说了算。

这样的做法才是他的性格，不是吗？

我行我素，毫无顾忌，没心没肺，随心所欲……这才是我所知道的白睿，不是吗？

他的温情、呵护、体贴，都不过是一场梦境，再完美，也有化成泡沫的那天。

只不过，他把这一天，提前了而已。

"师弟？"

南宫聿从身后跳出来，惊喜地握住我的肩膀，将我上下左右打量了个仔细。

"是你！真的是你！太好了！太好了！我以为再也见不到你了！"

被他拥在怀里的我，眼泪流得更加汹涌。

不管他的担心是不是真的因为我，这一刻，我都好需要这个可以让我尽情哭泣的肩膀和怀抱。

就让我任性一把，当他是我真正的师哥，是我的亲人吧。

"现在不是哭的时候，来，我们快离开这儿！"

南宫聿拉起我，将我带上了朱昊的汽车，一路疾驰回到学院的校长休息室。

"过来，把脸擦一下，鼻涕眼泪都快糊成面膜了。"

南宫聿拿起一块毛巾帮我擦脸。

要是以前，我一定一脚将他踹开，可现在我没有那个力气，也没有那个心情。

"我说，你是不是被九婴虐待傻了？怎么变得呆呆的？"南宫聿在我面前晃了晃手。

"困了。"起身从他面前走开后，我一头倒在床上，用被子将自己蒙住。

"别睡啊！你在九婴的老巢有没有看到我们的师父？今晚就是月食之夜了，你还要把所知道的关于九婴的事情告诉我，我们好抓他，救出我们的师父啊！"南宫聿一把扯开我的被子。

"你有本事查出来我在哪儿，没本事查九婴吗？！别烦我！"我大吼着，任凭恼怒席卷全身，一把抢回被子重新裹住自己。

"九婴给你的伙食一定是子弹炸药，怎么脾气变得这么火暴。"南宫聿没有再来扯被子，而是坐在床边说，"你被抓走后，我和朱昊大吵一架，后来他丢下车就走了。我找了好久都没有线索，幸好你聪明，知道用食物来给我提示，我就顺着外卖送达的地点找到那里。本以为救走你会有一场恶战，没想到你自己逃了出来。今晚九婴一定会有所行动，所以，你先休息一下，太阳下山后，我再来叫你。"

以为我是因为休息不好才脾气不好的南宫聿，说完这些话后就离开了。

他走后，我才掀开被子，看着光怪陆离的天花板出神。

今晚是月食之夜，所有的秘密也好，计划也好，都会在今晚尘埃落定。

白睿丢下我后，肯定还会去抓九婴，那我是要阻止他，还是要帮他呢？

我想到答应吴小琦的事情，想到她期盼又善良的眼睛，想到今晚对她的意义……究竟为什么那个纹着青龙的人会说，无论白睿出不出现，他都会失去竞选的资格？月圆之夜的计划，和白睿之间究竟有什么关系？

很不希望自己再去想有关白睿的事情，却又控制不住地去想他。

这难道就是闺密以前说的，陷入暗恋的人都是至贱无敌的？明明别人对你的感情不屑一顾，却依然愿意去拿自己的热脸贴别人的冷屁股。

我想，也许是那些疑惑困扰着我，让我无法真正地死心，让我不甘地要去知道真相。所以，就算他已经把我的心伤得满目疮痍，我却还是会去想他，疯狂地想他……

"哟！你果真还活着。"

一道红色的光闪进来，在床前幻化成一个人影。

无须回头看，我就能猜到这个声音的主人是朱昊。

"抱歉让你失望了，不送，慢走。"我一个翻身将被子又盖在头上，不想见这个和白睿关系密切的人。

"我说，你是在地下待得时间太长，所以喜欢上黑暗，要把头藏起来吗？"他打趣地说着拉开我的被子。

"你到底要干什么？！"我不耐烦地坐起来喝问。

之前他出现的两次，一次是替白睿澄清，一次是替白睿监督，现在白睿和我已经闹僵，他干吗还来烦我？

"看你底气十足，应该是真的没事了。既然你没死，那我告辞了。"成功惹怒我后的朱昊转身就要走。

"等一下！"我叫住他，"今晚他……一定会去抓九婴吗？"

虽然不想提及，虽然想到都会心痛，但有些问题不是逃避和忽视就能解决的，该面对的还是要面对。

"他？哪个他？"朱昊明知故问。

"你哥啊！"

"我哥？我有十个本家哥哥，三个外姓哥哥，你指哪一个？"

"就是那个自以为是，阴晴不定，喜欢捉弄人、欺负人、忽视人的总执行官哥哥！"

"哦……原来大哥在你眼里是这样的啊。我要回去告诉他，让他好好考虑一下，是不是要帮你拿回身体的这个决定，别白白耗费了自己的力气，最后还落下埋怨和不领情。"

"站住！"我跳下床去，拦住他，"我现在有好多好多的疑问，在你回答清楚之前，不能走。"

"哈，你这是要绑架我了？"

"你爱怎么想就怎么想吧。总之，在我弄清楚一些事情前，不许走。"我执拗地说。

"好吧，你说，我看心情再决定回不回答。"

朱昊坐下去，倒了满满一杯凉白开，一饮而尽。

他这是从沙漠里刚逃出来吗？这么渴？

"我知道整件事都是九婴的主人设下的阴谋……"不等我把自己所知道的消息说完，朱昊就打断我："九婴的主人是谁？玄楚吗？"

我没想过他也认识玄楚，不过他既然认识玄楚，那就一定认识和玄楚关系密切的这个人："不，是一个身上有青龙文身的男人。"

"见鬼！真是他！"朱昊气急地一拍桌子站起来，"我说我问我大哥的时候，他怎么不回答，原来真是他！"

"是谁？"

我的猜想没错。

朱昊本想告诉我的，但话到嘴边又被他咽下，重新坐下来，敷衍说："没谁，就是有那么一个死对头而已。"

他的避讳和隐瞒让我更迫切想要知道这里面的故事。

"我知道他是谁，他是青青的哥哥，而青青是一个和我长得很像的人，也是白睿喜欢的人。"

朱昊瞪大了眼睛看我，一副完全没料到我会知道的吃惊模样。

"说吧，把你知道的事情都告诉我。"

也许是我祈求的眼神太难让人拒绝，朱昊才终于决定将他知道的一些信息说出来。

在他们生活的异世界，自古就有白虎、青龙、朱雀、玄武四大家族，也是异世界势力最强的四大家族。

长老会有一半以上的成员来自四大家族，以往当选的总执行官都在青龙和白虎两大家族中，这种竞争的关系也使得两大家族积怨很深，虽没有发生过明面上的冲突，但暗地里较劲得厉害。

三百年前的竞选大赛，青龙家族的青葵和白虎家族的白睿是当选的两大热门。只有很少数人知道，青龙家族的大小姐也就是青葵的妹妹青青，和白睿是青梅竹马的恋人。他们二人背着各自的家族小心翼翼地偷偷来往，直到有一天被青葵发现。

青葵在大选前限制青青的自由，将她关了起来，白睿去青龙家要人，却遭到羞辱。

此后，在白虎家的干涉下，白睿为了家族的利益不得不暂时放弃和青青之间的事情，把全身心都投入到了竞选的准备中。

然而，大选前一天夜晚，青青从青龙家逃了出来，去找白睿，要和他远走高飞，白睿却拒绝了她。

"大哥担心她伤心过度，会出什么意外，就让我悄悄跟着，护送她回家。我亲眼看见青青姐回到家，进了卧室后，关灯休息。没想到，第二天竞选前，青龙家的人说青青姐突发急症，不治身亡。

"大哥听到这个消息时，急火攻心，吐了一口血就昏了过去，本来我以为他是没办法再继续参加竞选，可他醒过来后，还是去参选，并一路撑到最后，成了总执行官。

"只是从那以后，我再也没见大哥开心快乐过。

"青青姐的死对大哥来说是个很大的打击，我知道大哥那天拒绝青青姐，并不是不爱青青姐，而是不想青青姐和他私奔后，让青青姐被整个家族摒弃，不想她失去当时的一切。

"大哥的计划是他当了总执行官后，风光地迎娶青青姐。

"要知道我们四大家族的人，婚姻都不能自主选择，除非你当了总执行官，才能逃离族法的束缚，娶自己心仪的姑娘。而被总执行官看中的姑娘，无论来自哪个家族，都不能拒绝。

"所以青青姐的死也成了大哥心里一个永远的遗憾，一个永远不能被提及的伤口。

"这些年，青龙家的人一直对大哥当选总执行官不服，所以这次的换届竞选，他们是绞尽脑汁，什么阴招阳招都用上了。

"我一开始就怀疑这件事和青龙家脱不开关系，可大哥就是不听我的，还把我千辛万苦找到的证据给毁了，说什么这是他欠青龙家的。

"三百年来，青龙家的人时不时地挑衅，大哥都处处忍让，还为了救青葵差点儿毁了千年的修行，欠他们青龙家的早还了！"

朱昊越说越义愤填膺，而我也终于明白了白睿和那个青青之间的爱情纠葛。

只是，我还有一点儿不太明白，也不知道朱昊他是否知道？

"你确定青青是病死的？可我偷听到玄楚说，她是自裁而死？"

"玄楚真这么说？！"

我点头，不认为玄楚会在青青的哥哥青葵面前撒这个谎。

"我就知道我打探的消息没错！我就知道是他们逼死了青青姐！"朱昊愤慨不平地在我面前来回转着说，"你知不知道，大哥他以为是自己的拒绝伤害了青青姐，害她心疾发作而去世，因此自责了三百年！我要把这个消息立马告诉大哥，让他别再找，也别再等了！"

"你说他这三百年来一直在找，在等？"我拉住朱昊，"可青青已经死了啊，他在找什么，等什么？"

朱昊含糊其辞地推托："这个我也不清楚，你还是去问大哥吧。"

"好，我换个问题，白睿会同意帮我，会跟我签订契约，是不是和青青有关？我身上是不是有什么东西能帮他找到青青？青青是不是还会回来？

"回答我啊！就算我被利用了，也要知道是因为什么吧？！"

朱昊为难地看着我："如果大哥知道青青姐是自裁身亡，就不会跟你立契约了。在我们的世界，如果不是自动放弃生命，死后都会进入轮回，或转世为人，或为神，但之前的记忆都会被封印在灵魂深处，除非打开封印，否则永远不能找回原来的生活。

"为了找到青青姐的转世，大哥他等了三百年，也找了三百年，可一点儿消息都没有。

"而你，这个突然闯入结界的普通人类，你的样子和青青姐太像了，所以大哥才对你有了怀疑，在把你的灵魂借住在这具身体之前，偷偷对你用了召唤咒，却并没能找到跟青青姐有关的任何记忆。"

"这么说，他早就知道我不是青青的转世？"

朱昊摇头："虽然你身上没有跟青青姐有关的记忆，但你被打开的记忆封印后面，却是一片漆黑的虚无。这种情况太诡异了，说明要么你是个没有前世的人，要么你的前世被人抹去了。大哥觉得诡异，才跟你立下那样的契约，事成之后，可以用契约的力量去搜索那片虚无，寻找青青姐的下落。"

我内心苦笑了两声，原来这就是我对白睿的意义，他寻找青青的一种工具。

我不是孙悟空，不是从石头里蹦出来的，所以我坚信自己是有前世的："那么，是谁抹去了我的记忆？"

"现在我也不清楚，你的记忆只到五岁，再之前就什么也没有。"

"我是孤儿，五岁时爸妈领养了我。"我将自己最不愿意提及的事情说了出来，希望对弄清自己身上的问题有帮助，"对了，你们是不是变了另一个我出来？"

"什么？"朱昊一脸茫然。

"前段时间，我给妈妈写电邮，她以为我是骗子，说'我'好好地在家里，还拍了照片。可我的身体明明在结界中，而我的灵魂就在这里，那家里的那个'我'又是谁？"

朱昊的表情变得严肃起来："难道说这件事情的背后，真的有一只我们都不曾想过的黑手在推动？"

"这是什么意思？"

"大哥说这件事虽和青葵脱不开关系，但幕后肯定还有只黑手。只是我们一直都没有线索，现在看来，对方竟然能做出另一个跟你一模一样的人来替代，肯定筹谋很久。不行，不能耽搁了，我先去查一下！"

朱昊起身就走，拉开房门前又停下来回头对我说："其实我今天来看你，是大哥的意思，他怕你有什么意外，让我来看看你是不是安全？还有，今晚的行动，你就不要出现了。大哥他会搞定九婴，帮你拿回身体的。"

不知是心伤得太深，还是早已习惯白睿这样时而无情时而多情的做法，在听到是白睿让他来探望我时，我的心竟没有像以往那样激动雀跃，也更没有委屈悲伤，反而平静得像是没听到这句话一般。

不管白睿是不是真的关心我，他都骗了我，都只是为了拿走我的记忆。

这一点，我再清醒不过了。

"他的伤……"

就像我能平静地接受他对我的好一样，现在的我也同样能平静地接受自己对他的不死心。

一次次的受伤也让我明白，心已经完全沉沦在自己编织的一张叫作暗恋的大网中。

就算受伤，就算悲伤，就算绝望，也始终无法放弃这份喜欢，无法控制自己不去在意他。

朱昊轻松一笑："大哥他可是总执行官，这点伤要不了几个时辰就能复原，更何况还有我呢。"

"哦，还有一点。今晚的行动，我会叫上南宫聿，你到时千万别出现，因为……"朱昊在空中画了一个圆，对我挤了挤眼睛说，"你懂的。"

等他离开五分钟后，我才明白他所谓的"你懂得的"究竟是什么意思？

今晚是月圆之夜，太阳落山后，我就会失去这具身体的控制权，他带走南宫聿就不会让我的秘密曝光，不会给我带来新的危险。

可是究竟还会有谁藏在这一切的背后呢？我被抹去的记忆究竟和那个青青有没有关系？父亲的失踪，会不会也跟这一点有关？我的家人和朋友又究竟有没有危险呢？

"师弟，快起来，好吃的来啦！"

端着一个脸盆的南宫聿跑进来，见我站在房间里，愣了一下，手里的盆差点儿没被打翻了。

"哎哟，我的妈啊！你怎么跟鬼似的，快过来，吃面。"

南宫聿将脸盆放在桌上后，拿出两个大碗分别盛满，一碗塞我手里，一碗自己端起，以敬酒的方式和我碗碰碗："庆祝你死里逃生！"

"真怪，第一次看到有人用面庆祝的。"

"这就是你失忆的错了。我们的师父是北方人，他家乡的风俗，就是好事要吃捞面！以前是师父做给我们吃，今天师兄我露一手。你小子有福了！"
南宫聿坐下去开始埋头苦干起来，见我还愣着不动，着急地一把将我拉过去，
按坐在他身边，催促说，"快吃，吃完跟我一起去捉妖！"

　　我对他的提议没有太大的兴趣，脑子里还想着朱昊说的那些事，手里的
筷子有一下没一下地戳着碗。

　　"朱昊那家伙刚刚来找我了，算他还有点儿良知，把今晚九婴会出现的
地方告诉了我。你要是觉得还不舒服，就在这里休息吧。我一个人去也没问题。"

　　"一定要抓九婴吗？"

　　太多的疑点让我有些迟疑，我担心这里面藏有更大的阴谋，也担心自己
会失去所有记忆。

　　"你傻啦！九婴他抓走了那么多无辜的孩子，还抓走了我们师父，不抓他，
难道要看他继续危害人间吗？"

　　"可他不会伤害那些孩子的，吴小琦跟我保证过，事成之后，她就会让
九婴放走那些孩子。还有师父的失踪，我觉得不是九婴干的，他没理由抓走
师父。"

　　"吴小琦是谁？"

　　我把自己听到的有关吴小琦和九婴之间的故事全说了出来。

　　"所以，就因为有个小女孩儿叫九婴阿九，你就相信她说的，九婴是个
好妖怪，会放了所有人？"南宫聿跟我最初的反应一样。

　　"如果你当时看到九婴和孩子们之间的相处，也会跟我一样相信吴小琦。"

　　"所以，你是要劝说我，今晚不去抓九婴，好让他满足人类小女孩儿的
愿望？"

　　我点点头，提议道："要不，今晚之后再抓他吧。"

　　除了想帮吴小琦外，我也有私心，想在自己弄明白为什么会被人抹掉前
世的原因前，拖延我和白睿契约兑现的时间。

　　南宫聿不可思议地看着我，用手摸了摸我的额头，自言自语说："没
发烧啊，怎么净说胡话？"

　　我拿开他的手，一本正经地跟他商量："我没说胡话，你就考虑一下我

的建议嘛。反正以你的本事，迟早都会抓住九婴，也不急于今晚。而且，今晚有月食，九婴的力量肯定会提升很多，这时候跟他对垒，无异于自讨苦吃。所以，晚一天再抓，绝对是上上选。"

"可是……"

"别可是了！"我着急地一下子握住南宫聿的手，"算我求你了，好不好？"

南宫聿想了想，看着被我握住的手，点头说："好吧，先答应你。但今晚我会埋伏在九婴出现的地方，如果他对那些孩子做出什么伤害的事情，或是有了师父的线索，我就出击。如果他老老实实，按照吴小琦所说，达成愿望后送回孩子们，我就让他再多活一天。"

"嗯，我们拉钩！"

南宫聿怪异地打量了我一眼，嫌弃地推开我的小手指："怎么失忆后越变越娘了，真不适应。"

我收回小手指，换了个方式，举起右手，等他和我击掌约定。

南宫聿又不适地搓了搓起了一层鸡皮疙瘩的胳膊，在我又想换个方式前，一把将我的头揽过去，夹在胳肢窝下，用拳头抵着我的头顶说："臭小子，记好了，这才是我们之间约定的方式。"

越青城，你个弱受！以前的你，到底被南宫聿欺负成什么样子啊？

虽然有些讨厌南宫聿的粗鲁，但我相信他一定言出必行。

出发前，我又附赠了南宫聿几个和九婴有关的消息，提醒他，九婴身后还有个厉害的主人，以及一个会用迷魂笛的忠犬。

"这个不怕，我有师父留下的法器！"南宫聿将一串铜钱从胸前拿出来，"要是早知道对手有迷魂笛，那次在仓库你也不会失手。"

"那次的事情，真对不起，是我坏了事。"

"别自责，不是有句话叫知己知彼百战百胜吗？相信等我再跟九婴交手时，他就插翅难逃了。"

"今晚，要是白睿……"

"他最好别来！不然他命令我去抓九婴，我就没办法做到答应你的事情。你该明白，我的身体里有定魂丸，身不由己。"

"其实……"我好想把捉妖馆主人不是白睿而是我的秘密说出来，但说出来之后呢？我的秘密又该怎么办？说不定，他知道后，会先收了我。

"其实他受了伤。我听说，白睿去闯什么罚神阵，就算活着出来，也会重伤。你说他一个妖怪，来买我们的捉妖馆，已经让人匪夷所思了，竟然还去闯什么罚神阵？真是脑袋秀逗了。"南宫聿想不通地说。

"那么，如果他今晚不命令你去捉九婴，而是他自己亲手去抓的话，你会不会帮他？"

南宫聿又揽过我的脑袋，用拳头教训道："臭小子，会不会说话啊？！你这样说，我还以为你是在担心他受伤。但其实，你是在担心我，因为我体内的定魂丸和他的命是关联的，你担心他死了，我也活不了，是不是？是不是啊？"

"是的是的！所以，你一定要活着回来，知不知道啊！"

我又骗了南宫聿，我的担心有七成是因为白睿的伤，有三成是担心自己的命，担心南宫聿出意外，和他关联的我也活不下去。

"算你有良心。吃完面就好好睡一觉吧，师兄我一定会凯旋的！"

南宫聿背上自己的百宝箱就雄纠纠气昂昂地离开了。

我看了看墙上的挂钟，心叹还好来得及。

我将门反锁上，用木条从内封了起来，躺在床上前，还用绳索将自己捆了个结实，希望这样就能控制越青城的行动，不要再制造新的麻烦。

死寂一般的房间里，只有时钟滴答滴答地响着，眼皮越来越沉，我拧着自己的大腿，希望能再保持多一秒的清醒。

一股看不见的力量从黑暗中醒来，它们顺着墙角、地面向我快速袭来，爬上床后又覆盖在我身上，渗进我的身体，将我带入梦乡。

第十一章
冲上云霄
DASHEN
ZHIXINGGUAN

"我就知道是这样！这群狼狈为奸的妖怪，看我这次怎么收拾你们！等着受死吧！"

我是被来自胸腔的一声怒吼吵醒的，睁开眼睛的那一刻，我就知道自己失去了这具身体的控制权。

感应到我的苏醒，关上电脑正准备离开房间的越青城停下来，他按住胸口的位置，对身体里的我警告说："你和你的妖怪朋友对我所做的，今晚终于要了结了！等着看吧！"

"等一下，越青城！你不能离开这儿！"我着急地大喊，却把自己和越青城都吓了一跳。

跟上次失去身体的控制权不同，这次的我可以发出声音了？而且我发出的声音，越青城也能听见？

"要命了！你的灵魂不会和我的身体已经开始融合了吧？不行！一刻也不能耽搁了！师兄，救我——"

越青城哭喊着，风驰电掣般冲了出去。

"今晚的事非常危险，你不能去！"

与第一次被困在身体里的情况不同，这次的我仿佛装进水壶里的水一般，可以在这具身体里自由移动，不用和越青城保持动作一致，于是这也导致现在的我就像悬挂在马背上的水壶里的水一样，因越青城的奔跑而颠簸得有些头晕眼花。

"今晚要是再不把你从我身体里赶出去，我才会变得危险呢！"

越青城根本不理会我的话，拦上一辆出租车后就开往城郊的森林公园。

"越青城你听我说，我真的不是故意要占据你的身体，我的苦衷是什么，这些天你应该已经很清楚，所以我求你不要冲动好不好？"

听到他要把我赶走的消息，我就惴惴不安。

"我要是再不冲动地先下手为强，说不定又会被你的妖怪朋友禁锢！到时候，我想把你赶走，也赶不走了。可怜我的小弟弟，都不知道受了多大罪，伤得那么重，有没有后遗症？"坐在后车座上的越青城，担忧地低头看了看。

我看到司机从后视镜上偷偷打量越青城，估计是想着这孩子怎么自言自语起来了？难道是精神病？还好司机听不到我的声音。

"那些事我真的很抱歉，但我不是故意的。"我故意继续劝说他，心想着他要去的地方肯定很远，如果司机拒载了，将他丢下，我就能拖延一些时间。

"我是个女的，对男人的身体不熟悉……"

"不熟悉，你还有了反应？！你害我都快怀疑自己的性取向问题了！"

"我……"我正想说自己没什么男人方面的反应，脑子里就想到那天早上被南宫聿嘲笑的小帐篷。

那晚我不过是梦到了白睿而已……

"我只是有些不适应男人的身体结构，出了点儿小意外而已。但你冷静一点儿听我说，我真的不是妖怪，而是和你一样是人类，只要我拿回自己的身体，就会离开，绝不食言！"

"我才不会信你！别说了，闭嘴！"

出租车拐上了一条蜿蜒绵长的公路后，就突然一个急刹车，司机回头对后座上的越青城说："抱歉啊，我老婆要生了，我现在马上要赶去医院，不能拉你了。请下车吧，车费我不收了。"

"可是，我……"

被丢下车的越青城懊恼不已，但出租车已经开走了，这里远离城市，根本很难再叫到车。

"我不会让你得逞的！"

越青城抬头看了看云雾中的圆月后，拿出自带的手电筒和手机，走进公路旁的树林。

他用手机里的地图导航，上面显示的目的地离这里五公里左右。

"你怎么知道九婴他们会在那里？"我好奇地问，因为南宫聿离开前并没有告诉我地点。

"你以为我像你一样蠢啊。我在论坛里查过九婴的资料，因他喜水，月食之夜，对他而言最能提升力量的地方就是河流的交汇点。而 A 市上流水源的唯一交汇点就在这里，所以他的祭祀点，肯定会选这里。"

"好吧，就算你想把我从你身体里赶出去，但也不要急于今晚好不好？你可以把我占据你身体的秘密告诉你的师兄，但让他不要今晚动手。你也知道，今晚九婴的事关系到吴小琦，我已经答应了那孩子不去阻止，你的师兄也答应了我……"

越青城打断我的话："要是师兄知道九婴要做什么，绝不会答应你！"

"九婴要做什么？你知道些什么？"

"在你睡着的时候，我查了些资料……"说到这里，越青城戛然而止，"你休想再从我嘴里套出什么消息！给我安静点儿，别再试图干扰我，否则我就给你贴张符，让你不能说话！"

我不再烦他，安静地待在这具身体里。

林子里没有任何动静，所有的声音都像被黑漆漆的森林诡异地吸走了，除了越青城的呼吸声外，我能够听见的就是他双脚从草丛里蹚过的声音。

往森林深处又走了大概一刻钟的样子，就能隐约听见水流的声音。

越青城激动地加快脚步，跑向声音传来的方向，却在刚跑出五米远的时候，突然停下来。

一群鸟从林间飞起，几乎是同一瞬间，他的恐惧成倍地增长了起来，像是一只有力的大手攥住他的咽喉般，他连呼吸都停了。

第六感的强烈感应，有视线朝他看过来。

我的他的视线同时看过去。

"谁在那儿？！"越青城问了句，从腰间抽出匕首紧紧握在手里。

摩擦草丛的声音越来越清晰，他手中电筒发的光也慢慢集中，最后从那片树林后透出一个身影。

看清那人的脸后，他的警惕才终于放松。

"师兄——"

越青城飞扑过去，一下子抱住南宫聿，用委屈又带着撒娇的语气喃喃重复"师兄，师兄！"

"你小子又吃错什么药了？快松开。"南宫聿要支开越青城。越青城缠着他抱了又抱，直到南宫聿要发脾气了，越青城才松开。

"你怎么来了？不是让你好好休息吗？"

越青城摇头："师兄，你看好了，现在在你面前的才是你的师弟，越青城。"

南宫聿捧起越青城的脸，左看右看了下，然后一把勒住他的脖子，夹住他的头教训道："都什么时候了，还拿师兄开心是吧？你小子长什么样，就是化成灰我也认识！"

越青城被勒得差点儿憋过去，抬脚猛地一踩南宫聿的脚背。

南宫聿立马松开胳膊，握住越青城的肩膀，惊喜地看着他问："你的记忆找回来了？"

越青城捂住被勒痛的喉咙，缓了半天才开口说："不，不是。"

"不是？不是你怎么想起，我们以前玩闹时的习惯？在这之前，我每次勒你的脖子，你都想不起来要踩我的脚？"

原来南宫聿这么喜欢勒我的脖子，是为了帮我找回以前的记忆啊？而原来要想从他手里逃开，只要踩他一脚就可以。

真是变态的习惯。

"我的意思是，我没有失忆。"越青城揉着被勒痛的脖子说。

"没有失忆？没有失忆，你什么都不记得？"南宫聿却越来越糊涂。

"我……"越青城正要解释，南宫聿却打断他，拉起他的手带他跳到树上，为怕他发出声音，又习惯性地用手捂住他的口鼻。

这下越青城就不能说话了，我高兴得差点儿笑出声来。

感应到我的情绪，越青城生气地要拿开南宫聿的手，可南宫聿却捂得更紧，贴着他的耳根小声说："别闹，有人来了。"

话音刚落，就见一行人从森林的另一侧走过来。

因为站的地方高，可以很清楚地看到在大概五百米的地方有一片非常开阔的河面，河面的上方有不下四条小河流，它们从上游汇聚到这里，又从唯一的出口流向下游。

在河岸上站着一行人，有九婴，有失踪的孩子，也有一身玄服的玄楚。

我有点儿诧异，他们的主人青葵为什么没出现？

"没想到九婴竟然还勾结了一级战斗力的妖怪。那个拿笛子的人就是你说的玄楚吧？还好我早有准备，这串铜钱给你。"南宫聿从口袋里拿出一串铜钱别在越青城的腰上。

"你能看到朱昊在哪儿吗？"

南宫聿抻长了脖子在四周张望，越青城因为没能说出口的秘密，急得直摇头。

"算了，他那个胆小鬼，不来也罢。"

南宫聿放弃寻找合作伙伴的想法，他的担忧却通过他手掌的力度传达了过来。

今晚敌我力量悬殊，如果南宫聿只身一人去对付九婴，胜算的把握几乎为零。

月色渐浓，河水在薄雾中疲惫地昏睡着。

玄楚走到岸边吹响了手中的迷魂笛，只见河岸四周的森林边缘爬出了无数粗壮的藤蔓，这些藤蔓仿佛有生命的触手，从森林深处聚集而来，覆盖在整个河面上，形成了一个巨大的圆形平台。

孩子们在岸边看得津津有味，不知危险的他们以为这只是一场精彩的魔术表演。

由藤蔓搭建的平台形成后，吴小琦就带着好奇的孩子们走了上去。

这时候，岸边的九婴张开双臂悬到半空中，他的气场被放射了出来，将他的身体笼罩在一片黑暗的云团之中。

树枝晃动了几下，就见灰蒙蒙的夜空下，一座已经有些发黑发霉的大理石雕塑从河底升了起来，这座雕塑的样子和现出原形的九婴的样子一模一样，九只狰狞的蛇头像暗夜的鬼魅，僵硬而笔直的蛇身盘旋在一起，像一把刺刀直指头顶的夜空。

"这又是搞什么鬼？"

南宫聿越看越糊涂，越青城却越来越按捺不住，挣扎几下后索性又抬脚去踩南宫聿。

南宫聿一个不防备，被踩中后身子后仰，从树上掉了下去。越青城伸手去抓，也被他一起带下树去。

"砰"的一声，两人落在了草丛里，还是一上一下的姿势。

这下，困在越青城身体里的我可笑岔了气！

哈哈哈！谁能想到南宫聿被自己的师弟压在身下，而且还阴错阳差地吻上了？

南宫聿做梦都不会想到会发生眼前这一幕吧！

"越青城——"

南宫聿一脚踢开身上的越青城，跳起来后狂擦自己的嘴巴："你小子亲上瘾了是吧？上次在火车上，你偷走了我的初吻，这次你又亲上来？！你是脑抽了，还是欠打了？！"

"不是的，师兄！上次偷走你初吻的不是我，是别人！"越青城捂住被踹痛的胸口，站起来解释。

"不是你？我还没有七老八十，没眼花！"南宫聿拿出水壶，往嘴里倒了一大口水，咕噜咕噜地漱起来。

"你听我说，上次我们去山庄捉妖，走散后，我遇见一只法力强大的妖怪，他把一个叫越青鸾的女生的灵魂注入我的身体，并夺走了我身体的控制权，瞒天过海以我的身份行走在人间。

"我看到她联合那只妖怪欺骗你，着急得不行，却又不能阻止。

"因为只有在月圆之夜，我才能拿回自己身体的控制权，才有办法将这一切告诉你。

"师兄，你一定要相信我啊！我才是你真正的师弟，之前你所遇见的，只是占据我身体的女强盗！"

南宫聿整个人呆掉了，半晌才缓过神来地问："你的意思是，你的身体曾经被一个叫越青鸾的女生占据了，而那个越青鸾却一直被我当成是你？"

越青城点头。

"这么说，我在山里拼死保护的人是她，回到捉妖馆后为我敷药的是她，火车上夺走我初吻的人也是她？！"

随着南宫聿的质问，我的心也跟着越跳越快。

他知道了，接下来会怎么办？他会看在往日的情面上，会放过我吗？

"没错，都是她！"越青城走过去，举起自己的右手，"不但这些事是她做的，就连定魂丸的事也跟她脱不开关系。那个白睿是她朋友，他们联手骗你，说捉妖馆的主人是白睿，但其实桃花印记在我身上！是白睿用了遮眼法，欺骗和利用师兄。他们要抓九婴的目的根本不是为了捉妖馆的收入，而是为了替这个越青鸾找回她的身体。这一切都是个骗局！"

南宫聿握住越青城的肩膀，杀气腾腾地瞪着他："你说的这一切，都是真的？"

"比金子还真！所以，师兄，快把我身体里的那个越青鸾赶走吧！再晚，我和她就很难分开了！"

我心想这下彻底歇菜了。

"这是师父留下的驱魂咒，动手吧！"越青城拿出一道黄符。南宫聿却愣愣地看着它，半天没有伸手去接。

我想不通他此刻的犹豫是因为什么，猜想过也许是剧情发展太快，他一时难以消化接受；也许是他想得太多，对真正的越青城的话起了疑心，担心又是谁的骗局；又也许他想起和我之间的那些过往，动了一点儿恻隐之心……不管是因为什么，看着他眼里的不确定，我忽然有种确定，他不会现在就驱走我。

"师父呢？你知不知道师父在哪儿？"南宫聿终于接过黄符，却将它放进口袋里。

"不知道，但师父的失踪应该和他们没有关系，至于究竟是不是九婴掳走的，他们也没有提及。但我查到一点，今晚九婴的计划绝不是普通的祭祀，而是一场血祭！"

"什么血祭？"

"来之前我根据吴小琦对越青鸾说的话，到网站询问大家是否知道这种办法的真实性？结果妖巫板块的版主告诉我，他曾在他祖父留下的笔记中看到，说这是一种非常残忍的祭祀办法，用于召唤亡者的灵魂，并将其带离冥府。

　　"施展者首先需要一个跟亡者有很深羁绊的引路者，外加至少三个以上在死者去世当天跟他接触过的定位者，之后就是需要天时地利人和的力量。

　　"一旦通往冥府的时空被打开，亡灵就会被引路者的执念引到现时空。

　　"而这时，定位者的灵魂就会被反吸，与亡灵进行交换，从而保证两个时空的平衡。

　　"因为这种祭祀，是用鲜活的生命去交换，所以称为血祭。"

　　这就是越青城隐瞒我的事情。

　　吴小琦她知道吗？

　　"该死！快走！"

　　南宫聿转身跑向河岸边，越青城在后面着急地喊："师兄，先帮我把越青鸾赶走再说啊！"

　　南宫聿头也不回地答："师父从小就教育我们，先大家后小家！师兄我先去救人，你的事回头再说！"

　　"不要啊，师兄！驱走她，不耽误你太多时间啊！"

　　"救人性命就是分秒必争啊！"

　　"师父也说过，一屋不扫，何以扫天下？你先把我这里打扫干净啊！"

　　不管越青城怎么着急，南宫聿都没有停下来，反倒飞来一张符，贴在越青城的嘴上，让他闭上了嘴巴。

　　"嘘。"南宫聿将越青城的头压在草丛后，抬头看了看夜空中的满月，"马上就是月食了，他们人多，我一个人很难应付，要想个其他的办法，曲线救国。"

　　"我有个点子。"越青城将符从嘴上揭下来，"既然这场祭祀需要一个跟亡灵有很深羁绊的人才能召唤成功，那我们只要把引路人掳走，他们就没办法继续。"

　　"所以，你的办法是，掳走吴小琦？"

　　越青城指向藤蔓平台上一个身穿黄色连衣裙的女生："没错，就是她。"

　　"我知道怎么办了。"

接下来，南宫聿用很快的速度就制定出一套最可行的办法。

他先冲出去，吸引并分散九婴他们的注意力，越青城再用滑翔翼飞到河中央的平台上带走吴小琦。

"我走了，你怎么办？"越青城问出了和我一样担忧的问题。

"你把人带到学院的校长休息室里关起来，那间休息室外有强大的结界，九婴他们绝对找不到那里。九婴他们为追你，肯定不会跟我恋战，到时候，你再回来找我，而我顶多就是受重伤。你用桃花印记修复我的伤口，我们再一起想办法对付九婴。"

"不行啊，我能掌控这具身体的时间，只有今晚而已，错过了，会害死你的！还是先把我体内的越青鸾赶走，再进行这个计划吧。"越青城去掏南宫聿的口袋，要找那张黄符。

南宫聿握住他的手腕，目光深沉地看着他，不，应该是看着他身体里的我，沉吟半晌道："我已知道她的秘密，量她也整不出什么么蛾子。但若是她乱来，"说到这里，南宫聿停下来，眯起眼睛，压低声音道，"我会让她魂飞魄散。"

犀利的目光像是射在我身上，我被灼伤般畏缩地抖了下，心想南宫聿吓起人来，还真可怕。

"好了，这是滑翔翼，你看我的信号再出动。"

南宫聿将他包里的一套装备拿出来递给越青城，指使他爬到离河岸较近且比较高的树干上，等候他的信号。

在越青城赶去目标地点的时候，南宫聿在给自己做全副武装，用他的话来说，这次捉妖他可是把所有家当都拿出来了，要是再搞不定九婴，他这个捉妖师就干脆别当了。

夜突然变得更黑起来，月亮的边缘开始出现一道黑色的光影，就像被腐蚀了般。

森林顿时安静下来，所有生灵都像屏住呼吸般，天地间透着一股神秘莫测的气息。

月食开始了。

"快点儿！你快爬啊！"我着急地催促。

被困在越青城身体里的我是可以自由移动的，于是我关注着河岸上的动态，随时把信息传递给专注于爬树的越青城。

远远看去一个穿着斗篷的男人端着一个水晶碗走上藤蔓台，藤蔓台中央多出了七把由藤蔓编织而成的椅子，失踪的七个孩子兴奋地各自爬上去。

穿斗篷的男人将水晶碗端到七个孩子面前，让他们滴一滴血在碗里。不知危险的孩子们一一照做了。

紧接着，七把椅子从中央分开来，退到藤蔓台的边缘后分散到不同的方向，形成了一个圆圈。吴小琦就站在这个圆圈的正中央，端起那个水晶碗将里面的东西一饮而尽。

穿斗篷的男人将空的水晶碗端下了藤蔓台。

这时，站在岸边大理石雕像前的九婴嘴里也开始振振有词地念着什么，然后割破手掌，将血滴在了雕像上。

瞬间，雕像下的土壤也变成红色，然后顺着地下掩埋的某种脉络蔓延到河岸边的藤蔓上，最后以惊人的速度将整座原本暗绿色的藤蔓台，染成了红色，像枫叶一样的红色。

情况紧急，什么也不能做的我急得像热锅上的蚂蚁："祭祀开始了！你快爬啊！快啊！你要是不行，就换我来！蜗牛都比你爬得快！"

"烦死啦！"越青城加快了手脚攀爬的速度，终于到达了可以飞起滑翔翼的高度。

另一边，南宫聿看到越青城爬上指定高度后，便从草丛中一跃而起，同时拉上四支特殊的弓箭，朝九婴射去。

嗖嗖嗖嗖！

"风雨雷电阵——"

四支不同的弓箭，从夜空中拖曳出四道不同的光线击中地面后，爆出四个不同的能量球，眨眼间将九婴层层地束缚住。

"怎么，白睿就派了你这么个小喽啰出来？"玄楚不慌不忙地走出来说。

"他是他，我是我！今天，就由我来收了你们！"

　　语毕，南宫聿又张弓射箭，可玄楚长袖一挥将那些羽箭像掸苍蝇一样打在地上。

　　"你确定今晚不是来送死的？"玄楚不屑地问。

　　"我死不死不是你能决定的，但你今晚肯定死在我手上！"南宫聿从背后的箭囊里又抽出三支箭，再一次瞄准玄楚射击。

　　"真是自不量力！"玄楚嘲笑道。

　　南宫聿的嘴角微微一扬，将弓往肩上一背，伸出手臂在刚才箭射出的半空用力一拽，三条明黄的丝线从黑暗中被拉了出来，而这三条丝线的末端就连着射出的那三支箭。

　　等玄楚反应过来的时候，一切已经晚了，近在咫尺的三支箭迅速分裂成九支，并围在玄楚的身边。

　　"临，兵，斗，者，皆，阵，列，在，前！"

　　南宫聿大声地念着，九支箭在空中绘出了一张巨大的八阵图，将玄楚困在了阵中。

　　那耀眼的黄光，几乎照亮了半个夜空。

　　"你以为就凭这个，就能困住我？"

　　被设计了的玄楚面色难看，而这时南宫聿终于对树上的越青城发出了信号，让他现在出击。

　　"师兄，我来啦——"驾驶着滑翔翼的越青城从树林中飞了出来。

　　他的出现让被困住的九婴和玄楚都大吃一惊，玄楚想硬闯八阵图，却被黄光弹了回去。

　　"你还在等什么？！快动手啊！"暂时被困住的玄楚朝同样被困住的九婴大喊。

　　只见九婴的脸上闪过一抹纠结，他迟疑地看向河面上的藤蔓台，像是在担心什么。

　　"今晚的计划若是失败了，谁也别想活！"玄楚威吓道。

　　九婴大吼一声，双眼立马变成血红色。

　　很快九婴的手臂、头部，还有整个身体都迅速地发生着变化。

　　本来的人皮伪装被原形胀破，连同一起破掉的还有南宫聿困住他的符阵。

"啊！妖怪——"

"妖怪！我要回家——"

藤蔓台上的孩子们看到这样的一幕后，惊慌失措地大叫着，可他们被藤蔓捆绑了藤蔓椅上，根本无法离开那里。

"大家别怕，那只是障眼法，是个魔术。阿九不是妖怪，不是妖怪。"吴小琦试图用谎言安慰大家，但一点儿效果也没有，孩子们哭喊的声音越来越大。

"糟糕，他现原形了！"越青城暗道不妙，手更紧地握住滑翔翼的控制杆。

这个时候月食已经进行了一大半，现出原形后的九婴用其中的一只蛇头缠绕上雕像，用它的血染红了整座雕像，然后这座大理石雕像就像活了一样开始动起来。

大理石碎片从雕像上剥落下来，那些缠绕在一起的蛇头也渐渐分开来。从九只蛇头的正中央露出一个圆形的小孔，孔里发着诡异的红光。

"快！你动作快啊！"

干着急的我只能不停催促，越青城此刻已经飞到了河面上，只差一点点，我们就能抵达藤蔓台了。

察觉到我们意图的九婴朝我们喷来火焰，滑翔翼被点燃后发生了明显的倾斜与摇晃。

就在九婴准备继续攻击的时候，南宫聿赶了过去，和他纠缠起来。

起火的滑翔翼没能坚持多久就彻底坏掉，越青城惊恐地大叫，以极其狼狈的降落方式，掉在藤蔓台上。

降落的过程中，我感觉到藤蔓台的上空有股无形的阻力，差点儿将我剥离越青城的身体，那种感觉像是火烧一样的难受，幸好有额头的那个契约保护，才让我最终留在了这具身体里。

我的视线出现了一段时间的模糊，等了一会儿，才渐渐变得清晰起来。

此刻，我才发现，原来藤蔓台的上空已出现一个透明的能量罩，穹形圆顶的上空正对着月食。

越青城从地上爬起来的同一秒钟，雕像中的圆孔喷射出一道红色光线，

这道光线直指夜空中的明月，原本月食边缘的黑影被红影替代，整个河面染上了一层红色，远远看去，就像熊熊燃烧的火海。

藤蔓椅开始转动起来，速度越来越快，看不清椅子和孩子，只能看到一道道比夜还要深的光影在四周忽闪。

平台中央的上方，月影的下方，夜空像被什么撕裂开，出现了密集的裂纹。

而吴小琦就站在这些裂纹的正下方。

"快跟我走！"越青城跑过去，拉起吴小琦的手要带她走。

"放开我！放开我！"吴小琦对越青城拳打脚踢，死活不愿意走。

越青城粗暴地夹起吴小琦，她却拿出一把匕首划伤了越青城的胳膊，他不得不松开她。

"那些人都是妖怪，他们在害你！"

"不许你诬蔑阿九！青哥，我信你是个正直的人，才放你走。你答应过不会来捣乱的，可你现在在做什么？我真是看错了人，信错了人！"吴小琦哀怨地指责。

因在越青城身体里的我再也忍不住地出声，说给越青城听："你把关于血祭的事告诉她，说不是你食言，而是九婴要害人，还骗了她，让她快点儿清醒过来！"

越青城第一次听我的吩咐去做了："……所以，这场祭祀的结果注定会有人死！难道你想看到那些无辜的孩子因此而死吗？"

吴小琦摇头后退道："不，我不信，阿九他不会骗我。只要再等一会儿，我就能和哥哥见面，就能知道他手中的证据是什么，就能替我的父母报仇！你是捉妖师，还是个言而无信的捉妖师，我不信你！"

越青城的话没能说服吴小琦，这时天空中出现一个圆形的小黑洞，黑洞忽大忽小地变化着，看上去并不稳定。

越青城知道吴小琦的内心此刻已经产生了动摇，于是上前一步继续劝说："正因为我是捉妖师，你才要相信我的话！我的天职就是保护人类，所以一切伤害人类的行为，我都会拼出性命去阻止！如果我今晚是来抓九婴的，为何不跟师兄一起去对付九婴，而要在这里多费唇舌地说服你？"

吴小琦看了看天空的黑洞，又看了看在岸上跟南宫聿缠斗的九婴，她的心越加不确定起来。

"砰"的一声，天空骤然一亮，困在八阵图中的玄楚冲破阵图跳了出来，倏忽间就闪到了南宫聿身后，用长笛刺穿南宫聿的肩膀，偷袭了忙于应付九婴而没有防备的南宫聿，将他挑了起来，重重地摔飞出去。

"师兄——"

"南宫聿——"

我和越青城彻底惊了。

伤心过度的越青城丢下劝说吴小琦的事就要往藤蔓台下的河岸上跑，要去找他的师兄。

"站住！你给我站住！"困在他身体里的我着急地大喊，"你现在不能下去，下去就是送死！"

现在除了之前那个穿着斗篷的男人上过藤蔓台外，九婴和玄楚都没有上来过，而且就算是现在，他们解决了最为麻烦的南宫聿后，还是站在河岸上观望，没有上来的打算。

这说明了一点，藤蔓台只有人类可以上，九婴和玄楚都忌讳它。

"师兄他都那样了！我不能丢下他不管！我要去找他！"情绪失控的越青城不顾我的劝说。

"你忘了吗？他身体里有定魂丸，只要你活着，他就能活着！别冲动，别忘了他交代你的事！"

听到这番话，越青城才冷静下来，他回头看了看一脸惊恐的吴小琦，又看了看趴在草丛里一动不动的师兄，最终下定决心地回去，抓住吴小琦的胳膊说："你看！这就是你说的他们不会害人！我的师兄刚刚就被他们杀了，你还想要多少人被你的愚昧无知害死？！"

"不是这样的，不是这样的。"吴小琦还是不敢相信，她看向岸边的仍是妖形的九婴，泪流满面地问，"阿九，他说的是不是真的？这场祭祀中，真的会有人死？"

九婴的蛇头明显地耷拉下来，不敢看吴小琦的眼睛。

"不，我的阿九从不会骗我，你不是我的阿九，你不是！"吴小琦崩溃地哭起来。

"小琦，我……"九婴内疚地解释，"我不敢告诉你，是因为这是唯一可以帮你找出证据，替你哥哥报仇的机会……"

"我要报仇，但我不想害无辜的人！"

见吴小琦接受了事实，越青城再接再厉地说："既然真相大白了，你快停下对你哥哥的执念吧！再晚就来不及了！"

夜空中的黑洞虽然因为吴小琦的摇摆不定而忽大忽小，但总体来说，它的面积还是在扩大。黑洞中像是潜伏着一股邪恶的力量，正蠢蠢欲动地试图倾巢而出。

吴小琦还有些迟疑，我只能把最后一张王牌亮出来，希望能对目前的局势有所帮助，于是我告诉越青城，让他把我说的话一字不差地说出来。

"小琦，你要明白，他不但骗你说这场祭祀不会有人受伤，更利用了你对他的信任！这场祭祀是为了陷害一个叫白睿的上神，是九婴为它的主人扫平障碍而设计的。九婴是只妖怪，是没有任何情感的！你不要再被它骗，被它利用了！"

吴小琦被我说的话再次打击了，她泪流满面地看着九婴问："他说的都是真的吗？你不但骗了我，还利用了我？阿九，你说啊，是不是真的？！"

"我……"九婴懊悔得无法面对吴小琦。

玄楚一个巴掌扇过来，将九婴打倒在地。

"成事不足败事有余的家伙，这个时候了还讲什么儿女情长，别忘了我们的正事！"玄楚说着将手中的长笛插入九婴的腹中，随着他的手腕一转，长笛的另一端就汩汩地往外冒出血来。

血顺着长笛流淌到地上，最终流进雕像旁的石板凹槽内。

雕像中央原本就很亮的红色光柱，此刻变得更加耀眼。

"阿九！不要伤害我的阿九！"吴小琦心疼地要冲下藤蔓台。越青城及时搂住她的腰，阻止她："别过去！"

听到吴小琦担心的声音，九婴也回头看去，淡淡地笑了下，劝说道："阿九没事，但小琦一定要相信阿九。听阿九的话，按原计划行事，这样阿九和小琦才会都没事。"

长笛仍插在九婴腹中的玄楚看到这一幕后，邪念一动，他对吴小琦威吓说："没错，你要想九婴活着，就按我说的，不许停下你对你哥哥的执念，把去往冥府的通道给我打开！"

　　"不行！不可以！"越青城握住吴小琦的肩膀，可她却像是没有看到他一般，眼睛里是一片空洞。

　　重重打击下的吴小琦，精神已经变得非常脆弱，她茫然地抬头看着夜空中的大黑洞，脑子里一片混乱。

　　随着月食进入尾声，黑洞也变得越来越大，越青城捧住吴小琦的头，像是这样做就能控制她脑中的想法和执念般，急火攻心地对她大吼："清醒一点儿！我求求你清醒一点儿！别再执着了！放下执念吧！"

　　"停了，它停了……"吴小琦喃喃地说着，抬起手指向头顶的黑洞。

　　一阵绝对静默降临，云朵停止了翻滚，风儿平息了，所有的声音都停止了，红色的满月上只有一条细小的黑边。

　　已经有一米多宽的黑洞不再变大，而是从黑洞中向外渗透出像黑烟一样的东西，它们附着在藤蔓台上空的透明穹顶上，将透明的穹顶也染成了黑色。

　　"声音，那里有声音……"吴小琦痴迷地看着黑洞，"是哥哥，是哥哥的声音……"

　　"别过去！别再想了！停下来！快停下来！"越青城从后面抱住吴小琦，要将她拖出藤蔓台。

　　一股黑风突然从黑洞里倒灌而出，强烈的力量将越青城吹倒在地，黑风卷起吴小琦的身体，将她悬停在了半空。

　　月食终于结束，夜空中的满月却成了血红色。

　　越青城从地上爬起来，冲到吴小琦的下面，努力跳起要去抓住她，将她拉下来，可她实在离得太高了，他根本够不着。

　　"哥哥，我好想你啊……告诉我，你手里的证据是什么？我要报仇，我要让他们得到应有的惩罚！"吴小琦喃喃地看着黑洞说。

　　"移动咒！重力符！移行变位铃……"越青城从口袋里拿出各种符咒抛向空中的吴小琦，想阻止她，但所有的东西都对她没效，一切似乎已经没有

可以回转的余地了。

也许因为现在的我只是一个被困在人类身体里的魂魄，所以我能看到越青城看不到的东西，在那个通往冥界的黑洞中，有个闪着白光的人影，正在往洞口缓缓地移动着。

"成了！终于要成了！"玄楚兴奋地说着，将迷魂笛从九婴的身体里抽出。

几乎是笛子抽离的同一秒，九婴身上的血也止住了，伤口也愈合了，原本就非常庞大的身躯，变得更加狰狞。

九只蛇头上长出了鲜红色的盔甲，盔甲上还有锋利无比的一对犄角，蛇身的腹部覆盖上一层坚硬的鳞片，背部则长出了倒刺般的东西。

现在的九婴仿佛坚不可摧般，全身上下几乎看不到任何一个弱点。

难道，这一切真的无法阻止了吗？

白睿，朱昊，你们在哪儿？

为什么没出现？

就在我已经有些绝望的时候，天空中飞来一道巨大的白影。

是朱昊的飞来骨！而白睿和朱昊就站在飞来骨上！

"白睿，你终于来了！"玄楚将迷魂笛在手腕上一转，起身飞了过去。白睿从飞来骨上离开，将玄楚引到了林子里。

九婴也加入战斗，张嘴就咬住了飞在半空的飞来骨，将朱昊从上面摔落下去。

在九婴用另一只蛇头准备咬住朱昊的时候，一支金光闪闪的箭从林中飞来，虽然击中了蛇头，却没能击穿九婴坚实的盔甲。

朱昊还愣着神呢，就被人拉住后脖领的衣服从九婴的蛇头下快速地拉开。

"师兄！是师兄！他还活着！他还活着！"越青城激动地说着。

我无语地扶额："定魂丸在他身体里，桃花印记在你的掌心，你现在还活蹦乱跳地活着，他又怎么可能死了？刚才，他一定是晕了过去。"

"我要去帮他！"

"站住！"我急忙喝止，"比起那个战场，这里更需要你！别忘了南宫聿的计划，还是快想想怎么阻止这一切吧！"

"是啊，怎么阻止，怎么阻止？"越青城看了看仍悬在半空已经失去意识的吴小琦，又看了看四周仍在高速旋转的藤蔓椅，最后，他想到一点，"也许我们可以试试这样！"

越青城拿出匕首跑到藤蔓台的边缘，用匕首一点点割着连接着河岸的藤蔓。

"你这是干什么？"我不解。

"既然没办法阻止吴小琦，就破坏他们的祭祀场地。师父说了万物都是一个平衡的能量状态，祭台也是这其中的一部分，破坏了这个祭祀台也就破坏了平衡！破坏了平衡，就能破坏这场祭祀！"

就在越青城奋力割藤蔓的时候，岸边的战斗也越发激烈。

朱昊和南宫聿联手对付九婴，可情况并不乐观。

强化了的九婴跟之前完全是两个能量等级，朱昊和南宫聿的武器根本伤不了他分毫。相反，南宫聿因为重伤在身，反而成了朱昊的拖累。

战况惨烈引得黑洞也变得越来越诡异，整个透明穹顶已经完全变成黑色，穹顶下窸窸窣窣的声音也越来越多。好几次，我都能感到有什么东西从越青城的身边飘过，虽然肉眼看不到，却能让身体条件反射地起了一身的鸡皮疙瘩。

再不结束这场战斗，就真的来不及了！

越青城不再因南宫聿分神，集中所有注意力专注地割着藤蔓。

这些藤蔓的四周有红色的能量团保护，让削铁如泥的匕首割起来也非常困难。

"砰"的一声，森林的远处传来一声巨响。

一道白光和黑光在夜空中发生了激烈的碰撞，我的心为受伤的白睿担忧起来。

"小心——"一直关注着岸边战事的我，心惊地大喊，越青城也停下手里的动作回头看去。

九婴咬住了朱昊的手臂将他叼到半空，另一只喷着火焰的蛇头迅速地靠过来，要将他烧成灰烬。

一条腿已经无法站立的南宫聿艰难地捡起地上的弓箭，将它变成长矛后用力地朝九婴投掷过去。

这一次，南宫聿准确无误地刺中了九婴一只蛇头上的眼睛，受伤的九婴号叫一声松开了口。

当他准备再次咬向朱昊和南宫聿的时候，一道强烈的白光从森林深处射出，击中了他的庞大身躯。

九婴终于停了下来，看向身后深邃而厚重的黑暗深林，全身呈戒备状，背脊上的倒刺发着令人不寒而栗的光。

下一秒，白睿就已经站在了河岸边，充满杀意的旋风在他的身体四周盘旋，越来越快，越来越紧凑。

黑暗中能看到风的轨迹正变得越来越亮，四周的树木纷纷摇晃，草丛中所有的砾石也被卷离地面。

此刻的他比我看过的任何时候的他都要强大。

九婴发出一声怒吼，转向白睿发起全面的进攻，而白睿则以光的速度冲破九婴喷射出的烈火墙，瞬间闪到九婴面前，从身后抽出一把长剑，横空一扫。

闪耀着银色光芒的长剑在夜空划过一道死亡的弧线，将九婴的九只蛇头整齐地从身体上一剑砍下来，动作干净利落。

九婴甚至还没明白过来，它的躯干和蛇头就被分开了，猩红的鲜血从断口处汩汩地涌出，在地上形成一条涓涓细流。但是那些掉在地上的蛇头并没有立马死去，而是扭动着身体试图重新回到身躯上。

白睿反手握住剑柄，高高举起后用力刺下去，穿透九婴身躯上的盔甲，直直地插进九婴的心脏。

发出了最后一声呼号后，九婴的身体在黑暗中分解消失了。

太快了，感觉战斗似乎还没开始，便已经结束。

我张大了嘴巴，如此短暂的战斗让我有点儿震惊，与此同时一个叫作"喜欢"的东西从我的心底叫嚣着冲出来。

红色的月光中，白睿的一头白发是那样刺眼，他的身上透着睥睨天下的霸气和嗜血狂烈的狂野，昭示着他与生俱来的高贵和杀戮不止的命运。

他才是天地间掌握一切的王者。

这样的他让我如何不喜欢？如何能够移开目光？

我仍沉浸在花痴中时，越青城已砍断了藤蔓台一边所有的支撑藤，现在整个台子失去平衡，朝另一面倒下去。

祭祀台的破坏让岸边的大理石雕像瞬间炸裂，原本喷射出的红色光线也消失不见。

整个穹顶开始迅速瓦解，不断掉落下来的黑色能量落在祭祀台，砸出一个又一个黑洞，接着落进祭祀台下的河水中。

河水顿时沸腾起来，并传来浓烈又刺鼻的气味。

"糟糕，这里要毁了！"越青城惊呼。

此时被捆绑在藤蔓椅上的孩子都重获自由，纷纷抓住身边的藤蔓，防止跌入水中。半空中的吴小琦也因能量失衡而猛地掉下来。

"快抓住她！"我大声提醒。

越青城不顾一切地伸手去抓，不料却被她一起带滑下倾斜的祭祀台。

"啊——"

越青城的尖叫声还没能完全冲破喉咙，就感到身体一轻，被人托了起来。

看清救命恩人是谁后，越青城无法淡定了，他害怕地扭动，道："放开我，你这妖孽！放开我！"

白睿低头瞥了他一眼，抬手一击，他就晕了过去。

"睡一会儿，离天亮还早。"白睿看着被打晕过去的越青城说，我却知道他是在说给被困在越青城身体里的我听。

如此温软体贴的话语，如此柔情似水的双眸，我的心再次发生了偏移。

好想开口问他的伤势如何，好想伸出双臂拥抱他，好想将脸贴在他心口的位置，好想离他近一些，再近一些……然而，当这样的念头膨胀到一定程度的时候，却被深埋在心底的那根细刺戳破，一下子又跌回到理智的世界。

想到在九婴巢穴里，他离开时的决然和无情，悲伤便化成细密的丝线，在我的心底慢慢铺展开来。

就算他这一刻对我温柔又怎样？就算他这一刻抱着我又怎样？

谁知道下一秒，我会不会又被他丢弃？

谁知道这会不会是他的又一场游戏，又一场欺骗？

九婴死了，我很快就会拿回自己的身体，会忘掉这段时间所发生的一切，回到以前的生活轨道上。

所以，别再贪恋这种温暖了。

好想管住自己的心，好想听从心里这道正确的声音，可为什么心里还有另一道声音响起呢？

就算我的爱在他眼里卑微如尘埃，但难道因为这样，就收回这份爱，否认这份爱吗？

要知道，这也许就是我和他的最后接触，也将是我和他的最后记忆。

为什么不让自己再蠢一点儿，就这样傻傻地享受这份暖，傻傻地享受自己营造出的美梦呢？

毕竟，天亮后，我就会忘了这一切的过往，忘了这种初雪的体温，以及他身上薄荷草的香啊……

第十二章
花儿与少女
DASHEN
ZHIXINGGUAN

又是这片开满彼岸花的原野，又是同样的赤日和大地……自从失去身体进入别人的身体后，我就再也没做过这个梦。

现在，它又来了。

睁开眼睛后，我发现自己躺在捉妖馆的一间客房内。

阳光从窗户射进来，照在我的脸上，有些刺眼，我抬手去挡，却发现自己的身体竟然已经回来了？

我惊喜地坐起来，上上下下，仔仔细细地将自己检查了个遍，最后才安心地长吁一口气。

还好，小馒头还在，而那多余的东西不在了。

是白睿，一定是他帮我拿回了身体！

可为什么我还能记得他，记得和他在一起的一切？

难道他出了什么意外？没有根据契约，拿走我的记忆？

想到这个可能，我再也坐不住了，推门走了出去。

外面的景象却给了我重重一击，我呆愣地站在门口，怀疑自己到底是不是在捉妖馆里？

沼气弥漫的院子里全是杂草跟落叶，昔日的雕栏画栋上也满是蛛网与苔藓。

没有了欣欣向荣，只有一片死气沉沉。

天啊，这里发生了什么？

我走下台阶来到了庭院中央的那棵歪脖子老柳树下，柳树的树干已经变成灰黑色，斑驳的树皮从上面一点点脱落，长长的又光秃秃的柳枝从树上垂下来，一动也不动。

"这是怎么了？"我抓住一条柳枝想看看它到底哪里出了问题。

原本没有半点儿生气的柳枝瞬间变绿起来，很快这种绿就以惊人的速度蔓延到整棵柳树。

不到十秒钟的时间，已经枯死的柳树又再次焕发出生命的活力。

我不可思议地盯着自己的手，阳光穿过茂密的枝叶变成星星点点的光，落在我的掌心里。

那里有个桃花印记，隐约可见。

怎么会？这个印记怎么会在我身上？

越青城和南宫聿呢？吴小琦呢，那些被掳走的孩子呢？

我疾步穿过长廊，先找到越青城和南宫聿的房间。

越青城躺在自己的床上，虽然没有醒来，却呼吸平稳。

至于南宫聿，情况就糟糕很多。满是血的衣服还穿在他的身上，血肉模糊的伤口从破烂的衣服里露出来，有些地方还在不停地流血。我摇了摇他的胳膊，却并没能唤醒他。回忆着当初白睿用我替他疗伤的办法，我将有桃花印记的掌心覆盖在他流血的伤口上，很快血便止住了。

我探了探他的呼吸，又听了听他的心跳，确定他不会有生命危险后，就起身离开了。

在给他深入治疗前，我先要找到白睿弄清一切才行。

我找了南宫聿师父原来的卧房、书房，以及前面的会客厅，都没有白睿的影子。最后，我想到后院的那棵桃花树，快步朝那个地方奔去。

正要推开后院的院门时，我听到里面有个熟悉的声音。

这个声音曾在九婴的地下老巢里出现过，当时就觉得非常熟悉……

是……那个穿着黑色斗篷的男人！

他也曾出现在祭祀上！

一种说不清的第六感让我停了下来，悄悄地从门缝向内看去。

"你真是青青的奴仆，横公鱼？"一身白衣的白睿站在桃花树下问。

穿斗篷的男人从怀里掏了一阵，献上块发光的鳞片："这是大小姐离开前，交予我的信物。"

朱昊走过去，想将鳞片接过来送到白睿面前，可白睿已等不及地凌空将那鳞片抓了过去。

他深情地看了许久，最后将鳞片握在掌心问："青青真的是他杀？"

他的声音有些微微地颤抖，能听出他正努力克制着强烈的感情。

"青鸾听到青葵和玄楚的对话，说青青是自裁而亡，所以她的元神才不能进入六界轮回。"一旁的朱昊插话说。

"不是这样的。"穿斗篷的男人否认道，"大小姐去找白总执行官之前，曾将我叫去，说她如果不能平安地回来，就让我把这鳞片交给白总执行官，让您替她报仇。"

"这么说，青青早就知道自己会遭遇不测？那么为什么青龙家的人，会说她是暴毙而亡，而青葵却说她是自裁身亡呢？"朱昊也想不明白。

"大小姐去世后，原本我想立马将这件事和鳞片交给白总执行官，可大少爷却因大小姐的死悲痛过度，将那晚伺候大小姐的所有奴仆全部处死。我没能来得及完成大小姐的嘱托，就进入轮回。最初的时候，我完全忘了这件事，直到一次偶然的机会，我遇见一个捉妖师，他说我身上有块灵力强大的鳞片，希望帮我取出来。我同意了，当我拿着捉妖师取出的鳞片后，所有的前世记忆就都涌进脑子里。

"此后，我耗尽毕生的精力去寻找大小姐的元神。

"我求过捉妖师，求过妖巫，甚至求过魔兽，但无论是人界、魔界还是神界都没有大小姐的踪影。这时，我才明白，大小姐的元神一定被什么力量困在了冥界，因为只有这样，她才没有进入轮回。

"我用鳞片的灵力去制造大小姐的二重身，并从中挑选出最好的二重身，亲自抚育和照顾，希望有朝一日打开通往冥界的通道后，能用二重身去替代真正的大小姐。

　　"当我从其他地方听到，玄楚少爷他们要找人类的奴仆时，便毛遂自荐，并表明了自己的身份，希望能找到机会把大小姐的消息传到异世界去，告诉白总执行官……"

　　"等一下，把你的斗篷脱下。"朱昊打断他。

　　"是。"

　　当斗篷脱下的那一刻，我被一道闷雷震到，半痴半呆地停止了任何思考。

　　父亲？竟然是我的父亲？怎么是他？怎么可能是他？

　　是不是妖怪变成我父亲的样子？还是说这个妖怪掳走了我的父亲，然后控制了他？

　　此刻的我终于明白，为什么第一次听到这个穿斗篷的男人说话的时候，会有种熟悉感。他的声音和我记忆中父亲的声音有八分相似，另外两分不同就在于，穿斗篷的人的语气是生硬而冰冷的不同于父亲的慈爱。

　　究竟是怎么回事？！这个人到底是谁？

　　我几乎就要推门而入了，却听到门内朱昊的惊诧声："越渔？你是越青鸾的父亲，越渔？！"

　　朱昊的质问让我顿时停在原地，双腿却颤抖得厉害，太阳穴突突直跳……一种从没有过的忐忑攫住了我的心。

　　他说那个人叫越渔，他说那个人是我父亲，这是真的吗？

　　"没错，小的在这里的名字就是越渔。"

　　"你没有失踪？"

　　"我隐藏自己的行踪，是玄楚少爷的要求。知道玄楚少爷要陷害白总执行官的计划后，我想到了一个可以帮大小姐的办法。玄楚少爷让我选一个人去打开结界放出九婴的时候，我便把大小姐的一个二重身送了过去……"

　　"等等，你说越青鸾是青青姐的二重身？"朱昊再次打断，"那现在在你家里陪伴你妻子的那个女孩儿，也是青青姐的二重身了？"

　　"是的。在决定启动计划前，我已经找好了另一个二重身来替代青鸾。因为青鸾那丫头是二重身中跟大小姐之间感应最明显的一个，所以我最终选择了她，并把她引到那个房间。"

"是你故意让她打开结界，放走九婴？"

"没错，只有这样，她才会被困在结界中，无论是肉身还是灵魂都能更多地沾染上异世界的灵气，让二重身更像大小姐。日后一旦打开冥界的通道，才能更有把握将大小姐从冥界换出来。原本一切都计划得很好，只是没想到……"他说到这里的时候，停下来，卑谦地看向白睿，"白总执行官会把二重身的灵魂带出结界，并将她重新安排在一个捉妖师的体内。"

"这么说你在怪我大哥，破坏了你的计划？！"朱昊不高兴地问。

"横公鱼不敢。在知道二重身的灵魂在捉妖师体内后，我故意放了九婴的鳞片在他们师父的房里，将她一步步再重新引入计划中。虽然过程曲折了一些，但二重身还是如愿得到该有的磨炼。现在一切都回归原位，虽然血祭最终失败了，但吴小琦已经连通了冥府，她就是打开通往冥府的钥匙，二重身也全部准备妥当，接下来就请白总执行官把大小姐从冥界换回来吧！"他跪在了地上，虔诚地恳求着。

二重身，二重身，二重身……这个词语在我的脑子里和心里跳跃着、涌动着，然后重重地落在地上，震得我几乎要站不住。

我用尽力气支撑着自己，让自己不至于倒下去，双臂紧紧抱着自己来对抗灵魂深处传来的恐惧，头像要炸开一般地疼，像是有某种东西要从头里钻出来。

有那么一瞬间，我的大脑空白了一秒，紧接着面前的事物都面目全非起来。

大门像崩塌的沙雕般化成了一片沙海，触目所及之处都是一片红色，烈日当空，滚烫的阳光在大地上形成一股热浪，沿着我的足底向上，缠绕上来……

我想起来了！终于想起来了！

那个一直困扰我的梦境，并不是没有来由的。

它是我被创造出来的那一天，自己第一眼所看到的、所感觉到的世界，是我最开始的记忆。

梦里出现的那片长满彼岸花的原野，其实是一望无际的沙漠。

而梦里那种不知道在寻找什么的茫然，就是我不知道自己是谁，不知道自己身在何方的切身感受。

在沙漠里孤独地走了三天三夜，直到父亲发现了我，用他的大手牵起我，带我回家并给了我一个名字和身份。

也许是最初的那段记忆太过痛苦，不愿再回想起来的我把它深埋并封存了起来。可深埋并不代表删除，偶尔这些记忆还会通过梦境的形式出现，但我却再也没能真正地想起来。

现在父亲的话将那段记忆彻底唤醒，我终于想起，自己并不是什么孤儿，而是被人创造出来的二重身。

正因为是这样，我才没有前世的记忆，而今生的记忆也只有五岁之后的。

可笑！这是多么可笑啊！

我的出生竟然就是为了成为别人的替死鬼？

以往我所认为的家庭温暖，父母慈爱，都不过是假象和谎言而已！

越青鸾，你真的太可笑，也太可怜了……

痛苦像沉重的铅球一样，坠在我的心里，击碎了我最后的意念。

我无力地跌坐下去，发出闷闷的一声响。

"谁在那儿？！"朱昊喝问。

一道强劲的气流从院中冲出来，将门后的我卷了进去，重重地撞在地上，强烈的撞击让我差点儿背过气去，肺里的空气像是一瞬间被抽空。

我抬起头来看着桃花树下的那个他，那股气流的主人，白睿。

他的表情是那么平静，平静到像在看一个从没见过的陌生人。

说好不再为他而难过的心，再次抽痛起来，眼泪再一次没用地流出来。

原本他还怀疑我是青青的转世，现在知道一切的他，应该再不会对我有一丝一毫的温暖跟呵护……在他眼里，我只是二重身而已……

"青鸾！"朱昊没想到是我，正想走上来扶我，三支羽箭如割草的镰刀般，划破天空，齐刷刷地射向他前进的地面，阻止了他的步伐。

"南宫聿？"

朱昊抬头，几乎是一瞬间，浑身是伤的南宫聿便被白睿的气流吸过去。

白睿单手抓着南宫聿的脖子，轻而易举就将他举离地面。

"还敢在我面前放肆？"白睿的声音低沉。

"只要你们敢伤害人，就算死，我也跟你拼到底！"南宫聿的双手还在反抗，试图拿出什么法器。

"我成全你！"白睿一用力，钢钳一般的巨掌便夺走了南宫聿的所有呼吸，不过三秒，南宫聿就彻底失去了抵抗能力，双手无力地耷拉下来。

"不要！放开他——"害怕南宫聿被杀的我冲上去，拉住白睿的手想要阻止他。

"你不想他死？"白睿问，冷冷的目光如拳一般击打在我身上。

"对！我不要他死！"

"为什么？"他问，目光闪烁着我无法分辨的情感，但很快便消失了。

"既然你只需要我一个人去救你的青青，那就放过其他人，别再滥杀无辜了！"

他停了下来，虽然没有放开南宫聿，却也没有再用力。

时间静止了下来，他眼底的平静让我困惑又不安。

我以为他会发怒，会大吼，会嘲讽，会不屑，可他却用不夹杂一丝情感的语气又一次问我："回答我，你不要他死的原因？"

嘀，我在心里无奈地笑了。

事已至此，他为什么还要纠结这个问题呢？

我要不要南宫聿死，跟他和我之间又有什么关系呢？

或者说，如果我能说出不让南宫聿死的理由，他就能放过我，不让我去替换他的心上人吗？

不能，他是不会放过我的。

但也许，他会真的因为我的理由，而放过南宫聿。

毕竟南宫聿是一个对他的计划而言，没有任何危害的存在。

他要杀南宫聿也好，不杀南宫聿也好，全凭他一时的情绪而已，就像他当初想对我好，又忽然丢弃我一样……

或许，他只是偏执地要一个答案，而并不在乎答案的内容。

"是不是我只要回答了你，你就会放过他？"我问。

"你无权跟我谈条件。"

"是啊，我不过是一个二重身，是一个你无聊时逗乐的宠物，有什么资本谈条件？"我自嘲地说完后，以一个故意气他，又或许故意讽刺自己过去的出发点，开口说，"我不想他死，是因为他几次三番地保护我，真心实意地对我好，从不欺骗我，丢弃我，因为他……"

我停顿了下，抬眸盯着白睿："是我喜欢的人……"

话音刚落，我已被一股强劲的力量掀翻在地。

"青鸾——"朱昊惊叫。

我跟跄地从地上站起来，双耳因为刚才那股震力，现在耳鸣得厉害，就像尖锐的火车汽笛一般。我摸了摸自己刚才被他掌掴的脸，嘴角撕裂的伤口如火烧般灼痛。

呵呵，怒了，他终究还是忍不住发怒了……可他气什么呢？

气我在他面前夸赞别人的好？

还是气我最后的那句谎言？

虽然他从未问过我，但我清楚，我的心，他早已看穿。

他知道我喜欢他，也感受得到我的喜欢。

可他却因为不喜欢我，而拒绝着我的喜欢，无视着我的喜欢，践踏着我的喜欢。

现在，他听到我说我喜欢上了南宫聿，所以，他觉得丢面子了？还是觉得不甘心了？

呵呵，也许什么都不是，只是因为他太霸道，太强势，所以不允许有任何人违背他，忤逆他，就连我掏出的却被他不屑一顾的喜欢，他也要霸占着，就算自己不要，也不许我转送到其他人手中。

呵呵，也许在最后惹怒他，才算我在他面前真正地赢回了一点儿自尊。

所以，我没有哭，而是努力挤出一抹难看的笑。

"青鸾，你流血了。"

朱昊神色哀伤地走上来，正要帮我擦拭嘴角的鲜血。白睿就把南宫聿丢出去，漠然地吩咐："把他们都关起来！"

"是，白总执行官。"父亲领命道，把我从朱昊手中带走，关进密室。

天很快就黑了下来，黑影如浪一般从角落开始蔓延，很快将我覆盖。

我保持着最初进来的姿势，一动不动地呆坐在地上，脑中重现的回忆就像故事里的情节，一切是那么不真实。

也许我的存在，我的一生都是不真实的……

"老爸，今天我考了一百分！"

"青青真棒！想要什么奖励？"

"老爸，我饿死了，什么时候开饭啊？"

"马上，今天做了青青最喜欢吃的香菇炒油菜。"

"老爸，同桌今天揪我的辫子，太可恶了！"

"别气，老爸明天找他算账去！"

"老爸……"

……

记忆中老爸是和蔼可亲，温和细腻的，像身边很多人的父亲一样细心地照顾自己的孩子，呵护自己的孩子。

曾经的我是那么幸福。

就是这种幸福，让我忘了最初的记忆。

可为什么是我？为什么偏偏选了我？

父亲说了，除了我之外还有其他的二重身，为什么不选别人？

是不是，我再蠢一点儿就不会选我了？

越青鸢，你要是再蠢一点儿就好了。再蠢一点儿，就不会把自己的真心一次次送去让白睿伤害；再蠢一点儿，就不会用那样的谎言激怒他，让自己白白挨了一巴掌；再蠢一点儿，就不会像现在这样既感怀身世又控制不住地想起白睿在听那番话时的表情。

那时的他，波澜不惊的表面下，明明涌动着什么情绪。

而当时的我，不正是因为看到了这点，所以才一鼓作气，再接再厉地说出那些话吗？

究竟是些什么情绪呢？

好像不单单是愤怒……

门外传来了脚步声，我以为等来的是死刑的宣判，没想到却是朱昊。

"你还好吧？"朱昊一边问，一边解开我手脚上的绳索。

"好不好又有什么关系，反正马上就要死了。"我沮丧地说。

"你不会死的。"

"什么？"我惊喜地看着他。

朱昊有些不好意思地挠挠头说："至少现在不会死，是大哥让我来放你走的。"

"为什么？他不救他的青青了？"我不敢相信地问。

在白睿一巴掌将我打飞出去的刹那，我就知道自己这次是毫无回旋的余地了。

"当然要救青青姐，但不是现在。你也知道，马上就要进行总执行官的竞选了，这个节骨眼上，大哥不能再出任何差错。更何况去冥界换人，也不是那么容易的事情，大哥现在的身体状况根本没有多少胜算，所以才决定让我先放了你。"

"他的伤难道还没好？"我以为能打败玄楚，能救了我的白睿已经神速地痊愈了，再说那一巴掌也够有力的了。

"大哥的伤很重。与玄楚一战，全靠白虎家的传家宝才勉强获胜，但那东西只能治标并不能治本，大哥这次要想连任，恐怕很难。"

"所以说，他是因为自己现在身上有伤，而且时机不对，才决定暂时放过我吗？"

我心中冷笑了下，自嘲到了今天这个地步，竟然还有其他的期望与幻想。

朱昊看出了我眼中的失望，安慰道："不管怎样，你现在暂时安全了，还是快点儿跟我离开吧。"

"其他人呢？他也决定一起放过了吗？"

"被九婴掳走的那些孩子现在都已经被安全地送回各自的家里。越青城他只是暂时地昏睡过去，天亮后就会醒来，至于南宫聿，他虽然伤得很重，但只要你没事，他也能很快好起来。"

"你知道这桃花印记是怎么到我身上的吗？"我问，心里有个呼之欲出的答案希望从他嘴里得到证实。

按照越青城的说法，就算当初南宫聿将我从越青城的身体里赶出去，这桃花印记还会留在越青城的体内。

那么，送我桃花印记的人是白睿，能把它又转移到我身上的人，除了白睿，还会有谁？

我想知道这个答案，更想知道在白睿知道我是二重身的真相前，究竟为什么这么做？

朱昊摇头，含糊其辞地摇头答："我也不太清楚，但这些都不重要，你快跟我走吧！"

他表现得很急切，拉着我的手将我带出密室。

穿过长长的曲廊后，我以为他会带我从正门出去，结果他却选择了去往后院的方向。

我停了下来，想提醒他走错方向。

朱昊却像是知道我要说什么，解释说："走后门近，我们走后门。"

奇怪，明明正门的方向更近一些啊？

不等我说话，他就已经强拽着我跑了起来。

当我们进入后院，准备从后门离开时，一阵诡异的大风从天而降。

我条件反射地抬起一只手挡在眼前，而另一只手却被朱昊用力一握。

他的左手下意识地放到肩膀后的飞来骨上，一副要开战的准备。

月光迷离地照在院中的桃花树上，伴随着漫天飞舞的桃花花瓣，斑斑驳驳地洒落一地。

白睿从树上缓缓地飞下来，银白色的头发仿若银河坠落般垂在他的身后，荧荧烁烁的光芒散落在他的四周……这一幕美得让人忘记了呼吸……

他的目光像一小束清冷的月光落在我身上，引起我灵魂的一阵战栗。

我知道，他一定不是来送我，也不是来见我最后一面的。

"你准备带她去哪儿？"

他一开口，一切便尘埃落定。

"大哥，你就放她走吧！"朱昊站到我面前，将我挡在他的身后，"就当是我求你，放过她，也放过你自己！"

我怔怔地看着朱昊的背影，不明白他为什么要这样做，为什么要为了我违背白睿的意愿？他该比我更了解白睿的性格，那是个不喜欢被人挑衅，更不喜欢被人背叛的人啊？

"如果我不呢？"白睿面无表情地说。

"那兄弟我今天就对不起大哥了。为了大哥的未来，只能得罪了。"朱昊拿起自己的飞来骨抛向白睿，白睿闪躲的刹那，朱昊一把拽住我的手带我往后门狂奔。

眼看就要夺门而出，白睿却凌空而降，拦住了我们的去路，一手抓住了我，一手抓住了朱昊。

"你跟了我这么久，应该知道，我最恨背叛。"

怒火在他的金眸中燃烧，那种红光让人战栗，犹如地狱之火。

"别为难他，要杀就杀我吧！"我呼吸困难地说。

白睿转过脸来看我，我的双眼像被灼烧了一样痛，却无法移开自己的视线。

他冷笑了一声："你以为，你还能活吗？"

我这辈子怕是永远也忘不掉，他此刻发出的，带着刺骨寒意的冷笑。

"大哥，你明明不忍心杀她，为什么不放她走？！"朱昊抓着白睿的手，艰难地说。

"谁说我不忍心杀她？！"白睿冷冷地反问，并同时加大了手上的力度，像是要证明自己的决心般。

氧气一下子全被抽走，我的意识出现了模糊。

他们的声音都像从远处飘来的一样，是那么不真切。

"别这样！"朱昊大声喝止，"大哥，你先冷静一点儿，听我说。"

"我朱昊从小就跟着大哥你，几百年来从没后悔过，又怎么会背叛你？正因为我跟着大哥的时间最长，所以才比任何人都懂你！先抛开大哥对青鸾的感情不说，就说说迫在眉睫的竞选。还有三天就是竞选大会了，如果这个时候去打开通往冥府的通道，把青青姐换出来，大哥就会因触犯禁令而失去好不容易保住的竞选资格！如果能救出青青姐，大哥的牺牲倒也值得，可以大哥现在的情况，能救出来的几率有几成？

"大哥体内的紫云丹根本不能进入冥界，到时候大哥要是硬闯，恐怕连自己都会被冥界吞噬，再也无法回来！"

"只要能救回青青，我什么都不怕。"白睿坚定地说，"更何况，我白睿想去的地方，谁也阻止不了；我不想待的地方，谁也留不住。"

"好！就算大哥你真的救出了青青姐，那之后呢？之后，你又准备怎么办？失去了总执行官的位置，你又如何从青龙家族迎娶青青姐？到时候，大哥要带青青姐私奔吗？如果是这样的结局，三百年前，大哥又为什么要拒绝青青姐的提议？

"这三百年来，大哥为了保住这个位置，付出了多少，牺牲了多少？不就是因为一直坚守着心中的诺言，希望找到青青姐的转世后，跟她再续前缘，给她幸福的生活？难道大哥所有的付出和坚守，就要因为一时冲动，而付之一炬吗？！

"以往我们不知道青青姐的位置，无从下手，但现在情况不一样了，只要我们带走吴小琦，就有了打开通往冥界的钥匙，等竞选结束，等大哥的伤势好起来，我们再从长计议，把青青姐从冥府救出来！"

"朱昊少爷说得有道理，眼下的局势确实不是最佳时机。但既然要走，不光要带走吴小琦，还要带走青鸾这丫头。"不知何时，父亲也走了过来，他应该是被打斗的动静引来的。

"闭嘴！你创造了那么多的二重身，为什么非要选青鸾？！"朱昊怒斥完我父亲后又看向白睿说，"大哥如果非要带走一个二重身以防万一的话，那就带走现在住在青鸾家的那个！"

"不可以！青鸾的二重身是最佳人选，只能选她！"

父亲不容置疑的话仿佛在我的胸口狠狠一击，我觉得喉咙里痛了下，想笑却泪眼婆娑。

他创造了我，从众多二重身中选择了我，精心照顾培育我，处心积虑地锻炼我设计我……如今万事俱备，他又怎会因为那虚无的父女之情，放过我改选他人呢？

"横公鱼！不要逼我杀你！"朱昊恶狠狠地警告。白睿却握紧朱昊的脖子，将他提到自己面前呵斥，"住嘴！"

"大哥，不能选她！真的不能选她！"朱昊难受地抓着白睿的手劝说。

"为什么不能是她？"

"因为她对大哥来说，是不一样的！"

"哪里不一样了？"

"从大哥跟她立下契约，费尽心思帮她隐瞒秘密；从大哥把五行铃交给她，想要保护她；从大哥不惜耗费修为把桃花印记从越青城身上取下来又送给她，不希望她日后被妖怪伤害；从大哥因她而变得阴晴不定的情绪上，她越青鸾就不是一个普通的二重身！我不想大哥日后后悔痛苦，所以现在才擅自做主将她放了！"

朱昊的话像石块一样砸进我的心湖，生痛地引起重重波澜，让我近乎死掉的心又一次跳动了起来。

契约，五行铃，桃花印记……他列举的每一项都是我心底深藏的珍宝，是我在每次被他伤害后用来治愈自己的良药，是我欺骗自己从幻想中汲取温暖的记忆……

我以为只有暗恋白睿的自己，才会傻傻地把这些原本寻常的东西误认为是特殊，却不想朱昊竟也这样认为。

"你想多了。她对我来说，没有什么不一样。"白睿麻木地说。

"好，就算她对大哥来说，没什么不一样！但她对我朱昊，却是不一样的！她越青鸾，是我朱昊的第一个人类朋友。所以，可不可以请大哥看在我追随了你这么多年的份上，放过她，选其他的二重身去救青青姐？"

酸楚的情绪在我的胃里泛滥，又像一簇火焰在烧，从没想过，大大咧咧的朱昊会把我当作朋友，还为了我恳求白睿。

沉默像一道难以逾越的鸿沟，横在白睿和朱昊之间。

谁也没有再说话，而是静静地看着对方，在心里衡量着这个选择的重量。

"白总执行官，你不能动摇啊！虽然还有其他的二重身，但青鸾却是最好的！她能感应到青青的记忆，更能跟青青产生交流啊！"父亲在一旁着急地说。

我终于明白，自己第一眼看到白睿的时候，为什么会心里难受，为什么会对他有不一样的感觉，又为什么会在白睿的梦里听见青青的声音？

因为我是她的二重身，她的一切在影响着我，同样，她的一切也渗透在我的生命中。

我开始怀疑，自己对白睿的感觉，是不是因为她的原因？

因为她喜欢白睿，所以我才控制不住自己的心，无论他对我怎样，我也依旧喜欢他？

是她在影响我的心，我的感情？

不！不会是这样！不该是这样！

我的一生已经是个笑话了，又怎么会到最后连这份感情也变成笑话？

我喜欢白睿，不是因为青青，不是因为我是二重身，只因他落在我额头的那个吻，他拥住我的那个怀抱，他背起我的那个脊背，他为我系上五行铃的那双手，他黑暗中凝视过我的那双双眸……

他的一切早已印刻在我的心底，任谁也无法否认，更无法夺走。

"住嘴——"白睿大喝一声，转而看向我。

月光下，金色的双眸深处有什么情绪在挣扎和颤动，虽然他的表情是沉静的，但目光逼人。

"回答我，你进入我梦境的那一次，是从一开始就知道那个小孩子是我，还是后来才知道？"

"当你叫我蠢货的时候，我就知道了。"

"那之前，你不知道他就是我的时候，为什么还要救他？"

"是啊，我为什么要救一个脾气差又没礼貌的小鬼呢？"我自问着，噙着眼泪，笑着看着他说，"也许这就是我活该被你叫蠢货的原因吧。"

是啊！我越青鸾就是一个大傻瓜！要不然，为什么在最后可以获得自由的重要时刻，做了这么白痴的回答？

我可以跟他说，因为我太善良了，所以才不会丢下那个小男孩儿，顺便夸赞一下自己崇高的人格，去感动他；或是直接告诉他，因为我喜欢他，相信无论自己陷入了怎样的困境，他都会及时出现，所以才有了这世上最大的勇气，愿意拼出性命去救一个陌生的小男孩儿；又或者，我可以说些什么其他冠冕堂皇的理由去讨他喜欢，去说服他，再不济，也可以装可怜或装可爱之类的伎俩去动摇他的决定啊！

我不是最擅长这些了吗？不是最能说了吗？为什么不说呢？

也许是因为我太明白，有些话就算说出了口，也不会改变什么，所以还是不要做无谓的辩解，让这个可笑的二重身的命运快点儿结束吧！

"越青鸾。"

他第一次叫我的名字，像一阵风掠过草尖，那样轻轻地，带着让我战栗的力量，说了出来。

我从不知道自己的名字，是这么动听。

"该是你兑现契约的时候了。"他的双唇微动，一手钩住我微微扬起的下颌，一手握在我的腰间，眼里罩着薄薄的雾气，俯下身来，落在我的唇上。

我本想闭上眼睛，不去看那双冷漠而绝情的双眸，无奈敌不过心里的执念，缓缓睁开来。

毕竟，这是我跟他之间最后的一段记忆，就算是痛楚，也是他加诸给我一个人的东西。

我静静地望着他，时间停止了速度，不再流动。

他的气息将我覆盖，心口痛得发紧，有什么东西正从我的身体里被生生地抽离。

我好像听见灵魂被撕裂的声音……

他感受到了我的痛苦，灿若星子的眼底有什么东西在挣扎和颤动，像一只被网住的雏鸟，奋力振翅，却难以挣脱。

一刹那，我才惊觉，我的心动，并不是毫无意义的……

我的爱由他开始，亦由他结束，未必不是一件幸福的事。

腰间的握力猛地加紧，意外地，他在我的注视中慢慢地合上双眼。

短短几秒钟的时间之后，那些失望的、痛苦的、愕然的种种情绪都从我的脑子里散去，犹如断裂的船，沉入深深的海底……

眼皮逐渐沉重，我再也撑不住地闭上眼，一种从来没有过的平静感，流遍我的全身……

迷人的淡蓝色天空下，桃花开得像潮水一样，风一吹，满院的花瓣翩翩起舞。

"越青鸾，你还在看什么？出发啦！"越青城大声地催促我。

"好嘞！马上就来！"我背起自己的捉妖包，转身跑去。

"师兄他刚发微信说，城南的一家农舍也死了大批的牛羊，让我们多带点儿装备。"

我掂了掂身后的背包，信心满满地说："放心吧，这次，我所有的家当都带着呢。"

"那就好。"

"对了，有师父的下落了吗？"

"还没，但师兄说，有线索了。"

"这事忙完后，我们还是专心地找师父，让他帮我快点儿恢复记忆！"

自从某天醒来后，我就在这间捉妖馆里。

越青城和南宫聿说他们是我的师兄，我是他们的小师妹，我是因为被一只叫九婴的妖怪吃了记忆，所以才忘记了过去的所有事，只有找到法力高强的师父，才能帮我想起来。

但我总是有种怪怪的感觉，好像自己失去的并不仅仅是记忆那么简单。

因为每个夜深人静的夜晚，一种强大的空洞感就会从我的心底涌出，只有看着院中的那棵桃花树才能将其驱赶。

"没有记忆多好啊，可以忘记所有不开心的事，干吗非要找回来？"

"你没有失忆过，当然不知道那种难受的感觉。要不，我给你贴个失忆符，让你也感受感受？"

"不要！我警告你啊，别过来！"

"试试吧？反正这道符只有一个小时的效用，又不会让你真的失忆。来，试试！"

"别过来！别过来！"

"站住，别跑！"

"大师兄——快救我——"

风从身后吹来，树叶沙沙作响，恍惚中有人低唤了我的名字："越青鸾……"

这声呼唤仿佛从遥远的另一个世界,穿越时空来到这里,我的心莫名地一颤。

回头看去,只有秋阳透过浓密的枝叶,在地上投出大片斑驳,一朵纯白的桃花从枝头无声地凋落,随风飘到了我的面前。

我伸手接住它,柔软的花瓣落在我的掌心,仿若飞倦的候鸟找到了可以栖息的家。

是我的幻听吗?

为什么那声音似曾相识?

本文完